ヨナス
エンリーカ
ジェシカ

夜空に現れた月の女神
ロッタ
フォルト
ジーロ

一角獣《ユニコーン》を膝に眠らせる金髪の乙女
ダンテ
ヘスティア
ルチア

フランディーヌ
「お断りされても当然だと思っております」
「服飾ギルドと服飾魔導工房を守れるなら、方法は問わない」
ティツィアーノ
ノエミ
「フォルトがようやく考えてくれて、よかった……」
ミネルヴァ

服飾師ルチアはあきらめない
～今日から始める幸服計画～

3

甘岸久弥
Amagishi Hisaya

CONTENTS

服飾魔導工房長と誰かの背中

自分はきっと運がいい。人の縁と機会を得て、ここにいるのだから。

午後の日差しの下、人通りの多い中央区、白いレンガ造りの建物へ向かって足を進める。

「お疲れ様です、ファーノ工房長！」

服飾ギルド、そのドアの前に立つ警備員が、先に挨拶をしてくれた。

ファーノ工房長――そう呼ばれる自分は、ルチア・ファーノ。

服飾ギルドが運営する、服飾魔導工房の工房長を務めている。

職業は服飾師。服のデザインをして実際に作りあげるまでが仕事だ。

背は低め、緑髪青目の童顔で、見ようによっては地味とも言える。子供の頃はこの見た目に劣等感を覚えたものだが、今は気に入っている。

そんな自分は数ヶ月前まで、家族五人の小さな工房で、日々、靴下や手袋などを作っていた。

たまたま、友人の魔導具師ダリヤに頼まれた服飾魔導具――魔法の付与により、軽度の乾燥機能のついた五本指靴下の試作をした縁で、服飾ギルドで仕事をすることになり、その流れで服飾魔導工房長となった。

もっとも、庶民の自分では、王城や貴族との取引もある服飾魔導工房長役は、ちょっと難しいところもある。いずれ次の工房長と交代になることも考慮しつつ、今は精いっぱい、仲間と共に仕事をしているところだ。

「お疲れ様です！　今日も日差しが強かったですね」

「はい。ですが我々は大丈夫です。なにせ頂いた五本指靴下と微風布《アウラテーロ》がありますから！」

警備員に挨拶を返すと、いい笑顔を向けられた。

微風布《アウラテーロ》は、服飾魔導工房で作っている魔導具の一つだ。風魔法を付与した目の粗い布で、布自体がゆるい空気の流れを起こす。

アンダーウェアにすれば、汗で服が張り付くのを防げるので、夏に最適の布である。

ちなみに、こちらも友人の魔導具師の開発品だ。

服飾ギルドの建物正面はとても日当たりがいい。夏、警備員達は汗を流して入り口を守っている。

そんな彼らに『これを身につけ、屋外での使用感を教えてほしい』とお願いし、五本指靴下と微風布《アウラテーロ》を縫い付けたアンダーシャツを渡した。

結果、『夏の暑さが半減した！』『汗疹《あせも》が治った！』という絶賛と共に、彼らは自分が出入りする度、笑顔で挨拶をしてくれるようになった。

季節は秋に変わりつつあるのだが、昼はまだ汗ばむこともある。

引き続き、微風布《アウラテーロ》は大活躍しているらしい。とてもうれしいことだ。

「来年は毎日上下で微風布《アウラテーロ》が着られるよう、追加もしっかり作ってますから」

「期待しています、カッシーニ副工房長！」

自分の隣で警備員と話を続ける青年は、ダンテ・カッシーニ。

服飾魔導工房の副工房長であり、ルチアと同じ服飾師である。服飾の知識が豊富で、デザインのセンスもあり、縫いの腕もいい。

黒みを帯びた緑髪にアイスグリーンの目、それなりに整った顔立ち。黙っていればかっこいいのだが、時々とても毒舌になる。

ダンテは子爵家の子息で貴族の礼儀作法も身につけており、副工房長になる前は、服飾ギルドで魔物素材担当長だった。自分より彼の方が服飾魔導工房長にふさわしいのではないかと思うのだが、その話をする度、笑って流されている。

「ボス、来年までに微風布《アウラテーロ》を倉庫いっぱいにしておかないと！」

他の工房員達がルチアを『チーフ』呼びをする中で、なぜか彼だけは『ボス』呼びだ。

最初の頃は訂正を求めたこともあったが、いつの間にかルチアも馴染《なじ》んでしまい、気にならなくなった。慣れとは怖いものである。

「ええ、そうね！」

うなずきながら、共に服飾ギルドへ入っていった。

入ってすぐ、ロビーにいる者達を見るのは、ルチアのいつもの楽しみである。

服飾ギルドを訪れる者は、貴族から庶民まで幅広い。華やかな洋服やかっこいい制服、個性的な装いの者も多く見かける。

受付前、珊瑚《さんご》色のワンピースに、白いレースの上着を合わせたご令嬢が見えた。

貴族はお抱えの服飾師がいることもあるが、服飾ギルドで流行の一着を求める場合もあり、夜会服やドレスなどの相談は特に多いという。

庶民でも商会持ちなど裕福な層から、礼装や貴族対応の服を依頼されることは多い。また、商会や店の制服の依頼、お見合い向けの服・婚礼衣装の相談などもある。

あのご令嬢も次の舞踏会やお祝い事かもしれない。ぜひ素敵な一着を手にしてほしいものだ。

ロビーを進んでいくと、明るい紺の三つ揃《ぞろ》えの男性、濃緑の騎士服の女性、赤茶のフード付きローブの者、黒革の上着で剣を背負う者など、様々な装いの者が見えた。

貴族の護衛は主人の盾代わりになることもあるため、服自体を丈夫にしたり、そこに防御関連の魔法を付与したりすることも多い。

また、騎士や魔導師、冒険者などの服も、魔法を付与して耐久性を上げたり、耐熱性や耐寒性を上げたりすることがあるそうだ。

その話を思い出していると、赤茶のローブの者が人とすれ違い、フードがぱらりと外れた。

その下からは、まだ暑さの残る今、毛皮の耳当てをした少女の面差《おもざ》しが見える。ちょっとだけバツが悪そうに笑った口元から、一瞬だけ長めの犬歯がのぞき――再びフードに隠された。

横にいる仲間であろう者達は、何事もなかったように話を続けている。

その周囲で、一部の者達がそっと距離をとっていた。

多少気になりつつも歩みを進めていると、ダンテに耳元でささやかれた。

「腕のある冒険者の皆様だ。中には『魔付き』の方もいる。うちのギルドで服を作ることもあるし、魔物のいい毛皮を持ってきてくれることもある」

魔物を倒す際に魔核を砕くなどすると、稀《まれ》にその魔物の魔力や特性を継ぐことがある。それが『魔付き』だ。力が強くなったり、魔法が使えるようになったりする場合もあり、冒険者にはそれなりの数がいるそうだ。

「そうなんだ。お得意様、兼、お取引先なのね」

「そういうこと」

美しさ、かわいらしさ、かっこよさ、品、そして機能など、服に求めるものは、それぞれに違う。

ルチアはロビーに戻って皆の装いをチェックしたいと切実に思いつつ、なんとかこらえる。

今日、家に帰ったら、記憶の限りスケッチブックに描こうと決めた。

後ろ髪を引かれつつも、少し早足で廊下を進む。向かうのは一階の奥にある、一時保管庫だ。

昨日、隣国エリルキアから二隻の船が到着した。積んできたのは魔羊《まよう》の毛を紡いだ、一級品の糸と布である。

魔羊《まよう》はその名の通り、羊型の魔物だ。身体強化魔法が使え、脚力が強い。蹴られれば大怪我《けが》、逃げるときは空を飛ぶ如《ごと》くと、飼育はとても大変らしい。

けれど、その魔羊《まよう》毛は、軽く、暖かく、手触りがいい。そして、何より丈夫。

このため、防寒具はもちろん、騎士や冒険者の服などにも人気だそうだ。

自分達はその布と糸を受け取りに来た。服飾魔導工房の開発で使用するためである。

「失礼します」

ノックをして入ると、担当ギルド員の隣、艶《あで》やかな金の髪が見えた。

「ルチア、ダンテ、ちょうどよかったです。こちらの布と糸を見てください。昨年の魔羊《まよう》よりも艶《つや》がある、いい品です」

「ありがとうございます、フォルト様！」

お礼を言う相手は、この服飾ギルドの長であり、子爵当主のフォルトゥナート・ルイーニ。

自分達の頼れる上司でもあり、名の売れた服飾師でもある。

彼の目の前には銀色の魔封箱、中には板に巻いた白い布が見えた。優しく発光しているような色合いは、絹とも羊毛とも違う。

勧められるがまま生地見本を手にすると、一瞬、指先にぬめりとした感覚があった。

隣で同じように手にしたダンテが、アイスグリーンの目を丸くする。

「これはまた……去年のものより魔力が一段強いですね」

魔物素材に詳しい彼も驚くほどらしい。くり返し指で触れて確認している。

「ええ。こちらの牧場の魔羊《まよう》は、身体が一回り大きいのだそうです。魔力もそれに比例しているのでしょう。魔羊《まよう》の種類か餌か理由はわかりませんが、飼育はさぞかし大変でしょうね」

魔羊《まよう》が一回り大きくなったら、脚力も飛距離も上がる。世話をする者達はより大変だろう。

そうは思うが、品質が高い布と糸を目の前にすると心が浮き立ってたまらない。

「この魔羊《まよう》の糸で冬用の靴下を編んだら、とっても暖かそうです！」

自分がそう言うと、フォルトが優雅に笑んだ。

「王城の屋外警備の騎士の方々からは、冬用の暖かく通気性のいい靴下の相談も頂いています。この糸で試作をしておいてください。今回は多めに仕入れていますから、足りなければ追加してかまいませんよ」

「わかりました！　暖かく、蒸れない一足を目指してみます」

冬の屋外警備であれば、防寒効果が高い羊毛の靴下が向いている。

しかし、騎士の革のブーツは丈夫さ優先、防水加工が施されていることもあり、蒸れやすい。

軽度の乾燥効果のある中敷きがあるが、それでどこまで対応できるものかわからない。

通常の羊毛での靴下の試作も行ってはいたが、魔羊《まよう》の糸は保温性、通気性とも上だと聞く、とても魅力的な素材である。

人間は一度手にした快適さや便利さは、手放しがたい生き物だ。

そして、いいものほど、一度試してもらえば効果が抜群なのを実感するのだ。

ここはぜひ、暖かく通気性がよく、最高に快適な靴下を作りたい。

「ボス、これを使った試作は早めの方がいいんじゃないか？　冬前にはある程度、数をそろえられるように」

「ええ！　そうしましょ！」

服飾魔導工房の予定はみっちりだが、これはぜひ冬前に仕上げたい――警備員達の笑顔を思い出しながら、ルチアもうなずいた。

「ところでフォルト様、羊毛は去年より仕入れ値が一割上がったと聞きましたが、魔羊《まよう》はどうです？」

「昨年とほぼ一緒です。仕入れの量を三倍にしていますので、そのせいもありますが」

フォルトがダンテへ書類を渡す。彼はそれを低い位置で持ち、ルチアにも見せてくれた。

魔羊《まよう》はお高い――それが素直な感想である。

上等な羊毛と比べても、仕入れ値で五倍は違う。庶民が気軽に買えるお値段ではない。

魔羊《まよう》は『霜焼《しもや》け知らず』と言われるほど保温効果があるそうだが、この価格では財布の方が寒くなりそうだ。

「もうちょっと、お手頃になればいいんですけど……」

ついこぼしてしまった自分に、担当ギルド員が笑いかけてくれた。

「牧畜の国と違い、オルディネではまだ魔羊《まよう》牧場は少ないですから。でも、良さが広まれば、これから増えていくと思いますよ」

「ぜひそうなってほしいです！」

隣国エリルキアは『牧畜の国』、そしてここオルディネ王国は『魔石の国』と称されることが多い。

エリルキアでは牛・馬・羊といった動物や、魔羊《まよう》や魔蚕《まかいこ》などの魔物を多数飼育している。また、騎士団には二十に近いワイバーンがいるそうだ。

オルディネでも牧畜はそれなりに盛んだが、エリルキアほどではない。それよりも主流とされているのが、魔石である。火の魔力を閉じ込めた赤い魔石や、水の出せる青い魔石など、国が管理して多くの魔石を輸出している。

そして、国内で誇るように言われるのは、『魔法の国』。オルディネ国民は他国より魔力を持つ者の割合が高いからだ。また、貴族の家系では高い魔力を受け継ぐ者も多い。

もっとも、庶民で魔力が低いルチアには、あまりぴんとこないが。

そこからしばらく、魔羊《まよう》の糸と布に関する説明を受けたり、隣国の魔物の飼育に関する話を聞いたりした。

「では、こちらをまとめて服飾魔導工房の方にお届けするよう手配します」

「お願いします」

「ああ、糸を一箱、先に頂いていいですか？」

ダンテは届くまでも待ちきれないのか、服飾魔導工房に魔羊《まよう》の糸を持って帰るつもりらしい。

「かまいませんが、それなりに重量が――」

「大丈夫です」

答えたダンテは、中くらいの大きさの魔封箱を白い布で包み、ひょいと持ち上げる。

彼は身体強化の魔法を持っている。ルチアではふらつきかねない重さのそれも、綿《わた》の入った箱を持っているかのようだ。ちょっとうらやましい。

「さて、服飾魔導工房に帰りますか、ボス。予定業務をさっさと片付けないと」

「ええ、前倒しでいきましょう！」

ダンテと顔を見合わせ、にやりと笑う。予定業務をなるべく早く終わらせて、魔羊《まよう》の糸を使いたい！　互いにそう考えていることが手に取るようにわかる。

そうして、フォルトと担当者に挨拶をし、一時保管庫を後にした。

そこからロビーにつながる廊下を、ルチアはスキップしたい思いで歩く。

エリルキアの魔羊《まよう》の糸と布は最高品質。それを使っての編みや縫いは、ただただ楽しみでならない。いつか隣国に行き、店や市場で糸と布をめいっぱい見たいという気持ちもある。

けれど、エリルキアへの憧れはあるが、自分がオルディネ王国、この王都で生まれたことは、服飾師として、とても幸運だ。

この王都には多くの人々がいて、多種多様な服装を自由に作れる。

葬儀の黒い服、貴族の礼服など、それなりに決まりはあるが、他国のように年代や性別による服の決まりはない。着てはいけない服の形もなければ、使ってはいけない禁色もない。お化粧も髪型も自由だ。

もっとも、この国でも大昔は、男性は明るい色の服を避けるべき、女性のスカートはくるぶし近くまであるべきなど、いろいろな『べき論』があったらしい。

当時の貴族や庶民で服飾を愛する者達が、自らの装いで『べき論』をくつがえし、今の自由な装いとなった――そういった服飾史をこのギルドに出入りする中で知ったルチアは、とても感動した。服も、髪の色も、化粧もそれぞれが好みで選べること――服飾が大好きな自分にとっては、とてもいい国、いい時代である。


「ルチアさん！」

機嫌良くロビーに入っていくと、大きな声で名を呼ばれた。

声の方を見れば、明るい栗色《くりいろ》の髪をした青年がいた。知らぬふりをしたいところだが、彼はこちらへ駆け寄ってくる。

自分の緊張が伝わったのか、隣のダンテが一歩、距離を詰めてくれた。

「とてもきれいになって、見違えたよ」

「お久しぶりです」

仕事用の表情で短く挨拶を返すと、彼はその薄茶の目を細くした。ルチアに値踏みするような視線を向けた後、低くささやく。

「活躍は聞いているよ。今は服飾魔導工房長――ルイーニ子爵の、『お気に入り』だとか？」

またか。思うのはその程度だ。工房長になってから、この手の揶揄《やゆ》と誤解は慣れきった。

庶民で若い女性であるルチアが、王城にまで出入りする服飾魔導工房の長になった。

それは工房員達までが、まさかと思うほどの大抜擢《ばってき》だったのだ。

おかげで『お気に入り』の噂《うわさ》には、尾ひれ背びれ胸びれがついた。

服飾ギルド長であるフォルトの愛人説に、彼の父親の隠し子で兄妹説《きょうだいせつ》――考えた方はぜひ、そのあふれる想像力を流行小説の執筆へ活かして頂きたい。

ルチアはわざと大きく笑い、右手をひらひらと左右に動かす。

「違いますよ。父が体調を崩して、代わりに担当した製品で、服飾魔導工房に入ったんです。一時的なものだと思っています」

嘘《うそ》は言っていない。服飾ギルド長であるフォルトが家に来た日、父は驚いて目を回した。一応、あれも体調不良と呼べるだろう。

「そういうことだったのか。でも、工房長の職務は大変だろう？」

「工房員の皆様がとてもよくしてくださいますし、仕事は面白いですから」

作り笑顔で答えると、彼は妙に優しい声で言った。

「ねえ、ルチアさん、私に君を手伝わせてくれないかな？」

「どういう意味でしょう？　お仕事がお忙しいのでは？」

知っているが、わざと尋ねた。

この服飾師は、数年前、ルチアが手伝いに行った服飾工房にいた。

腕はそれなりに良く、人当たりも良かった。工房長の娘と付き合っており、いずれは結婚して工房を継ぐだろうと周囲の者達から聞いていた。

ルチアは最初の自己紹介での挨拶と、皆と昼食のとき、雑談を少ししただけ。特に親しくなることもなく、手伝い期間を終えた。その服飾工房へ再び行くことはなかったが、同じように手伝いに行っていた者から、その後の話を聞いた。

服飾工房を利用していた貴族が彼を気に入り、お抱えにしたいと金貨を積んで引き抜いた。

服飾師としてはよくある話だ。待遇のいい方、望む方向へ転職すること、それ自体もわかる。

しかし、恋人である工房長の娘に置き手紙一枚で別れを告げ、仕事の引き継ぎを一切せずに辞めるのは別だ。猫ではないのだ、後ろ足で砂をかけまくって去るのは頂けない。

相手の貴族が無理を言ったのかもしれないが――自分に向く薄茶の目は、情より損得を先に見ている気がする。

「いや、今は新しい仕事先を探しているところなんだ」

「服飾ギルドでしたら募集していますよ」

これは本当である。今、服飾ギルドは職人不足。月に数回は試験を行うほどだ。特に縫いと編みの速い者が求められている。

この服飾師の縫いの腕は確かだ。縫い子から始め、デザインを提案し、服飾ギルド専属の服飾師となることも可能かもしれない。

「募集内容を見てきたんだけれど、それだと試用だろう？」

過去に有名な工房に在籍していても、元貴族のお抱えであっても、服飾ギルドに入ってからは試用期間がある。

もっとも、ルチア自身は試用期間なしで服飾魔導工房長になってしまった例外中の例外だが。

「それに、服飾魔導工房の方が面白そうじゃないか。私にも手伝わせてくれないかな？」

予想通り、ルチアのコネで服飾魔導工房に入りたいらしい。

親しげに笑みかける彼は、それなりに整った顔の持ち主だ。

しかし、ルチアから言わせれば、襟の横に二本の皺《しわ》があるシャツ、センタープレスの少しずれたトラウザーズ、薄汚れの輪のある袖口はいただけない。

それともう一つ。前の工房を引き抜かれて貴族のお抱えになったということは、その工房でうまくいかなくなったか、貴族の紐《ひも》付き――服飾魔導工房の情報を得るために、貴族から差し向けられた可能性もある。

貴族は情報を得るためにそういった者を使うことも多いと、フォルトや仲間に教えられている。

しかし、自分がそういったことを判断するのは難しい。ここは服飾ギルドの試験を受けてくれたと言う方がいいだろうか、そう迷っていると、隣のダンテが口を開いた。

「魔物素材の知識はお持ちですか？」

「そちらは？」

彼はダンテを邪魔そうに見た。

服飾師として作業し、力仕事をこなすこともあるダンテは、普段から動きやすい格好をしている。

本日は上着を着ないまま、白い綿のシャツに薄オリーブのベスト、ややタイトなズボン、両手には布でくるんだ荷物――ぱっと見は、ギルド員か工房員が、ルチアの荷物持ちをしてくれているようにも見えるだろう。

「服飾魔導工房の副工房長を務めております、カッシーニ子爵家のダンテと申します」

「た、大変失礼しました！」

薄い笑みで告げられた名乗りに、目の前の男が深く頭を下げた。

時々忘れそうになるのだが、ダンテは歴史ある子爵家の生まれ、生粋の貴族である。

「服飾魔導工房では魔物素材を多く取り扱っております。それに関する知識がおありでしたら、服飾ギルドの試験の際、服飾魔導工房への配属を希望なさってください。優先的に通るかと思います」

猫をかぶるというわけではなく、貴族をかぶるとでも言えばいいのか、整えた表情でさらさらと告げる様は、いかにも貴族男性らしい。

なお、ダンテが遠回しに無理だと言っているのは理解できた。

服飾関連の魔物素材の知識は、学べる場所が限られている。一般の服飾師はそれほど詳しくないことがほとんどだ。その上で、知識不足では服飾魔導工房への配属は無理だろうと仄《ほの》めかしたのだ。

そういったことは、服飾魔導工房に入ってから学んでもらってもいいのだが――ルチアは様子を見ることにした。

「ご説明をありがとうございます。所用を思い出しましたので、失礼致します」

青ざめた服飾師が再度頭を下げ、ロビーを突っ切って出ていく。もうルチアのことなど頭になさそうだ。

その背を見ていたダンテが左右に視線を動かし、薄く息を吐いてから自分を見た。

「ボス――」

「ありがとう、ダンテ。気を使ってもらって」

ちょっとだけ困り顔で呼ばれたので、先に礼を言った。

ダンテが箱を持ち直すと、そろってロビーを歩きだす。幸い、周囲はこちらを気にかけていない。

「あっちは親しげでもボスは面倒そうだったから。『名呼び』してたが、よかったか？」

「顔見知りなの。前に服飾工房に手伝いに行ったとき、そこで働いてた人。あと、庶民だと、仕事のときは男女関係なく、名前を呼ぶ方が多いの」

どうやらルチアの友人や知り合いではないかと心配されたらしい。

もし、自分が工房に推薦したいと思う人が見つかっても、先にフォルトやダンテに相談するので心配しないでほしいものだ。

「仕事つながりか。だと、そこの服飾工房を辞めた経緯も聞いてるか？」

どうやらダンテも知っているらしい。服飾界隈《かいわい》は意外に狭い。

「ええ、大体」

「その先も？」

「その先って？　貴族の人のところで働いてたんじゃないの？」

「引き抜かれた先でトラブルを起こして、トランク一つで放り出されたそうだ」

「え？　作った服が気に入られなかったの？」

工房からわざわざ引き抜いてもそれなのか。貴族の服の好みが変わったのだろうか、そんな疑問を覚えながら聞き返す。ダンテは軽く首を横に振った。

「いや、愛《め》でる花の数を欲張りすぎたらしい、職場内で」

恋と修羅場は王都の花――そう喩《たと》えられるほど、王都は情熱的な恋愛が多いとは聞いている。

だが、転職先の職場で三角関係は駄目だろう。

「職場恋愛も考えものよね……」

「ボス、一応言っておくが、男は欲張りばかりじゃないし、服飾ギルドじゃ職場恋愛は結構多いからな」

ダンテにぼそぼそと言われたが、自分には縁のない話である。

服飾ギルドの外に出ると、空は赤さを帯びていて——夕焼けの始まりだった。

街並みも家路につく人々も、この時間からは赤く染まっていくのだろう。

「あ……」

道をはさんで向こう、黒いマントを翻して歩き去る高い背があった。少し長めの髪を、後ろで無造作に束ねている。

ふと、それに重なる赤茶の髪の青年を思い出し、ルチアはつい目で追ってしまった。

「ボス、知り合いか？」

「ううん——マントが目についただけよ」

幼い頃に会った『夕焼けのお兄ちゃん』、その背中を思い出したとは言いづらい。

「ああ、あのマントが気になるのか。まっすぐじゃなく斜めのカットで、ライン取りがきれいだな。あの艶だと、魔羊《まよう》の革に火山魚《ボルケーノフィッシュ》あたりの付与かもしれないな。火山に行く冒険者が持ってることが多いんだ」

「そうなんだ……」

ダンテに相槌《あいづち》を打ちつつも、思い出を反芻《はんすう》してしまう。

己の地味さに打ちひしがれ、リボンもレースも似合わないと泣いていた幼い日。

ルチアに青空花《ネモフィラ》が似合うと言い、レースもリボンもきっと似合うと保証人になってくれた、望む自分をあきらめないでいいのだ、そう教えてくれた人がいる。

ただ一度会っただけの赤茶の髪の青年――『夕焼けのお兄ちゃん』に、自分はめいっぱいの勇気をもらった。

夕焼けの中を去っていくその後ろ姿は、本当に格好良かった。

「ボス、魔羊《まよう》の革の付与にも興味がおありで？」

「ええ、それもあるけど――かっこいい後ろ姿って、覚えてるものじゃない」

ついそう答えると、ダンテはこくりとうなずく。

「なるほど、ボスは『男は背中で語れ』と」

「男も女もないわよ。後ろ姿も素敵な方がいいってこと！」

夕焼けのお兄ちゃんほどは無理でも、自分もかっこいい後ろ姿を目指したいものだ。

誰に見せるわけでも、自分で見えるわけでもないが、そう思う。

「んじゃ、次のデザインは、もうちょっとバックスタイルに力を入れてみないか？　ドレスならリボンもいいけど、布切り替えとか、部分レースとか、革とか。お洒落《しゃれ》系のスーツなら背中の模様入りも挑戦してみたいんだよ」

「それ、すごく楽しそう！　あ、スーツの上着もいいけど、最初にシャツはどう？　お値段は手頃になるし、上着を羽織ればわからないでしょ？　脱げば雰囲気を変えられるし」

「なるほど、それなら気軽に着てもらえそうだな。それも早めに試したいんだが……」

「まずは予定業務の消化ね！」

二人そろって、馬場への足を早める。

また一段、周囲は夕焼けに染まっていった。

護衛と楽しい軽食を

王都中央区の商店街は、それなりに人が多い。

今日は友人であるダリヤと洋服店を回った。その後、もう一人同行者が増え、喫茶店で紅茶とケーキを思いきり満喫した。正直、食べすぎである。

けれど、三人での話はとても弾み、楽しい時間が過ごせた。

そのもう一人の同行者となった青年が、馬場の前、自分達に優しい笑顔を向けている。

「本日はありがとう。とても楽しい時間だった」

見上げるばかりの青年は、ランドルフ・グッドウィン。魔物討伐部隊の騎士である。

本日、喫茶店の近くで偶然会った。これまでも面識はあったので挨拶を交わし、ついその私服に目がいってしまった。

オリーブ色がかった茶の上着。下は落ち着いた濃茶のワイド幅のトラウザーズ。上着の下は白い綿のシャツに、やや厚手の渋い色合いの茶のベスト。

そこに合わせている黒い靴は、三枚の艶《あで》やかな革を縫い合わせたものだ。ドレスアップシューズと呼ばれるお洒落《しゃれ》なタイプである。

群衆の中にいても頭一つ高く、横幅も厚みもある体格だ。服はすべてオーダーメイドだろう。どれも品質が良さそうで、サイズも合っている。

しかし、あまりのもったいなさに、ルチアはつい踏み込んでしまった。

「失礼ですがランドルフ様、ちょっとよろしいでしょうか」

休日だというのに喉まできっちり詰まった襟のシャツは、ちょっときつそうだ。あと、品良くお洒落な靴に対し、トラウザーズは昔ながらの太め幅。こちらは幅を絞ってややスリムなラインにした方がかっこよくなるだろう。

そして何よりも色である。上着、ベスト、トラウザーズとも同じ色であればいい。

いや、三点とも茶系なので、今のような組み合わせもおかしくはないのだが——着ているランドルフを引き立てているようには見えない。

彼の髪は赤銅色、目も赤茶だ。オリーブ色が入った茶や暗さのある茶も悪くはないが、もうちょっと赤みの入っているものが似合いに思える。

「お洋服の色ですけど、今お召しになっているその緑系の茶より、バーントアンバー……同じ茶で赤が少し入っているもの、小豆色とかチョコとか、そういった方がお似合いになると思います」

せっかくの私服でオーダーメイドなのだ。赤系統の茶はもちろん、グレー系であればローズグレー、ベージュ系ならサンドベージュなどもきっと似合う。

気がつけば、ランドルフに似合うと思う色合いについて、熱く語っていた。

しかし、彼は気を悪くすることもなく、真面目に聞いてくれた。

今までは、黒系か茶系という指定だけで、店に任せていたそうだ。彼は伯爵家の出身なので、担当の服飾師は若さより落ち着いたイメージを優先させたのかもしれない。

「なるほど、そういった色もあるのだな。その中で一番小さく見える、いや、圧迫感を与えぬ色を勧めしたい。

教えて頂けるだろうか？」

「ランドルフ様は、十分に引き締まった体型だと思いますが？」

「その、王城の兵舎では私服なのだが、新人に構えられることが多く――」

寡黙で体格がいいので、親しみづらいと思われるらしい。それならば、なおさら淡い色合いもお勧めしたい。

道での話は長引いてしまい、ダリヤに喫茶店で話そうと提案された。

同じテーブルについてわかったのは、ランドルフの甘党。甘いものが好きなのに、これまで菓子を買ったり喫茶店へ行ったりすることができなかったという。

学生時代にエリルキアで暮らし、向こうでは食事が男女別――男性は辛いもの、女性は甘いものと分けられていたそうだ。

辛い干し肉で強い酒を飲むのが男らしい、甘いケーキとミルクティーを飲むのが女らしい。そんなふうに言われ、そこから外れると、男らしくない、女らしくないと言われる。

エリルキアは、甘党の男性と辛党の女性には暮らしづらそうだ。同情してしまう。

男性の甘いもの好きはまったくおかしくない、周囲の男性にも甘いもの好きはいる、ダリヤと共にそう話し――アップルパイにスイートポテト、マロンケーキ、チョコケーキ、梨のタルト、かぼちゃのプリンに普通のプリンなど、三人で甘いもののメニューを制覇した。

その間も、隣国や服に関する話で大いに盛り上がった。

喫茶店を出てからは、中央区の店を見ながら歩いた。途中の店で、ルチアは革靴用クリーム、ダリヤは赤い踵《かかと》のある靴、ランドルフは靴紐《くつひも》の替えをそれぞれ買った。

そうして、ランドルフが馬場まで自分達を送ってくれての今である。

ここは王都の中央区、人通りも多く安全な場所だ。心配いらないと伝えたのだが、彼に真顔で返された。

「女性を馬場までお送りするのは当然のこと――いや、美しい淑女達をお送りする役目を頂きたい」

貴族男性は呼吸をするように女性を褒めるという。ランドルフも貴族なのだと納得した。

その後、彼に礼を言って別れると、空いていた送り馬車にダリヤを乗せる。

予定が合ったらまたお茶をしようと約束し、手を振って見送った。

けれど、ルチアは次に空いた馬車に乗ることはしない。

馬場の建物の端まで来ると、壁を背に人波を見渡す。

目をこらしてもその姿は見えない。けれど、恐らくは『いる』はずだ。

「ええと――ロッタ、いますか？」

小さい声で呼ぶと、少し先、すうっと空気が色付いていくように見えた。

現れた――いや、認識できるようになったのは、ゆるい癖毛の黒髪に濃灰の目を持った青年だ。

ロッタは人に気づかれにくくなる、隠蔽《いんぺい》魔法を持っている。それを解いたのだろう、そのままこちらへ歩み寄ってきた。

「お呼びでしょうか、ルチア工房長？」

ちょっとだけ目を細め、小声で尋ねられた。

その装いは白のボタンダウンシャツにマットな濃灰のベストと細身のズボン。従者向けの目立たぬものではあるのだが、手足がすらりと長いので、格好良く決まっている。

「ありがとうございます、ロッタ。今日もずっと護衛をして頂いてたんでしょう？」

「はい」

彼は本来、服飾ギルド長であるフォルトの護衛兼従者である。

だが、ルチアが休みの日は、護衛役を引き受けてくれている。

隠蔽魔法で近くに潜んでいる形なので、一緒に行動しているようには感じない。それでも、その護衛の腕は確かだ。以前、自分が連れ去られかけたとき、助けてくれたこともある。

あの連れ去り未遂事件以降、服飾魔導工房全体に警備員が増えた。工房の建物だけではなく、移動用の馬車も、御者台に女性の護衛が追加された。

ルチアが本日出かけることも、あらかじめ事務員には伝えてある。

誰かしら警護はつけられるだろうと思ったが、姿が見えないことから、もしかしたらロッタかもと思った。だから一人になった馬場で、名を呼んでみたのだ。

ルチアが外出してからは結構な時間が経《た》っている。ロッタはおそらくずっと近くにいてくれて――そこで気になったことを尋ねてみる。

「私が喫茶店にいる間、どちらにいらっしゃったんですか？」

「店の外におりました。一人で入るには目立ちますので」

「店の外で……ということは、何も食べず飲まずで、ずっと待ってたということですよね？」

「はい」

「ごめんなさい！　ずっと立たせておくなんて、店に入る前に呼ぶべきでした」

同じテーブルではダリヤもランドルフも気を使うかもしれないから、近くのテーブルを準備するべきだった。そこまで先に頭が回らなかったことが申し訳ない。

けれど、ロッタは無表情のまま答える。

「お気遣いなく。屋外で待つのはいつものことですし、護衛中は食べないことがほとんどです。朝食と夕食は頂いておりますので」

外での護衛時は昼食抜きが基本らしい。貴族の護衛とはそういったものなのかもしれない。

それでも、護衛してもらっている自分がおいしいお菓子を食べ、その間、彼を道に立たせていたというのは、どうにも罪悪感がある。これは庶民と貴族の感覚差なのかもしれないが。

ここで食事をしてほしいと願っても、おそらくロッタに断られるだろう。

けれど、護衛任務の一環であれば受けてくれるかもしれない、そう思いつつ問いかける。

「ロッタ、ここから予定は何か――まだ時間はありますか？」

「本日、フォルト様に外出のご予定はございません。終日、服飾ギルド詰めとなっております」

彼の予定を尋ねたつもりだったが、フォルトの予定を答えられた。

けれど、時間があることは理解したので、そのまま話を続ける。

「これから喫茶店に付き合ってもらえませんか？　私一人なので、安全を考えて、同じテーブルについてもらいたいのですが」

「了解致しました」

ロッタの了承を得て、近くの店に入ることにした。

選んだのはダリヤ達と行った喫茶店ではない。馬場の近くにある軽食もとれる食堂だ。

近くに衛兵の待機所があるので、安全だと思っての選択だった。

中へ入っていくと、時間のせいか人はまばらだ。ロッタに席を選んでもらったところ、少し奥、壁際のテーブルとなった。

ルチアの向かいに彼が座り、メニュー表を開く。

「ロッタは何か食べたいものはないですか？　ここ、サラダも何種類かありますよ」

「いえ、特には。ルチア工房長は何になさいますか？」

「私はハーブティーにしようと思います。私一人だと落ち着かないので、ロッタも食べてください」

「はい……」

メニュー表を渡すと、眉間に薄く皺《しわ》を寄せられた。やはり気を使われているらしい。

「遠慮なく！　お友達と一緒のときのように、好きなものを頼んでください」

「いえ、私は友達がおりませんので」

即答され、ちょっと混乱する。

会話を続けようとし、ルチアはポケットから銀色の小さな三角錐《さんかくすい》を取り出した。小さなそれは盗聴防止用の魔導具である。これから尋ねるのが貴族に関することだからだ。

「ロッタが話せる部分だけでいいので教えてください。もしかして、貴族の護衛の仕事だと、『友人を作ってはいけない』という決まりがあるのでしょうか？」

「いえ、私の場合はそういったことではありません。私は『魔付き』であり、『呪い持ち』ですので、友人、いえ、交友関係としては条件が悪いのです」

ロッタが二角獣《バイコーン》の魔付きというのはすでに聞いている。

魔付きは、見た目が魔物に影響される場合や、凶暴性が現れることもあり、恐れられて『呪い持ち』と呼ばれることもある。

魔付きになっていることで危険性がある場合、あるいは本人が望めば神殿で解呪することが多い。だが、魔力が上がる、今まで使えなかった魔法が使えるようになるなど、便利なこともあるため、そのままにしておく者もいるという。特に冒険者ではそれなりにいるそうだ。

実際、ロッタは馬車の車輪を素手で壊せるほど力が強い。

だが、怖い見た目でもなければ、意思疎通が難しいわけでもない。それでも友人として条件云々《うんぬん》と言われるのだろうか。

「交友関係としては条件が悪い、ですか？」

あと、友人というのは条件を満たしてなるものだったか、いつの間にかなっているもの、あるいは時間をかけてなっていくものではなかったか――首を傾《かし》げたくなっていると、ロッタが再び口を開く。

「ルチア工房長は、私が身体強化魔法を使ったときのことを、覚えていらっしゃるでしょうか？」

「はい、覚えています。目がこう、きれいなグラデーションになったときのことですよね」

彼が身体強化魔法を使ったとき、濃灰色の目、その黒い瞳孔が横に長く伸びた。

薄い黒から漆黒のグラデーションとなったそれは、とても不思議で、美しかった。

「あの目を見ると、怖がられることが多いのです」

「私は怖くないですよ。この前はちゃんと守ってもらいましたし」

ロッタは口数こそ少ないが話もするし、いつも礼儀正しい。それに護衛として、きっちりルチアを守ってくれた。味方であれば何も恐れることはないだろう。

「過去に魔付きが暴走して起こした事件もあります。万が一の際、私は主《あるじ》に止めてもらえるよう神殿契約を入れておりますが、やはり忌避《きひ》感はあるかと」

「それなら、『ロッタは安心』ってことじゃないですか。むしろ頼れるくらいに」

無言となったロッタが、一度だけ瞬《まばた》きをした。

先日グラデーションとなった黒い瞳孔は、今、とても丸いまま、自分を見ている。

「――ルチア様は珍しい人間です……あ」

ロッタが微妙な語尾となった。声にするつもりではないことがこぼれてしまったのだろう。

自分が珍しい人間と言われるのもわかる。

彼の周りは貴族や貴族関係者が多い。ルチアのような庶民はいないだろう。

貴族関係者は、庶民よりもずっと安全管理や危機管理の意識が高い。ロッタは護衛としては有能だが、魔付きである以上、私的な交友関係を避ける、それが貴族的な判断なのかもしれない。

ただし、ルチアはそういった判断をするつもりはない。

上司の信頼する護衛であり、自分も守ってもらった相手だ。信頼と感謝と――できれば休みの私服について尋ねたいくらいの興味はある。

「ロッタがこういったお店に慣れていないのはわかりました。ということで、任せてもらっていいでしょうか？」

「はい、お願いします……」

ちょっとだけ小さい声で答えられた。

ルチアはテーブルに置かれた小さなベルを鳴らし、店員を呼ぶ。

「ハーブティーとオレンジジュース、ミックスサンドイッチと、グリーンサラダとクラーケン揚げと……葡萄《ぶどう》のケーキセットでお願いします」

復唱した店員が去っていくと、テーブルは静かになった。

ロッタは口を閉じ、とても姿勢よく座っている。さっきのことを気にしているのかもしれない。

気詰まりな沈黙ではないが、せっかくテーブルを囲んでいるのだ、違う話を振ることにした。

「そういえば、さっき、屋外護衛中は食べないことがほとんどだと聞きましたが、水分補給はどうしているんですか？」

「水分摂取は最低限にしているので、特に問題ありません」

朝晩まとめ食いの上、水分をとらないとは、限りなく体に悪そうである。

「それ、とても辛《つら》そうなんですが。夏場とか大丈夫なんですか？」

「いえ、特には。昔からそうでしたので、体が慣れているのだと思います」

「昔から？　そんなに前から護衛の訓練をしていたんですか？」

「いえ、子供の頃――」

言いかけた彼が声を止め、濃灰の目を伏せる。それは楽しい思い出を振り返るものではなさそうだ。ルチアは即座に止めた。

「ロッタ、言いたくないことであれば言わないでいいです。護衛って訓練も大変そうですし、私が興味本意で質問しただけなので」

自分の興味本位の質問であり、職務上の質問ではない。もし子供の頃から辛い訓練を受けていたなら、思い出したくもないだろう。

話題を流そうとしたとき、彼がテーブルの上、黒い手袋を外した両手をそろえた。

「幼い頃は船で育ちました。食事や水は最低限で、粗相をすれば鞭《むち》で打たれましたので、身体が慣れているのだと思います」

「ロッタの親御さんか保護者さんには失礼ですが、子供にそれはひどいです！」

あまりの扱いについ言ってしまった。だが、彼はあっさり答える。

「私を育成したのは、子供を魔付きにして販売していた組織ですので。生きていればいいという程度だったのだと思います」

「え？　魔付きに、していた……？」

ルチアが混乱している中、ロッタは顔色一つ変えずに言った。

「私は幼児の頃に魔核を食べさせられ、魔付きになった者ですから」

「ちょっと待ってください！　ロッタ、その組織から売られたんですか？　というか、今もそんな組織があるんですか？」

「イシュラナへ出荷される途中、船がクラーケンに襲われ、漂流しているところを保護されました。そのときに組織が国に摘発されましたので、今はございません」

危うく、オルディネ王国の闇組織が今もあるのかと考えてしまったが、そうではないらしい。本当に摘発されてよかった。

しかし、幼児監禁・人体実験・人身売買、全部ひどすぎる。

「でも、腹が立ちますよね！　やってた組織の人全部、めいっぱい食事制限と水分制限してから、筏《いかだ》に乗せてクラーケンの前に置いてきたい！」

怒りに拳を握りしめ、勢い込んで言ってしまった。

ロッタの前、ここまでかぶっていた最後の猫が逃げ出した形だと気づいたが、すでに遅い。

向かいの彼は目を大きく見開き――その後、くつくつと笑い、ようやくに言った。

「はい、私もそう思います」

ちょうどそこへ料理が運ばれてきた。ロッタに料理を勧め、ルチアはハーブティーを手にする。

しかし、じゅわじゅわと音を立てる一皿が届き、はっとした。

「あ！　ロッタの『クラーケンが怖い』ってそういうことだったんですね、すみません、それなのにクラーケン揚げを勧めてしまって……」

以前、服飾魔導工房の打ち上げで、ロッタは怖いものとしてクラーケンを挙げていた。

知らぬとはいえ、自分と同じように童話の挿絵で見て怖そうだったからだろう、あのときはそんな軽い感覚でクラーケン料理を勧めてしまった。しかも今日も同じことをしている。

ルチアは服飾魔導工房長という役がある。ロッタにとっては上役の一人の感覚で、断るに断れなかったのではないか、今頃そう気づいた。無神経で申し訳ない。

クラーケン揚げは食べないでいい、そう続けようとしたとき、彼は湯気の立つ串を持ち上げた。

「いえ――今は、おいしいです」

打ち上げの日に自分が言った言葉を、口調をそっくりまねて返された。その濃灰の目が楽しげに笑っている。

ひたすら真面目だと思っていた彼だが、案外茶目っ気もありそうだ。

今後は彼の前、かぶる猫の枚数を減らしてもいいだろう、そう思った。

そこからはロッタにしっかりと食事をしてもらった。彼は黙々とすべての皿を平らげた。最後にテーブルへ届いたのは、葡萄のケーキと紅茶のセットである。

「おいしそうな緑ですよね」

ケーキにはたっぷりと生クリームが盛られ、その上に皮をむかれたいくつもの大粒の葡萄が、宝石のように光っている。

しかし、向かいの青年はそれを不安げに見つめていた。

「食べたことがないのですが、こちらは虫歯にならないでしょうか？」

彼は虫歯の治療で痛い目に遭ったことがあると聞いたことがある。それを思い出し、ルチアはフォローを入れる。

「帰ってから歯磨きをすれば大丈夫ですよ」

ロッタはフォークの上に生クリームのついた葡萄を一粒、そっとのせる。口元に近づけ、ちょっとだけ寄り目になった後、口内に運んだ。

無言の咀嚼《そしゃく》はゆっくりで、それでも一段明るくなった目の色に、気に入ったのだろうと思える。

黙々と食べた彼は、カラになった皿を前に口角を上げた。

「おいしかったです」

「今は旬《しゅん》なので、よりおいしいんだと思います」

「旬、ですか？」

「ええ、葡萄は夏から秋が旬なので」

収穫後に、氷の魔石を使って冷やしたり、長持ちさせる魔法を使ったりする方法もあるが、やはり旬には敵《かな》わないと思う――そう説明していると、ロッタが深くうなずいていた。

「納得しました。だから野菜も季節で味が違うのですね」

サラダが好きな彼らしい発言だと思った。

しばらく後、話の切れ間に、ロッタが浅く咳《せき》をした。

「――ルチア工房長、先ほど喫茶店にご一緒した男性の方は、魔物討伐部隊の、ランドルフ・グッドウィン様でしょうか？」

「はい、そうです」

隠すことでもないので、すぐにうなずいた。

ロッタはフォルトと共に王城の魔物討伐部隊棟に行くこともある。ランドルフを知っていてもおかしくはない。

「どのような方でしたか？」

抑揚のあまりない声で尋ねられ、ルチアはちょっと考える。

ランドルフはかなり体格がいい。布地も多めに要るだろうが、服の縫い甲斐《がい》、作り甲斐がとてもありそうだ。それに、騎士として鍛えあげたあの体躯《たいく》は、スーツがかっこよく決まるだろう。

いや、ラフな格好もきっといける、冬は羊毛でしっかり編んだセーターなども似合いそうだ。色は生成り、白、あるいは灰赤などもいいかもしれない。

「とてもかっこよくて、服の作り甲斐がありそうです！」

ロッタが無言のまま、瞬きを一つした。

ルチアはそこで自分の発言を振り返る。つい服飾の話として答えてしまったが、彼はそういう意味で質問したのではなかったらしい。

ランドルフは魔物討伐部隊の騎士、そして伯爵家の子息である。そういった立場の者に対し、失礼はなかったか、話が問題なくできたかを心配されたのかもしれない。

ダリヤと一緒だったので、構えずにいろいろ話せたし、彼は服のアドバイスも丁寧に聞いてくれた。春夏物を仕立てるときに相談させてほしいと言われたので、喜んで了承した。

そういったことを思い出しつつ、ルチアは笑んで答える。

「たくさんお話もできましたし、とても楽しかったです。そのうちにまた、お話ししてきます」

「――そうですか」

ロッタは納得してくれたらしい。こくりとうなずかれた。

紅茶を飲み終えた彼が、黒い革手袋を再びつける。小さくきゅっと革が鳴く音がした。

ルチアには、それがロッタの護衛に戻る合図のように思えた。

彼の子供時代を聞き、同情の思いはある。けれど、自分がここで慰めを言うのは違う気がする。

彼は今、フォルトの有能な護衛だ。自分もお世話になっていて、感謝もしている。

だから、ごく当たり前の話――自分の興味本位の話をさせてもらうことにする。

「ロッタは、お休みの日はどんな服装をしているんですか？」

「特に変わりなく、仕事で頂いている服を着ております」

仕事着だけで、私服は持っていないらしい。なんとももったいない話だ。

「だと、自分の部屋にいるときは寝間着を？」

「自室にいるときも同じですが、入浴後はバスローブです。ベッドに入るときは何も着ません」

ロッタは寝るとき裸族《らぞく》であった。友人にもいたのでそう驚かないが、これから寒くなるのだ、冬に風邪をひいたりはしないのかと、ちょっと心配になる。

「何も着ないと、冬は寒くないですか？」

「冬はバスローブを着て眠るか、身体に毛布を巻くこともあります」

「それなら、寒いときだけ冬用パジャマを着た方がいいのではないですか？」

バスローブで寝るのは優雅に思えるが、寝相によっては、前がはだけたり寝返りで絡まったりもする。寒さ対策としてもパジャマをお勧めしたいところだ。

けれど、彼はちょっとだけ低い声になった。

「パジャマですと、尾が邪魔になりまして」

「尾？」

尾、尾、尾――短い単語を内でくり返す。

外から見えないので気づかなかったが、ロッタは二角獣《バイコーン》の魔付きである。尻尾があってもおかしくはない。

「パジャマで尾が邪魔になるというのは、どんな感じですか？　普段のスーツは尻尾が見えませんが、そこだけ隠蔽魔法を使っているとかでしょうか？」

「いえ、隠蔽魔法は使用しておりません。私の尾は細く短めなので、普段はアンダーの内側で腰に巻く形にしております。ただ、パジャマは尻尾が布に押さえられる感じで落ち着かず、眠ることができません」

尻尾の収まり具合が睡眠に影響するようだ。切実である。

「それでバスローブか毛布なんですね」

「はい、朝には外れておりますが」

「駄目じゃないですか……」

冬にそんなことをくり返していたら、風邪をひいてしまう。

尻尾が邪魔にならないパジャマ——尻尾の部分に縦スリットを入れるか、穴あきにすれば、そう難しいことではないだろう。

服飾ギルドでは、魔付き向けに左右の袖の太さを変えた服や、ウロコにひっかかりづらいシャツなども制作している。

フォルトに相談すればロッタのパジャマもすぐできただろうに——ついそう思ってしまった。

だが、ルチアはすぐに考えを改める。フォルトは子爵家当主、ロッタは庶民で護衛役、そして従者でもある。同じ屋敷に住んでいて、毎日行動を共にしているといっても、立場が違う。

それに、これまでを振り返っても、二人には主従として一定の距離があるように見えた。個人的な話を気軽にする間柄ではないのかもしれない。

では、自分はどうだろう？　ルチアとロッタは、臨時の護衛対象と護衛という関係ではあるが、上司と部下ではない。

それにともに庶民だ。貴族の贈り物やら言葉の罠《わな》に引っかかって面倒なことにもならないだろう。

ならば、自分がロッタのパジャマをデザインし、縫えばいいではないか。それなら、ロッタが、自身の尻尾が気にならないような仕様にできる。

以前、連れ去りから助けてもらったとき、お礼を申し出ても職務なので不要だと言われた。けれど、お礼は受け取ってもらえずとも、服飾師の横道はあるのだ。

「ロッタ、魔付きの人向けの、『尻尾が気にならないパジャマ』の試作をさせてくれませんか?」

ルチアは、笑顔でそう問いかけた。


「ただいま戻りました、フォルト様」

服飾ギルド長の執務室に、護衛のロッタが戻ってきた。いつもより少し遅い時間である。

「お疲れ様でした」

フォルトは書類から手を離し、羽根ペンをトレイに戻す。残りの書類は二枚、あと少しで終わりそうだ。そう思いつつ視線を上げると、いつもは無表情なロッタが眉間に薄く皺を寄せていた。

「ご報告致します。本日のルチア・ファーノ工房長は――」

フォルトは聞きながら姿勢を整える。

いつもルチアの行動は大枠だけ、詳細は聞かないことにしている。ただし、何らかの危険、貴族・商会関係者との接触があれば報告するよう命じていた。その報告が、どうやら今日らしい。

ルチアは友人で魔導具師のダリヤと買い物をし、魔物討伐部隊員であるランドルフ・グッドウィンと喫茶店に入った。店内にいたのは三時間ほど、ロッタは中に入らず、道でも一定の距離を保っていたので会話の詳細は不明。

それにしても、喫茶店で三時間とは、何のために、どのような会話をしたのかは気がかりだ――そう思っていると、報告はまだ続いた。

「その後に、ルチア工房長より食事を勧められました」

彼女は馬場でダリヤを見送った後、食堂でお茶を飲み、ロッタには食事を勧めたという。

おそらく昼食を食べぬロッタを気遣ってのことだろう。ルチアらしいと思えた。

「その際、グッドウィン様はどのような方かとお伺いしたところ、『とてもかっこよくて、服の作り甲斐がありそうです』とお答えがありました」

ロッタは会話に交ぜて聞いてくれたらしい。彼にしては珍しい。

それにしても、ランドルフは巨漢といえる体格だ。確かに服飾師としては服の作り甲斐という視点になるだろう、そう納得していると、言葉が続けられた。

「ルチア工房長は、『たくさんお話もできましたし、とても楽しかったです。そのうちにまた、お話ししてきます』と。再会のお約束をなさったようです」

「……そうですか」

声が低くなってしまうのを止められなかった。

服飾方面ではなく、顔合わせであったらしい。ルチアが今日話しただけで再会の約束をしたということは、すでに縁がつながれたということか、それほど相性が良かったということか――いきなりの難題に、頭痛と胸の痛みが同時にきた。

「……グッドウィンのご子息と話しているときは、楽しそうでしたか？」

「はい、そう見えました。ですが、ルチア工房長はいつも楽しそうです」

「ええ、そうですね……」

ロッタの言葉に納得する。

服飾ギルドでも、服飾魔導工房でも、いいや、緊張する王城にいる時でさえ、服飾に携わっているときの彼女は、とても楽しそうだ。

だが、楽しい時間を共にできそうな相手が見つかっても、話が素直に進まぬのが貴族である。

国境伯の次男であり、魔物討伐部隊員、遠征で王都にいないこともあるランドルフが、今のルチアを守り切れるとは思えない。

この縁に他家の策略がつながっていないとも限らない、それに巻き込ませたくもない。

かといって、トントン拍子に話がまとまって、ランドルフが魔物討伐部隊を退役、そのまま国境の伯爵家へルチアを伴って行かれると、共に仕事どころか話をすることもできなくなり――いや、そうではなく、服飾魔導工房、いや、服飾ギルドの大きな損失になる。

「お疲れ様でした、ロッタ。休んでいてかまいません。私はもう少し書類を書かなければいけませんので」

「わかりました」

ロッタの気配が急に薄くなった。

フォルトの気を散らさぬよう、隠蔽魔法をかけて壁際の椅子に座ったのだろう。

ロッタとの契約は護衛と従者の基本業務のみ、本来、ルチアへの聞き取りの任務はない。

話すのが苦手な彼がわざわざそうしてくれたのだ、少し疲れているように見えるのも納得である。

視線がふと、机の左側に向いた。そこにある手紙の束は、ルチアへの見合いと養子縁組の打診、そして服飾魔導工房への紹介希望だ。

これまで自分が裁ちばさみで切るようにしてきたそれらだが、思わぬところに糸があった。

まさか魔導具師のダリヤが、グッドウィン伯爵子息とルチアとをつなげるとは思わなかった。

ランドルフは魔物討伐部隊の騎士、グッドウィン伯爵家は国境の守りを担う家だ。

彼にも家にも、服飾関連のつながりはなかったはずだ。

そもそも、ダリヤとしても、今、自分が開発した五本指靴下や微風布《アウラテーロ》の制作に携わるルチアは、王都にこのまま置いておきたいはずだろうに——いや、この考えは彼女には通じない。

『相手のためになる』、そう確信した場合、ダリヤは自分の損得を考えずに突っ走る傾向がある。

そして、それはルチアにも言えた。

だから、彼女達の行動は読めない。遠回しなことはせず、まっすぐに聞く方がいいだろう。

「早めに確認しなくては——」

インク壺《つぼ》から引き上げたペン先から、ぽたりと黒い液が落ちる。

それは醜いシミとなって、己のカフスを汚していった。


「昨日はとてもお急ぎのようでしたが、季節変わりでお忙しいですか？」

艶やかなテーブルの向かい、芥子色《からしいろ》の髪の男がこちらに笑顔を向ける。

イヴァーノ・メルカダンテ——飛ぶ鳥を落とす勢いと言われるロセッティ商会の副会長であり、やり手の商人である。

「それなりには。ですが、もう山は越えましたよ」

フォルトは笑顔でそう返すと、白ワインを彼のグラスに注いだ。

ここは貴族街のフォルトの行きつけの店、三階の個室だ。ギルドに打ち合わせで来たイヴァーノを、夕食に誘ってやってきた。

昨日は急いでいた——彼にそう言われるのも当然だ。

先日、ロッタの報告を受けたフォルトは、執務の合間を切り取るように、商業ギルドに部屋を持つロセッティ商会へ出向いた。

ダリヤが、ルチアとランドルフ・グッドウィンを引き合わせた、その確認のためである。

だが、慌てるダリヤの説明はこうだった。

たまたま道で会ったランドルフに対し、ルチアが『服が似合っていない』と言いだし、似合う服や色を勧めはじめた。道で立ち止まったままでは邪魔になるからと喫茶店へ。そこで三時間、服に関するレクチャーをし、春夏物を仕立てる際、相談を受けることになった。

一言でまとめれば、いつも通りルチアが服飾師の道を邁進《まいしん》していた、ただそれだけのこと。

見方を変えれば、服飾ギルド員であるルチアが、伯爵家の子息に全力で服の売り込みをかけたとも取れる。

そして、自分が多大な勘違いをしていたことも理解した。

ランドルフには服飾ギルドの優待券を送ろう——フォルトはそう決めた。

ロセッティ商会でダリヤから話を聞いていたとき、同席していたのが、このイヴァーノだ。大事な部下を横から掠《さら》われるようなことがあってはならない、そのあせりが見透かされていたのだろう、なんとも言い難い表情をしていた。

しかし、ルチアのこの件に関しては、服飾魔導工房、服飾ギルド共に深く関わることだ。やりすぎたとは思っていない。

「昨日は突然にお伺いしてご迷惑だったでしょう。お詫《わ》びとして、ロセッティ会長へドレスの一枚でもお贈りしましょうか？」

「フォルト様にお越し頂く際は先触れを頂ければ、もう少し部屋をきれいに片付けておきますので。あと、うちの会長のドレスは、今のところ間に合っているかと思います」

昨日のことをイヴァーノがどう受け取っているか尋ねたが、特に気にすることはないという意味合いの返事をされた。

その落ち着いた声に、彼が庶民であることを忘れそうだ。

イヴァーノがロセッティ商会の副会長となってまだ数ヶ月、貴族と渡り合いはじめたのも同期間。それでいてここまで貴族の言い回しと思考に馴染《なじ》んでいるのだから、なんとも有能な商売人だ。引き抜けるものなら引き抜きたいが、本人に動くつもりが微塵《みじん》もないので無理だろう。それに、ロセッティ商会はこのイヴァーノ以外の者が取り回せるとも思えない。

白ワインを傾けていると、テーブルに前菜の皿が載った。色とりどりの野菜と鶏ササミをコンソメジュレで合わせたそれは、ルチアが好んでいた——そう思い出し、口元がゆるむ。

「やっぱり、ルチアさんがどこかへ行くのは止めたいですか、フォルト様？」

「もちろんです、大切な服飾魔導工房長ですからね」

当たり前のことを聞かれたので即答した。

「ルチアさんのお見合い話も山と来ているでしょう？　うちの会長も手紙が束ですから」

「ええ、お断りの定型文をお返しししていますよ」

本来であればルチアの父の仕事だが、送ってくるのは貴族や商会持ちの商人だ。間違っても無理強いをされぬよう、言質を取られぬよう、フォルトが代わって断りを入れ、釘《くぎ》を刺している。上司としては当然のことである。

「ところでフォルト様、今日の私の服装はどうでしょうか？」

イヴァーノには時折、服のアドバイスをしている。彼は庶民だが、王城の出入りに高位貴族対応もある。礼を欠かぬよう、毎回、細かいところまで遠慮なく伝えている。

「シャツの襟先が指半分浮いています、おそらく糊《のり》が足りません。ズボンのクリース——正面の折り線のことですが、少々甘いようです。他のズボンもそうであれば、アイロンがけの上手な洗濯店に変えた方が無難です」

「わかりました」

彼はすぐにメモを取る。その炭芯の動きが止まるのを待ち、言葉を続けた。

「ラペル——ジャケットの襟の幅のことですが、ネクタイの幅をそちらにそろえると相手に安心感を与えやすくなります。今日のものは少しだけ太めですが、紺色で引き締めた感じになるので問題ありません」

「なるほど、気をつけます。あと、ご相談なのですが、追加でスーツを仕立てようかと思いまして。

無難なものを考えていますが、気をつけることはありますか？」

「イヴァーノにとって、無難なスーツとはどのようなものですか？　いつ、どこで、誰と会うときに着る予定です？」

「わかりづらい質問を失礼しました。希望は、相手に失礼にならないことです。そう多くはないですが、侯爵家のご当主様に面会する機会を頂きまして……」

そのまま右手が胃に伸びるあたり、なかなか大変らしい。

「いくつかお勧めの組み合わせを出します。仕立ては服飾ギルドでも、今、利用しているところでもかまいませんよ」

そう告げると、彼はようやく表情をゆるめた。

そこからは気の置けない雑談になった。

フォルトは流行している柄入りのベストや上着の裏地の話、貴族の家々の結婚話などを話す。

イヴァーノからは下町で流行《はや》っているりんご飴などの菓子のこと、生産量が増えたらしく豆の値段が少し下がった話などを聞いた。

オニオンスープに牛肉のクリームパスタ、カットした鯛《たい》のグリル――食事をしつつ、切れ間なくやりとりを続ける。

こういった情報交換はお互いにとって有益だ。

自分はイヴァーノから商業や庶民関連について、彼はこちらから服飾や貴族関係の情報を得る。

どこで誰と会うにも、話題が豊富なことは武器になる。

貴族とのやりとりが多いフォルトだが、庶民の話となると相手が知らぬことが多く、興味を持たれやすい。

あとは純粋にイヴァーノとの会話が面白いのだが、彼が自分に対して同じかどうかはわからない。

食事の最後、コーヒーをテーブルに置かせると給仕を下がらせた。

ここからは互いの仕事に関する話である。

「服飾魔導工房の方も、ようやく倉庫問題が片付きましたし、あとは定期生産、余力があればストックづくりと五本指靴下の冬向けの開発ですね」

「冬用の五本指靴下って、需要は多いんですか？」

話題を変えて声を続けると、イヴァーノに聞き返された。

「ええ。冬の室内も暖かいところは多いですから。例えば、室内と屋外を行き来する護衛の足元は冬用の戦闘靴です。防水加工がより効いていますから、どうやっても蒸れます」

「ああ、そう考えると、運送ギルド員とか店の御用聞きとか、建物の中と外、どちらも行き来する層、あとは冬用のブーツを使う方々も狙えますね」

「その通りです。できれば、冬用で暖かく、それでいて蒸れないのが理想です」

今、服飾魔導工房でルチア達が取り組んでいるのがそれである。

試作第一号の魔羊《まよう》の五本指靴下はなかなか良さそうなのだが、いかんせん値段は跳ね上がる。

いっそ、金の冠の方の献上品にどうかと思っているのは内緒だが。

「フォルト様、微風布《アウラテーロ》の方はどうです？」

「そちらは来年分を見越して制作を開始しています。特に問題はありませんね。ああ、材料のグリーンスライムの増殖率が良くなったそうですが、手紙は届きましたか？」

「はい、頂きました。スライム養殖場で原因の調査中だそうですね」

微風布《アウラテーロ》の材料の一つは、グリーンスライムの粉である。大量に必要になるので、冒険者ギルドが管理するスライム養殖場で育成している。

増殖率が良くなれば、当然生産量が増え、在庫の確保ができる。うまくすれば価格も下がる。すでに来年の準備をしている服飾ギルドとしてはありがたいばかりだ。

「なんでもグリーンスライムは日光の当たる方が増えやすいとか。他のスライムとは違う、植物的な性質があるようです」

打ち合わせに来ていた担当研究員に尋ねたところ、目を輝かせながら、微に入り細を穿《うが》って説明してくれた。

後半はスライムそのもののすばらしさに話がそれていたが、自分も服飾関係の素材では同じことをやりかねないので最後まで黙って聞いた。

「スライムは色が変わっても似たようなものだと思ってましたけれど、違うものなんですね」

「ええ、防水布に微風布《アウラテーロ》、本当に各スライムあってのものですから。養殖場のスライムに、どうお礼をするか悩んでいるところですよ」

まさか自分が騎士科のときに戦闘訓練をしたスライムが、服飾ギルド長となってから拝みたい存在になるとは思わなかった。

ちょっとだけ目を遠くしていると、イヴァーノが名を呼ぶ。

「フォルト様、それならご提案が——研究員の皆様へ、白衣をどうでしょうか？」

「まさか、破損などの問題が？」

スライム養殖場の研究員達の白衣や作業着は、服飾ギルドの納品である。

スライムが魔力で影響を受けるかもしれないからと、一部を除き、魔法の付与をしていない。

自分の元へ報告は上がってきていないが、もしや、耐久性が足りずに溶ける、あるいは破けるなどの不備があるのだろうか。

「いえ、その――王都からスライム養殖場まではちょっと距離があるじゃないですか」

「ええ。馬車でも多少の時間がかかりますね」

「スライムの餌には、クズ野菜やクズ肉を粉にしたものもあります。あと、一部の研究員さんが、着たきりで研究に没頭しているようで……養殖場の職員施設にも、洗濯できる場所はあるそうなんですが……」

そこまで言うと、イヴァーノは人差し指で鼻の下を軽くこする。それでようやくわかった。

「日頃のお礼を兼ねて、白衣と作業着をお贈りしましょう。あとは、冒険者ギルドのタッソ部長とお話しし、洗濯店の定期馬車を行き来させるよう勧めておきます」

いくら研究熱心とはいえ、匂いが気になるほど着続けるのはだめだろう。洗い替えが必要なのはもちろんだが、定期的に交換・洗濯するようにした方がいい。

しかし、どうしてそんな基本的なことを――そう考えて思い当たる。冒険者達は野営が多く、水浴びもままならぬことがある。研究員達も冒険者ギルド勤務で慣れているのかもしれない。

こういったことは、外部の者でないと気づかぬこともあるのだろう。

「お願いします、フォルト様。あとは――スライムにお礼をするべきなんでしょうかね？」

「そうですね。防水布に微風布《アウラテーロ》、本当にスライム様々です。研究員の皆様の次は、スライムに良い餌を貢ぐことを考えるべきかもしれませんね」

真面目な表情で返すと、イヴァーノに苦笑された。

実際、スライムが好むという栄養液は担当研究員が作っている。そこに高級酒を混ぜたいところだが、本気で怒られそうだ。

そして、自分がスライムより貢がねばならないほど世話になっているところが、もう一つ。

「今年は春からありがたいこと続きです。五本指靴下に乾燥中敷き、微風布《アウラテーロ》、私はロセッティ商会へ一番お礼をしなければと思っていますよ」

「日頃、こちらの方がお世話になっておりますから、お気持ちだけで。ただ――」

イヴァーノがちょっとだけ語尾を濁す。

「いずれ、フォルト様に、本気でお願いさせて頂くことがあるかもしれません」

「かまいませんとも。私の腕の届く範囲であればですが」

もしかして、すでに面倒事の片鱗《へんりん》が見えているのか。自分に相談せずとも、ロセッティ商会であれば、どこぞの伯爵も侯爵も手を貸してくれるだろう。

ただし、服飾関連の相談であれば自分が早い。そちらは婚約のドレスから婚礼衣装まで、いつでも声をかけてもらいたいものだ。全力で対応しよう。

「俺、個人からのお願いでもいいですか？」

イヴァーノはワインの酔いが回ったか、『私』が『俺』に戻った。

少しだけ伏せられた顔を気にしつつ、フォルトは当たり前に答える。

「もちろんですよ」

「――言質《げんち》は頂きましたよ、フォルト様？」

不意に、紺藍の目がまっすぐに自分を見る。そこに酔いは見えなかった。

これはしてやられたか、そう思ったが、言《げん》を翻《ひるがえ》す無様《ぶざま》はしない。

この男が本気で困るところは想像がつかない。

だが、自分を頼ってくれるなら喜んで手を伸ばそう。

「ええ、覚えておきますよ、イヴァーノ」

彼は浅くうなずくと、一拍《いっぱく》空けて言葉を続ける。

「俺ではフォルト様の相談には乗れないと思いますが、もし他で愚痴れないことがあれば声をかけてください。聞いたらその日で忘れますから」

「ええ、そのときはお願いしますね」

フォルトは流れのまま、笑顔で答えた。

服飾師の恋話

「やっと一息つけた気がするわ……」

「ああ、日程表から『至急』の文字がなくなったな……」

服飾魔導工房の大きな会議室は、現在、工房員達の食堂と化していた。

本日は屋台を呼んでピザのランチだ。炭酸水と果実水と共に、各自好きなものを選ぶ形である。

「今日はお昼休憩を倍の時間にするので、ゆっくり食べてください！」

ルチアは声高く告げた。このところ、残業も多く、昼の時間も削って作業する者が多かった。

ようやく全員定時上がりのメドがついた今日は、ゆっくりしっかり食べてもらいたい。

「ありがたい！」

「しっかり食べます！」

工房員達はテーブルにつき、それぞれ最初のピザを味わいはじめた。

本日のピザは四種。スタンダードなチーズとトマト系、ベーコンとアスパラガス、スモークサーモンとルッコラ、キノコをメインとした野菜系である。

いつもは中央区の公園に屋台を開いている者達に頼み、服飾魔導工房に来てもらったのだ。

ピザは焼きたてほかほか、そのいい香りにお腹が鳴りそうだ。

ルチアも席に着き、ベーコンとアスパラガスののった一切れにかぶりついた。

のっている白チーズは控えめだが、ベーコンの塩辛さ、アスパラガスの緑濃い甘さ、全部が混ざり合うと、とてもいいバランスだった。

「これ、すごくおいしい！」

「こっちのスモークサーモンの方もとてもおいしいから、二枚目にオススメよ」

ヘスティアがそう言って、取り皿にのせてくれた。

ルチアは炭酸水で口内を流した後、そちらにフォークを向ける。

スモークサーモンの燻製《くんせい》独特の風味と滑らかさ、それにさわやかな辛さとほのかな苦みのあるルッコラの対比が楽しい。ソースには少しだけガーリックが入っており、ますます食欲が増すおい

しさだ。

「こっちもおいしい！　追加で頼もうっと！」

「チーフって結構食べるけど、なんでそんなに細いんですか？」

テーブルの向かい、縫い子の一人にジト目でそう言われた。

「細くないけど、毎日結構動いてるつもり。あと、朝晩で食べすぎの調整をしたり」

「やっぱり、かなり努力しないとその体型は保てないんですね……」

彼女の皿のピザは一切れだけ、しかもまだ手をつけられていない。ため息をつきつつ、フォークを握ったままだ。もったないことだと、ルチアは思う。

「あたしがこの体型でいたいのは、持っている服を大事に着たいからで、おいしいものが食べたい気持ちが上なら、そのときはしっかり食べるわ。服のためだけに生きてるわけじゃないもの」

「ボス、大丈夫か？　らしくないこと言ってるぞ」

「ダンテ、どういう意味よ？」

彼に真顔で問われたので、口を尖《とが》らせて聞き返す。

自分は確かに服が大好きだが、その他にも、おいしいものを食べるのも、友人と話をするのも好きなのだ。そこまで禁欲的に視界狭く生きてはいない。

「チーフは自分の体型に満足してるってことだな」

「ないものねだりはしないことにしているの。でも、もっと背が伸びるなら、洋服は全部買い換えてもいい……」

炭酸水で酔ったわけではないが、後半に本音がこぼれてしまった。工房員達が微妙に笑う。

「チーフ、もしかして、身長を気にしてたんですか？」

「気にしてるってほどじゃないけど、もうちょっとあると服が映えるのにっては思うことはあるわ」

成長期はすでに終わっているので、おそらくこれ以上は伸びない。でも、もらえるものならばあと十センチ、せめて五センチは欲しかった！　服のデザインをしていると時々思う。

「でも、そもそも骨が違うからどうにもならないし、各自の基礎体型ってあるじゃない？」

「基礎体型……なんて残酷な言葉を……」

悲痛な声を出されたが、身長、骨格など生まれ持ったものは変えられない。

「皆一緒の方が怖いわよ、見分けがつかないもの。それに、本人が好きで似合う服で素敵に魅せる方がいいと思うの。華奢《きゃしゃ》な人が好きな子もいれば、丸みのある人が好みっていう人もいるでしょ？　背が高い人がいいとか、筋肉質な人がいいとか、こだわるところもそれぞれだし」

自分がそう言うと、周囲がそれぞれにうなずいたり、好みを語り合ったりしはじめる。

その中で、一人の編み師が片手をちょっとだけ上げた。

「俺はちょっと丸みのある女性の方が好きです。こう、優雅な感じで、魅力的じゃないですか」

「そうなんだ……」

縫い子が小さくつぶやくと、編み師は自分の席から皿を持って歩み寄っていく。

「あの、よろしかったら、こちらのピザはどうですか？」

「あ、ありがとうございます……」

もしかすると、編み師と縫い子の需要と供給が合ったかもしれない。

八本脚馬《スレイプニル》に踏まれたくはないので、そっと視線を外す。

切り換えた視線の先、濃灰の髭《ひげ》を持つ中年の縫い子が、その赤茶の目を細めていた。

「まあ、人の好みなんてあってないようなもんだからな」

「それは、ジーロの好みの範囲が広すぎるだけじゃないのか？」

ダンテがそう混ぜ返すと、笑って続けられる。

「それもあるがな、人間ってのは丸ごとで惚《ほ》れ込むもんだ。それまで長く艶《つや》のある髪が女性の魅力云々《うんぬん》言ってた奴が、一晩であっさり、短髪ばっさばさの女に惚れ込むことだってあるぞ」

「それこそ、ジーロじゃないの？」

「その通り。それまで言ってたことがざばざば水に流れて、日に灼《や》けた短髪の奥さんの方がずっといい、そう本気で言いだすわけだ」

経験者らしいお言葉であった。

ちなみに、彼の妻は王都の衛兵である。長身で短髪の美しくかっこいい妻、とはジーロの説明だ。ぜひ一度、お目にかかり、全部ジーロ製というお洋服について伺いたい。そう思っていると、ヘスティアが長めの吐息を漏らした。

「ロマンチックなお話ね。『恋には落ちるもの』と、歌劇でも歌われるものだし……」

彼女の言葉に対し、ジーロは笑ってうなずく。

「そうだな。空を飛ぶ鳥が地面に叩《たた》き落とされる程度のもんだ」

それはとても破壊力がありそうである。一歩間違うと息の根が止まりそうだが。

「あら？」

ジーロの恋話《こいばな》の途中、テーブル端に座る青年が、まだ一口も食べてないことに気づいた。

服飾魔導工房で、総務を担当してくれている男性である。

「あの、調子がよくないですか？　それとも、ピザが苦手とか？」

昼食をピザにする予定だが苦手な者はいないか――そうあらかじめ聞いてもらったのだが、そのとき部屋にいなかったなども考えられる。つい心配になってしまった。

「いいえ、そうではないんですが……」

彼は青い目を泳がせ、申し訳なさそうに言った。

ますます理由がわからず、じっとその顔を見てしまう。

「不調なら遠慮なく言っていいぞ。胃もたれしそうなら、野菜サンドでも配達してもらうし」

自分に代わり、隣のダンテがそう続ける。

「いえ！　本当に食事のことではなく、昨日ちょっと……まあ、彼女と別れまして……」

まさかの失恋であった。それはピザも喉を通らなくなって当然だろう。

けれどその言葉に、どうしても気になることがあった。

「もしかして、このところ仕事が忙しすぎて、会う時間が少なかったのが理由ですか？」

それであれば大問題である。残業や休日の少なさなどが理由であったり、そこから誤解を受けたりしてのことなら、工房長として謝りたい。

「いえ！　そうではありません。仕事で無理はしてなかったですし、休みにはちゃんと会ってました。ただ、感覚が合わないとわかっただけで……」

彼はその目を伏せる。言いづらそうなので、これ以上聞くべきではないだろう。ルチアがそう判断したところを、ジーロが口からピザのチーズを伸ばしつつ尋ねた。

「感覚というと、金銭感覚あたりか？」

「いえ、そちらではないんですが……」

周囲の目がちらちらとこちらに向きだす。皆、それなりに気になる話らしい。

総務の青年は、果実水をごくりと飲むと、青の目で周囲を見渡した。

「皆さん、突然ですが、手帳は恋人に見せられますか？　または、見たいと思いますか？」

いきなり難題がきた。

ルチアは真面目に考える。服飾魔導工房の納品、王城や商業ギルド、顧客の屋敷へ行く日取り、そういったものを書いてある手帳は、恋人でも見せられない。

逆に考えて、恋人の手帳を見るつもりはない。床に落ちていてもきっと開かない。もっとも、その前に恋人がおらず、できそうな気配もないが。

「私は見せない派、仕事のことなんかも書いているから。同じ理由で、相手の手帳を見ようとは思わないわ。気になることがあれば本人に直接聞くと思う」

「俺も見せない派に一票。納品先とかは記号で書いてるからバレないとは思うが、王城に行く日取りとかは万が一にもだめだろ。トラブルのメモなんかは読ませたくもないし。相手だってそういうのはあるかもしれないからな」

ダンテも自分と一緒だった。

「俺は奥さんに言われたら見せるな。まあ、俺は取引先に行くことはないし、秘密にするようなことが何もないからだが。あと、奥さんの手帳は見せられてるぞ、衛兵の早番遅番があるから、食事を作る都合で」

「恋人はいないですが、他の誰かと付き合ってるんじゃないかとか、もし心配されたら見せると思います。相手に関しては、そのとき次第としか言えません」

青年は誰かが答える度にそちらを見ていたが、話が切れると、軽く咳《せき》をした。

「仕事で知られて困るようなことは書いていなかったのですが――私は人の手帳を勝手に見る人は無理でした」

「勝手に見るって？」

「店で食事中、手洗いから戻ったら彼女が私の手帳を開いてました。席を外している間に、上着の内ポケットから抜いて」

「ないわー」

「あー、俺も無理だ、それは」

ダンテとハモってしまったが、その行動はやってはいけないラインを越えている。少なくとも自分は無理だ。

「それで喧嘩《けんか》になったのか？」

「いえ、その場で謝られました。ちゃんと仕事をしているのか、他に誰かがいるんじゃないかと心配だったと。ですが、感覚的にこう、だめになりまして――」

「え？　すごく不安だったんじゃないですか。二度と勝手に見ないと約束してもらって、話し合ったらやり直せません？」

若い縫い子がそう尋ねたのに対し、青年ではなく、ジーロが答える。

「気になるならやめといた方がいいだろうな。その感覚差は埋まりづらい……」

うなずいている者が結構いるが、腕組みをして考え込んだり、首を傾《かし》げたりしている者もいる。

どうやら本当に感覚差があるらしい。

その中で、縫い子の一人が右手をちょっとだけ挙げた。

「そういうことって、相手のことが生理的に無理になったらそこまでだと思います。私も先月、掃除を手伝ってくれるふりで給与書類を探されて、完全に無理になったので」

「わぁ……」

「ずいぶんと手の込んだお手伝いっぷりだな……」

相手の経済状況を知りたいのはわかるが、なぜそういったやり方になるのかが理解できない。

「聞きづらかったんだろうな。家捜《やさが》しはどうかと思うが」

「素直に『お給料はいくらもらってる？』って聞けばよかったのにね」

「いえ、その少し前に聞かれたから教えたんです。そのとき、彼より多かったらしくて……」

服飾魔導工房の給与は服飾ギルドより少し上だ。男女の別なく、作業区分と労働時間で決まる。

腕のある縫い子で残業をしていれば、それなりに高い。あと、このところ残業が多かったので、そのせいもあるのかもしれない。

「それで別れ話でもされたか？　男としてのプライドがへし折られたとか言って」

縫い子は首を横に振り、固めきった笑顔で続けた。

「いえ、『自分よりもらってるのが本当か、結婚前にきちんと確認しておきたかった。この額なら安心だ。今度、自分の給与書類も見せるから』、そう言われました」

そこまで言うと、彼女はぐっと握りこぶしを作った。

「プロポーズ、まだされてなかったんですが！　もちろん返事もしてないですが！」

「ないわー、ないわー、ないわー」

「信頼もない、謝罪もない、それがプロポーズ代わりにするとか、三段落ちでないわな」

語彙《ごい》もなくなっているルチアの思いを、ジーロが正しく代弁してくれた。

「はい！　今後の付き合いも無理になったので、その日でお別れしました！」

言い切った縫い子の顔には、一切の陰がなかった。

工房員達が拍手をしている。ルチアも強く手を打って加わった。

「よし、次にいこう！　ってことで、追加の焼きたてピザをもらいに行こうか」

ジーロの明るい声に、数人が席を立つ。

まだまだ、ランチタイムは続きそうだった。


にぎやかに会話が続く中、ロッタは無言でピザを咀嚼《そしゃく》していた。

自分は服飾魔導工房員ではないのだが、フォルトからの書類をルチアに渡し、そのままランチに誘われた。フォルトは本日、服飾ギルド内で顧客と昼食だ。自分は空き時間なので素直に受けた。

ただ、話題が恋愛になってからはこっそり隠蔽《いんぺい》魔法を使っている。

これに関しては、話を振られてもうまく受け答えができないからだ。

とはいえ、長く使っているのも気づかれるかと思い、ピザを飲み込むと、隠蔽魔法を解いた。

そうして果物水に口をつけ、はっとする。今日のこれはどうやら葡萄《ぶどう》味らしい。

この前、ルチア同席で食べた、艶《あで》やかな緑の葡萄のケーキが思い出された。

あれほどおいしいケーキを食べたのは初めてだ。

旬のものはおいしい、ルチアが教えてくれた意味がわかった気がした。今まで自分が気にしたことのないそれは、意外に大切なことかもしれない。

飲み終えたグラスをテーブルに置いたとき、ダンテが追加の皿を持ってやってきた。

「ロッタ、まだ食べられるだろう？」

自分の好みを考慮してくれたらしい、勧められたのはアスパラのピザとキノコのそれだ。

礼を言って受け取った。ダンテはちょうど空いていた隣に座る。

「ピザもいいけど、ロッタは他に好きな食べ物ってある？」

「――葡萄のケーキ、でしょうか」

先ほど思い出していたものを告げると、彼はくすりと笑った。

「意外に甘党なんだ」

「そうかもしれません。ルチア工房長に勧めて頂いたものがおいしかったので」

「ボスに？」

「はい。先日、ご馳走《ちそう》になりました」

甘いもの好きだとは、先日まで自分も知らなかったが。

「そこまで言う！」

離れたテーブルで、きゃあきゃあと声があがった。まだ恋愛話が続いているようだ。

恋愛対象に対し、筋肉の必要性について力説している縫い子と、低い声の重要性を訴える編み師で意見が割れている。

まとまらぬほど難しい問題らしい。真ん中になったルチアが、腕を組んで考え込んでいた。

ダンテが少しだけ目を細め、それを見ている。

「あっちはずいぶん盛り上がってるな。ところで、ロッタは心躍るような方は？」

「心躍る……」

これは確か、一緒にいて楽しいときに対して使う言葉だったか――最近読みはじめた会話術の本を思い出しながら、頭に浮かぶものを答えた。

「馬達です。朝、鍛錬で併走をしておりますので」

心が躍るというか、実際に馬と駆け、身を躍らせるわけだが、とても楽しい。

馬達もわかってくれているので、自分の走る空間をあけてくれたり、ぶつからぬように避《よ》けてくれたりする。たまにその背に乗せてもらうこともあるが、やはり共に走っている方がいい。

「馬達と、併走……」

ダンテが炭酸水を片手に、アイスグリーンの目を自分に向ける。それは困った色を宿していて――何か間違った答えを返してしまったかもしれない。

「お答えの意味が違ったでしょうか？」

「いや、俺の聞き方が悪かったんだと思う。その、恋愛的に付き合いたい相手はどんな人かとか、タイプを聞いたつもりだったんだ。ロッタにとって失礼な質問だったら申し訳ない」

ちょっと言いづらそうに言われ、納得した。

自分の恋愛相手――恋人や番《つがい》になりたい相手のことらしい。それならば簡単である。

「問題ございません。私は発情しませんので」

ぶはり、ダンテが炭酸水を噴いた。

「ええと……これはまた、まっすぐなお答えで……」

この答えも外してしまったらしい。隣の彼は、ナプキンでテーブルを懸命に拭きだした。

やはり恋愛の話題の受け答えは難しい。ロッタには人の好き嫌いがわからないからだ。

過去に人から好意を伝えられたことはある。だが、自分が魔付きだと説明するだけで事足りた。

見た目の好みは確かにあるだろうが、それは包装紙のようなもの。そもそも、好き嫌いというのは条件によるものではないか？　ロッタはそう思う。

相手が自分に優しい、居場所をくれる、生活を守ってくれる、そういったことで、そのそばにいたいと思うもの、そう考えると理解できるのだが――それと恋とは別らしい。

周囲では条件が良くなかろうが、相手の対応が悪かろうが、その恋路に踏み出す者がいる。

ロッタにとっては、それは不思議でしかない。

ふと、自分の元々の雇い主である、金髪の女性を思い出した。

ロッタの背が今ほどなかった頃、彼女に同じような質問をされたことがある。『ロッタ、好きな人はいる？』と。

『あなたです』と返したら、頭を撫《な》でられ、優雅に微笑《ほほえ》まれた。

『ありがとう。でも、これと恋とは違うものよ。いつかあなたも、誰よりも大切だと思える人に会えればいいのだけれど……』。その言葉は願いのようでも、その目にはどこか陰りがあった。

世話になっている雇い主、あるいは護衛対象よりも大切な者――そんな者はいたこともないし、これから出てくるとも思えない。

魔付きの自分には生涯わからぬものだろう、あのときも今も、そう思う。

気がつけば、ダンテとの会話が途切れてしまっていた。こういうときは確か、似たような質問を相手へするのだったか。本の内容を思い出しつつ、ロッタは口を開く。

「ダンテ様は、どんな方とお付き合いをなさりたいですか？」

自分のグラスに炭酸水を注ごうとしていた彼が、一拍《いっぱく》、動きを止めた。

けれど、何事もなかったように笑顔で続ける。

「明るく、強く、優しく――一緒にいると退屈しない女性がいいですね」

注がれるしゅわしゅわとした泡の音が、その声に混じった。

その条件にすぐ思い浮かぶ者が一人いる。太陽のように明るく、クラーケンに怯《ひる》まぬほど強く、皆に優しく、何を言いだすか予測がつかない緑髪の女性。

けれど、それを口にしていいかがわからない。代わりにロッタが口にするのは一切れのピザだ。

話が切れてもおかしくないよう、ゆっくりと咀嚼する。

横のダンテもまた、ピザにかじりつき、同じ話を続けることはなかった。

時折響いてくる明るい笑い声は、とても心地よい。

ダンテにもルチアにも、一番条件の良い相手が見つかればいい――ロッタは、ただ、そう思った。

ドレスの依頼と舞踏会見学

「お忙しいところ、お時間を頂き、感謝申し上げます。ルイーニ様、ファーノ工房長」

服飾ギルドの応接室、一人のご令嬢が丁寧な挨拶をする。

その装いは明るめの紺のワンピースに、白襟と白いカフス付き。スカート部分はそれほど広がらない細めのプリーツだ。襟からウエストへ並ぶ小さな金ボタンがいいアクセントになっていた。

艶《つや》のある長い金髪はワンピースと同じ紺色のリボンでまとめられ、その背に揺れている。化粧は薄め、ベージュの靴の踵《かかと》は低い。

トータルで清潔感があり、どこから見ても品のいいお嬢様に見える。

「ようこそ、服飾ギルドへ。本日は——清楚《せいそ》な装いがお似合いですね、フランディーヌ嬢」

「お声がけをありがとうございます、エルノーラ様」

ローテーブルの向こうにいるのは、フランディーヌ・エルノーラ。エルノーラ伯爵家のご令嬢である。

自分はなぜこのご令嬢に指名されたのか？　いや、そもそもこのご令嬢の変わりっぷりは何なのだろうか？　ルチアは内でぐるぐると疑問符を渦巻かせていた。

フォルトともども、いつもより口調がゆっくりになっているのは勘弁してもらいたい。

「先日は大変失礼な振る舞いをし、ご迷惑をおかけしたこと、深くお詫《わ》び申し上げます」

エルノーラが自分達の前、深く頭を下げた。

少し前、ルチアの友人であるルネッタが男爵令嬢としてデビュタントにのぞむことになった。デビュタントのドレスは服飾ギルドが制作し、ルチアもお祝いの気持ちを込めて針を通した。

その大事な大事なドレスを、デビュタント当日、ワインをかけてわざと汚したのがこの者だ。

あのときは、ルチアだけではなく、フォルトまでが全力で責任追及し、高級デザインのドレスの三着分の金額を支払わせた。

その後にお詫びの手紙と品物が送られてきたが、あの日の彼女を覚えている自分としては、今一つ信用できない。

けれど、貴族令嬢が服飾ギルド長であるフォルトへはともかく、自分に頭を下げているこの状態は、正直、心臓に悪い。

「私の方はドレス代をお支払い頂きましたので何も。ルチアはどうですか？」

「その後のお詫びもお受け取り致しましたので、どうかお気遣いなく」

貴族向けの笑みは返せたが、声は少しだけ硬くなってしまった。

挨拶からお詫びへと続き、そこでようやく全員がソファーに腰を下ろした。

「今日は、ルチアに舞踏会向けのドレスを依頼したいというご相談でしたね」

「はい、お願いできるのでしたら。ご不快な申し出であれば、お断り頂いてかまいませんわ」

「断られることをお考えになっても、こちらへいらっしゃったと？」

フォルトが確かめるように言うと、彼女はしっかりうなずいた。

「はい、お断りされても当然だと思っております。ただ本日は、お会いしてお詫びをお伝えできればと思いましたので」

あのデビュタントの日の者と、本当に同一人物なのか、そう問いたくなるほどに腰が低い。

だが、ここまで言われた以上、庶民の自分が謝罪を受けないわけにはいかぬだろう。

「私に関しては、もうお気になさらないでください。ルネッタの方は——私の方からは申し上げられませんが」

自分はあくまでもルネッタの友人であり、彼女のドレス制作に携わった一服飾師である。ドレスの被害は請求できても、ルネッタが大切なデビュタントの日を汚されたことに変わりはない。その責に関しては、自分が言えることではないのだ。

「それについては先日、カレガ男爵の領地へ父と伺い、お詫びを申し上げて参りました」

親子で筋は通したらしい、一段見直した。

「カレガ様も、『ルネッタさん』も、寛大にも水に流そうとおっしゃってくださって……」

青い目が罪悪感の重さに耐えかねたように伏せられる。

だが、フランディーヌが『ルネッタさん』と呼んでいる以上、彼女を名呼びするほどの交遊は持った──つまりはルネッタが許した形になったのだろう。

もっとも、伯爵家が親子で男爵家へ謝罪に来た場合、許さないという選択肢もないだろうが。

とりあえず表情を整えたまま、話の続きを聞く。

「カレガ男爵の領地はいかがでしたか？　緑多き地だと伺っておりますが」

「はい、とても大きな牧場で……ルネッタさんに案内して頂きました。そこの馬を父がとても気に入って、新しく飼うことになりましたの」

「そうでしたか。どのような馬をご購入になりました？」

「栗毛《くりげ》が二頭と黒馬が一頭、あとはルネッタさんにお勧め頂いた灰色の小馬が、もう少し育ってから来るそうです」

「それはまた──厩舎《きゅうしゃ》がにぎやかになりますね」

フォルトの声に少しばかり驚きが混じった。

カレガ男爵の育てる馬は賢く健康だが、それなりにお高いと聞く。それを四頭も購入——ルチアはそこでルネッタの明るい笑顔を思い出す。

彼女はすでに商売もうまいらしい。将来が怖い、いや、大変楽しみな男爵の娘である。

「じつは、舞踏会のドレスをファーノ工房長にお願いするよう勧めてくださったのは、ルネッタさんなのです……」

「そうでしたか」

話を聞いて納得した。ルネッタはルチアにもフランディーヌとの関係を修復させるつもりだろう。

相手は伯爵家の令嬢、禍根《かこん》を残しておくのはまずいと判断したのかもしれない。

思うところはまだあるが、服飾ギルドのためにもこの依頼は受けた方がいいだろう。

「ルチア、受けるか受けないかは、あなたが判断しなさい」

まるで考えを見透かされたかのように言われた。

服飾ギルド長であり、子爵家当主のフォルトの顔を立てるなら、受けるべき仕事だ。

けれど彼は、ルチアが嫌であれば受けなくていい、そう意思を尊重してくれる。

確かに、目の前のフランディーヌへの不信感は、ゼロになったとは言えない。

だが、反省し、謝罪と行動を示したのだ、ここは一服飾師として受けよう。

「お受けしたいと思います。ただ服飾魔導工房の仕事もありますので、ある程度のお時間を頂くことになるかと思います。それでもよろしいでしょうか？」

「はい、かまいません。次に舞踏会に出るのは年末、我が家の主催のものだけですので、急いではおりません」

時間はそれなりにありそうだ。ならば、ここからは聞き取りである。

「舞踏会のドレスは、どのようなデザインがよろしいでしょうか？」

「伯爵家息女らしく——落ち着いた色合いで、背伸びのない装いでお願いします」

とても意外な言葉が返ってきた。

思い出すのは、フランディーヌが前回着ていた、鮮やかな赤いドレス。胸元の大きく開いたカッティングで、きらびやかな金のビーズ飾りがある、大人っぽいデザインだ。

美しくはあるのだが、思い返せば、彼女がもう少し年代が上になってからの方が似合う気がする。

だが、いきなり趣味が逆方向へ変わったのが不思議だ。

それとも、あの赤いドレスだけが特別なのだろうか？　もしかしたら婚約者などからの贈り物かもしれないが——そう思ったとき、フォルトが口を開いた。

「フランディーヌ嬢がこれまでお召しになっていたデザインとは、また別のようですね」

彼は夜会や晩餐会《ばんさんかい》への参加が多い。彼女の以前の装いを知っているだろう。

「これまでは——お恥ずかしながら、亡くなった母のようになりたくて、合わぬ背伸びをしておりました」

「そうでしたか……」

フォルトは納得したようだが、ルチアにはわからない。素直に尋ねることにする。

「失礼ですが、どのような方だったかを伺ってもよろしいでしょうか？」

「優しく、美しく、話し上手で……身内贔屓《びいき》ではありますが、いつも華やかに装った、貴族女性らしい人でした」

「ラナンキュラスのようにお美しい方でしたね。話題が豊富で、歌劇や音楽に関する造詣も深く――お話しできなくなったのが残念です」

華やかで美しく、社交に長《た》けた貴族女性。これまでのフランディーヌが背伸びしても目指したかったものは、朧《おぼろ》にわかった。

けれど、次に着たいという背伸びのない装い、そのイメージは具体的に浮かばない。

「舞踏会の服は、今、お召しになっているような落ち着いた感じがお好みでしょうか？　それとも、若さのあるさわやかな装いがご希望ですか？」

デザインの方向性を知りたくて尋ねると、彼女は眉間に薄く皺《しわ》を作った。

「それは……」

「遠慮なくおっしゃってください。お伺いしたことを外部に漏らすことはございませんので」

「その、何を着たいかが、わからなくなりました……何を着たくないかはわかるのですが」

不思議な答えに思えたが、これまでと違うスタイルを模索中なのかもしれない。

「では、着たくない服をお教え願えますか？」

「派手なもの、頭が悪そうに見えるもの、相手を不快にするもの……などでしょうか」

迷いながらも、そう答えられた。

思い出すのは、友人が就職試験を受けるときの服装相談である。夜会の華やかさとは逆方向だ。

「堅実で品格のある貴族――次期当主を目指すにふさわしい、装いをお考えですか？」

フォルトの突然の質問に、ちょっと驚く。

けれど、目の前の彼女は動じることはなかった。

「残念ながらまだそこまでは遠く。この年で礼儀作法と語学をやり直し、商業学校の夜間の部で学んでおります。当主の学び始めにはたどり着いてもおりません」

貴族のフランディーヌが家庭教師からではなく、庶民も多い商業学校、しかも夜間の部で学んでいるとは驚きである。

そして納得した。本日のこの服装は、これから商業学校へ通うためのものだろう。

「商業知識というと、上がってくる書類や経理簿の査定に必要ですね」

「はい、家の仕事や取り回しのためには必要ですから。数字の確認もできぬうちは父の手伝いもできません。できるだけ早く書類が読めるようにと思いまして」

「できるだけ早くということは、近いうちに『お祝い事』をお考えでしょうか？」

「いいえ、今の私では一貴族としても足りぬことが多いので、婚約は考えておりません。今後の学びが間に合えばと思っておりますが、力不足であれば一族から養子を願おうと思っております」

この場合の『お祝い事』とは婚約のことらしい。

けれど、それが学ぶ理由ではないと彼女は答えた。

これからいろいろなことを勉強し直し、当主を目指す、それでも己に力が足りなければ、一族から養子を取って継がせる――そう言い切るフランディーヌは、ルチアから見ればとても貴族らしい。

そして、気がついた。次期伯爵家当主を目指す女性、その舞踏会のドレスは、どのようなものがふさわしいのかがわからない。

本を読んだ分の知識があるにしても、庶民の自分は実際に見たことはないのだ。

知識足らずで作っては、彼女にも服飾ギルドにも迷惑をかける可能性がある。

「申し訳ありません、エルノーラ様。私では経験不足で、次期当主を目指す方にふさわしいドレスが作れるかどうか……」

そこまで言ったとき、フォルトに声をかぶせられた。

「私も服飾師として名を並べさせて頂いてもよろしいでしょうか？　指名料金は頂きませんので。服飾ギルドでは服飾師を育てるために、先輩後輩で組むことがあります。ルチアの経験不足は私が補います。それと――」

右手を胸に当て、フォルトが声をわずかに低くする。

「フランディーヌ嬢、いいえ、フランディーヌ様、これはあなたがエルノーラ伯爵家当主を目指す、始まりのドレスとなりましょう。その決意を、この私に応援させては頂けませんか？」

「ルイーニ様……」

艶《あで》やかに笑ったフォルトに、フランディーヌが頬《ほお》を赤く染める。

フォルトのこの笑みはとても破壊力がある。貴婦人方が目に熱を宿すのもよくわかる。

個人的には作業場でシュークリームを渡したとき、少年のように笑う顔の方が好きだが。

「わ、私としては、ルイーニ様と、ファーノ工房長にお作り頂けるのは、とても光栄なことです」

懸命に声と表情を整えようとするフランディーヌが、とてもかわいく見えた。

「ありがとうございます。では、舞踏会のドレスのデザインは、何点かそろえてお持ちしましょう。ルチアもそれでいいですね？」

「はい！　よろしくお願いします！」

結局、何から何までフォルトにフォローされてしまった。

自分が後輩服飾師なのはその通りだが、いろいろと不足すぎて申し訳ない。

「フランディーヌ様、年末の舞踏会の際、身につけたいアクセサリーなどはありませんか？」

イメージをつかむためであろうフォルトの質問に、彼女が考え込む。

「できましたら、東ノ国《あずまのくに》の真珠のネックレスを。一連でそう粒が大きくないため地味かもしれませんが、母が成人の祝いに贈ってくれたものですので」

「それは素敵ですね。では、私達で、お母様の祈りにふさわしいドレスをお届けしましょう」

私達——フォルトとルチア、共同でのドレスデザイン、しかも相手は次期伯爵家当主を目指す者。

肩の力は入りまくるが、心臓もドキドキするが、それでも——ぜひ作らせて頂きたい。

「素敵なドレスを目指します、エルノーラ様！」

ルチアは拳を握って笑んでいた。


その後、フランディーヌは商業学校の夜間の部に行くとのことで、挨拶をして退室していった。

昼間は礼儀作法と語学、夜は学校で勉強、帰宅して課題。そう考えると、なかなかハードスケジュールに思える。

けれど、最初に会った日よりも、彼女はずっと活き活きして見えた。

「人って変わるものですね……」

「ええ、そうですね……」

一息入れるためと出された紅茶を前に、フォルトとしみじみ言ってしまった。

でも、フランディーヌの変身でちょっとだけ気になるのは、ご家族のことだ。

「あの、つかぬことをお伺いしますが、エルノーラ伯爵様はお元気でいらっしゃいますか？」

「その心配はありませんよ、ルチア。エルノーラ伯はご健康です」

遠回しに聞いたつもりだったが、すぐ理解された。もしや父の容態が悪く、フランディーヌが急いで後継を目指しはじめたのかと心配になったからだ。

「あの一件の後、エルノーラ伯爵が婚約者候補すべてに断りを入れたそうです。まあ、それほどの良縁もなかったようですが。当主として家業を継げそうな能力と、一定以上の魔力があっても、品格は足りなかったようですから」

すでにフォルトはある程度知っていたらしい。辛辣《しんらつ》に聞こえるが、実際その通りなのだろう。

「フランディーヌ嬢は魔力高め、水魔法と風魔法の二つ持ちだそうです。そのせいもあり、家業に向いた婿をもらい、彼女は次世代に高い魔力を受け継ぐ子を、そう母君から望まれていたようです。母君がお亡くなりになっていなかったら、とうにフランディーヌ嬢の婚姻も結ばれていたでしょう」

「お母様が？」

フランディーヌが尊敬しているはずの母親、母から彼女が望まれたこと、今の彼女――ルチアの中では、どれも重ならない。

「エルノーラ伯爵は、家の仕事の関係上、船で国外へ行くこともあると伺っています。フランディーヌ嬢は一人娘です。母君が娘に当主を望まなかったのは、自分の近くで安全に苦労なく生きることを願ったからかもしれませんね……」

フォルトの語尾が低く消えた。

安全に苦労なく、自分のそばで暮らしてほしい、そんな母の願いが、フランディーヌの呪縛になったのかもしれない。華やかな表面だけをなぞろうとして失敗した。

けれど、彼女は自分で道を選び直した。今日の装いは、以前のものよりずっと似合っていた。

「今は叔母上からも鍛えられているとか。商業学校へ行かれたということは、本気で当主の道を歩もうとなさっているのでしょう」

「やっぱり、当主というのは大変でしょうか？」

「そうですね。私も子爵家当主ですが、それなりに努力が必要でした。ただし、彼女は伯爵当主、加えて女性です。女性で当主になる方は男性より少なく、風当たりもあります。より大変なのは確かでしょうね」

険しい道を選んだ彼女のドレスは、どんなデザインがいいだろうか。応援の気持ちを込めたいとは思うが、今はまだ思い浮かばない。

「ルチア、今回は時間がありますよ。今までのように急ぐことはありません。いろいろとデザイン画を描いてみて、その都度、話し合いましょう」

フォルトは自分の迷う気持ちもお見通しだった。

ありがたく思いつつも、ふと、今までに作った服を振り返る。

「考えてみれば、ダリヤのドレスも、ジャスミン様のドレスも、アルトゥーロ様のスーツも、カッサンドラ様の衣装も思いきり急ぎでしたね……」

「ええ、そうですね……」

思い返したのはフォルトも同様だったらしい。

紅茶を前に、二人そろって先ほどと同じ口調になってしまった。

ちょっとだけ遠い目になりつつ、紅茶で喉を潤していると、名を呼ばれる。

「ルチア、当主向け礼儀作法のメモと貴族の礼装の本がありますが、読みますか？」

「ぜひお願いします！」

「他に手にしたい資料や、参考素材があれば遠慮なくどうぞ。後輩への応援としてそろえますよ」

「資料として、実際の舞踏会のお洋服が拝見できればと！　着ているところをスケッチできれば、なおいいのですが……」

欲望のままに答えてしまったが、無理難題であるのは自覚している。

服飾ギルドの貸衣装にあるものは最新のものではないし、人によってはサイズ修正が要る。なんとか借りてヘスティアや縫い子に頼んで着てもらうにしても、その場で踊ってくれというのは厳しいだろう。

本音を言えば、本物の舞踏会で実際に着て、踊っている方々が見たい。

しかし、舞踏会中にスケッチブックを開き、貴族の姿を描いていたら不敬の上に不審者だ。

従者やメイドの格好をしていても、さすがにそれは悪目立ちするだろう。心から実行したいが。

別方向なら、舞踏会のドレスが並ぶ、クローゼットならぬ衣装部屋などを見学させて頂くなどという贅沢《ぜいたく》はできないだろうか？　踊る様子については妄想力でカバーすれば――そんなことを考えていると、フォルトが顎《あご》に手を当てて考え込んでいた。

「そうですね、実際に踊っているのを見るのも大切です。ちょっと遠目になりますが、別の場から舞踏会の部屋を見るといった形でもかまいませんか？　そこから動けない代わり、スケッチは可能ですので」

「はい、もちろんです！」

もしかしたら開催される舞踏会を、天井裏からこっそりのぞき見できるのかもしれない。

絵面《えづら》は犯罪的だが、その装いを見られるなら一切の文句はない。隣にネズミが来ても友好的に振る舞おう。

楽しく踊る皆様を盗み見る形になってしまうのは、ちょっと申し訳ないが。

「舞踏会の会場には裏部屋――隣接した目立たない部屋に、護衛騎士が待機していることが多いのです。警護しやすいよう、部屋から踊っているところが見える屋敷もあります。そこの部屋なら、装いと踊っているところを見ることができるでしょう。護衛騎士の皆様と一緒ですし、舞踏会の間は部屋から出られませんが、友人にお願いしてみましょうか？」

「かまいません！　ぜひよろしくお願いします！」

先輩への希望は素直に言ってみるものである。ルチアは思いきり笑顔でうなずいた。


「では、ご挨拶に参りましょう」

大広間を先導するフォルトがそう言った。

ここは彼と親交があるというリダンジェール伯爵家、向かうのは大広間の横にある裏部屋――護衛待機室である。

頼れる上司は、ルチアの夢をわずか数日で叶《かな》えてくれた。なんと、本物の舞踏会を見学できることになったのだ！　聞いたその日は家で跳ね回り、家族全員にいさめられた。

本日の舞踏会の出席者は、子爵家当主か後継者、あとは伯爵家以上で交際にこなれた者達。主に顔合わせと情報交換の場だそうだ。

服飾と宝飾関係者の集まりなので、とことん着飾ってくる者が多いと説明され、心はさらに沸き立った。

それにしても、この大広間はとにかく広い。きらきらと輝く魔導シャンデリアの下、掃除が大変そうだと思ったのは内緒である。

なお、ルチアの脳内では、すでに舞踏会が始まっていた。

「後ろ姿もかっこいい……やっぱり、カッティングと縫いは大事だわ……」

フォルトの後ろを歩きつつ、口の中だけでつぶやく。

今夜の彼の装いは舞踏会らしい艶やかな黒の燕尾服《えんびふく》。ただし、フォルムはいつもより少しタイトだ。喉元に沿う白の襟はウィング――襟の先端を少し折ったような形である。そこにゆるやかに締められたタイと、燕尾服の内側のベストが同じ模様、濃灰に青の花柄刺繍《ししゅう》だ。

色の濃度が近いので派手さはないが、目の前で見れば華やぎが増す、絶妙な組み合わせである。

幅が広めのタイに飾られるのは、金地の台に一粒石、濃灰のグレースピネル。見事なカッティングできらきらと輝いていた。

貴族男性のお洒落《しゃれ》とはこういうことか、本日このフォルトの装いを見た時点から、ルチアの興奮度は上がりっぱなしである。

本当ならヘスティアにはドレスを着てほしかったのだが、本日は見学者という立場なのでこうなった。

こちらはルチアがデザインし、服飾ギルドの職人達に縫ってもらった。

本日の彼女の装いは、黒に近い紺のワンピースにショートジャケットである。

横のヘスティアにそっとささやかれた。大丈夫じゃない、即答しそうになってなんとか耐える。

「ルチア、大丈夫？」

ジャケットの大きめの襟と裾には薄手の生地でボリュームダウンさせたフリル、スカートはロングでタイトだが、膝から斜めに切り替えを入れ、こちらも薄手の生地で長めのフリルを三段ほど入れている。

フリル多めでもボリュームはないので、ヘスティアのスタイルの良さが際立ち、きれいとかわいいのバランスが良い仕上がりとなった。

以前、彼女が言っていたことがある。『フリルに憧れはあるけれど、私には似合わない』と。

妹達と共にふわふわとしたフリル付きの洋服を着たとき、一人だけ似合っていないと痛感したのだそうだ。彼女はクール系の美人なので勘違いしたのだろう。

フリルの似合わぬ者はない――最近のルチアの持論である。

色、長さ、ボリュームの出し具合、生地の厚さ薄さ、服のどこに付けるか、それらで似合わせることが可能だと思うからだ。もちろん、フリルが苦手な方には勧めないが。

最近は王都でもフリルが流行《はや》ってきている。フリルブラウスやスカートはもちろん、男性向けのフリルシャツ、フリル袖などもお洒落でいい。

貴族男性では病後や老化で痩せた際、元気そうに見せるため、フリルシャツを身につけることもあるという。ジーロからそれを聞いて感心した。

なお、ルチアもしっかりとお洒落はしてきた。

胸下で生地を切り替えたワンピース。上は白いブラウス風、襟はスタンドカラーだが、そこで一度切り替えて肌を少し出し、肩から胸にかけてフリルをあしらった変則的なデザインだ。

ウエストラインは本来の位置より高め、左右にリボンと真珠で飾りをあしらった。その下は薄青の二枚地のフレアースカート、外側のシフォンには花柄が薄く描かれ、下の生地から浮き上がって見える。

ブラウスとスカートそれぞれであれば取り立てて珍しくないデザインである。だが、ワンピースにしたことで、ウエスト回りで内側に畳み込まれる布がない。

その結果、コルセット無しでもウエストはいつもよりすっきりと見える。動いても着崩れない。そして涼しい。

職人達の前、切り替えワンピースの有効性について熱く語ったところ、女性陣が深くうなずいていた。

これを制作した三日後、来季のお勧め品の一つに、切り替えワンピースが決まったというので、現在は新規デザインを描きまくっているところである。

「こちらが護衛待機室です」

フォルトが足を止めてそう言った。だが、目の前には美しい女神が対になった絵画、その左には大きな鏡があるだけ。周囲にドアは見えない。

首を傾《かし》げそうになっていると、絵画が真ん中で左右に割れた。

「わっ！」

驚きで小さく声をあげてしまった。

すぐには扉だとわからぬよう、表面をきれいにつなげた絵を使っていたようだ。

フォルトに続いて中に入ると、意外に広い部屋があった。

目の前に並ぶ男女八名は、この伯爵家の護衛騎士達だという。彼らの半数は灰色の騎士服、あとは金属の鎧《よろい》姿だ。ちょっとだけ緊張した。

「服飾ギルドの研修で場所をお借りすることになりました。皆様が大切な任務のところ、失礼致します」

フォルトが丁寧な挨拶をしたので、それに続く。

「服飾魔導工房長のルチア・ファーノと申します。同室のお許しをありがとうございます。本日はどうぞよろしくお願い致します！」

「服飾魔導工房長補佐のヘスティア・トノロです。どうぞよろしくお願い致します」

「ようこそおいでくださいました。名高きルイーニ子爵、そして美しい淑女の方々にお会いできたことを光栄に思います」

白髪の護衛騎士が丁寧な挨拶を返してくれた。

「では、私は挨拶に回ってきます。ルチア、ヘスティア、学ばせて頂きなさい」

「はい！」

ヘスティアと共に声を返し、大広間に戻るフォルトを見送った。こちらの部屋から見ると、扉は絵画ではなく、両開きのドアだった。

「こちらですと、よくご覧になれるかと思います」

護衛騎士に案内されたのは扉の横、机と椅子の置かれた場所だ。

「さっきの鏡が……」

出入り口の大きな鏡には驚くべき仕掛けがあった。向こうからは鏡にしか見えなかったが、こちらからは大広間がきれいに見えるのだ。

ほんの少し色味は暗く見えるが、魔導シャンデリアが煌々《こうこう》と灯《とも》っているおかげで視界はいい。これならばしっかり夜会服が見学できそうだ。

「申し訳ありませんが、我々も警護がありますため、お二人の後ろから見る形になります」

「まったく全然問題ありません！　とってもすばらしい場所をありがとうございますっ！」

うれしさに力いっぱい言ってしまったら、にっこり笑まれた。

仕掛け鏡の向こう、従僕やメイドが大広間の壁際、飲み物や軽食の準備をし、楽団が楽器の音合わせを始める。

その間に、ルチアはフォルトからもらったスケッチブック二冊と、炭芯を出した筆記具、色鉛筆をテーブルに並べた。

横のヘスティアも同じように準備をしている。彼女に記録を願ったのは各種小物だ。残念ながらルチアはガラスと宝石の見分けがつかない。あと、宝石の名前に関してもまだ勉強中でよく間違う。

ヘスティアはそれなりに目利きができるので、組み合わせのアクセサリーを重点的に、あと靴についてもお願いしている。

すべてを準備するとそわそわと待つ。

やがて、楽団が音楽を奏ではじめると、着飾った紳士淑女がゆったりと入ってきた。

以前の友人のデビュタントもとても華やかに思えたが、こちらはそれよりもさらに上、派手さに加えて艶がある、とても大人っぽい感じだ。

「あちらが主《あるじ》です」

横に来た護衛騎士が、広間にやってきたリダンジェール伯爵を教えてくれた。

鏡の向こう、艶やかな濃灰の燕尾服を着た男性が、歓迎の言葉を述べはじめた。

その横にはリダンジェール伯爵夫人であろう、銀髪に黒いドレスの女性も見える。

ご夫妻は四十歳前後に思えるが、貴族は年齢がわかりづらい。若い見た目を維持しやすくなるという空蝙蝠《スカイバット》の粉――ただし味覚は完全に犠牲になる、それを飲み続けていれば余計にだ。

しかし、見る限り誰も若づくりをしているようには見えない。それだけ服装が板についているということだろう。

歓迎の言葉が終わり、配られたワインで乾杯がなされる。

ワイン一杯分の歓談の後は、待ちかねたダンスの始まりだ。

最初に踊るのは、リダンジェール伯爵夫妻と、フォルト――向き合っている青いドレスの女性は奥様だろうか、そう思ったとき、ヘスティアがスケッチブックの端に小さく書いて見せてくれた。

『フォルト様のお相手は、リダンジェール様の第二夫人』

なるほど、貴族らしいお話である。

第二夫人は青いドレスがよくお似合いだった。あのデザインとカッティングはおそらくフォルトだろう。彼女の目は独特に輝く濃灰で、華やぎがあって――フォルトのタイに飾られたグレースピネルに重なった。本日のパートナー代わりの立ち位置かもしれない。

大広間の中央、二組が見本のように優雅にダンスを踊りはじめる。

普段のフォルトは近くで仕事をしている上司・服飾師だが、こうして見るとどこまでも貴族、いかにも子爵家当主だ。それをつくづくと実感した。

しかし、それはそれ、これはこれである。ルチアは右手に筆記具をしっかりと握りしめた。

そのフォルト、頼れる上司が整えてくれた場である。こんな機会は滅多にない。全力で服装を記憶に残そうではないか！

ルチアはガリガリと夜会服のスケッチを開始した。


いくつもの魔導シャンデリアに照らされた大広間は、物語の世界のようだ。

シミ一つない白い壁に女神や花の絵画が飾られ、部屋の一角では、楽団がゆるやかにダンスの曲を奏でている。その中で、貴族の紳士淑女が手の込んだ夜会服に身を包んで踊る。

男性は純白のシャツに黒の上着、ベスト、ズボンの三つ揃《ぞろ》えがやはり多い。

ただ、この夜会は格式ばったものではないそうで、燕尾服は正統な黒だけではなく、リダンジェール伯爵の濃灰をはじめ、紺や緑、煉瓦《れんが》色も見えた。

また、燕尾服以外の者もそれなりに多い。鮮やかなサルビアブルーに空色、深緑に柘榴石《ざくろいし》のような暗い赤に灰銀、様々な色合いの三つ揃えやスーツの者もいる。

襟やベストに細かな刺繍が刺されていたり、ベストが柄物であったり、ひらりと見える裏地が花柄であったりと、それぞれにお洒落だ。

首回りを色鮮やかなネクタイやタイ、模様付きで飾っている者もいる。細いリボンタイを色違いで二本結んでいるお洒落な方もあった。

加えて、タイピンのデザインは一粒の宝石や金銀のブローチ風、じゃらじゃらとした銀鎖など、一人一人違う。袖のカフスボタンも気になるのだが、残念ながら一瞬しか見えないので観察しづらい。

できることなら、全員の服の裏地、そして、袖の下のカフスデザインとそのボタンを確認させて頂きたいが、贅沢は言えない。

そして、ドレスについてはさらにデザインの幅が広かった。

艶やかなシルクのドレスはまさに百花繚乱《ひゃっかりょうらん》。深紅でボリュームのある薔薇《ばら》のようなデザイン、カッティングが深めなのに妖精のような佇《たたず》まいで着こなされるローズピンク、メリハリのある見事な体型を活かした深紅のタイトライン、夜空を思わせる濃紺に星代わりの金銀をちりばめたもの——一着として同じものはない。

華やかなドレスに金銀宝石のアクセサリー、セットされた髪、きっちりメイクされた顔。淑女達の全力のお洒落は、まばゆいばかりである。

正直に言おう、鼻血が出そうだ。

服飾ギルドの貸衣装で、吊《つ》るされた燕尾服やダンス向けのドレスは結構な数を見た。友人のお披露目で貴族の屋敷に同行したこともある。

しかし、今回のこれは完全に別物である。

ここにいる者達は、服に『着られている者』が一人もいない。むしろ、この自分を見ろとばかりに美しく、艶やかに装っている。

派手すぎるとか、地味なのが慎《つつ》ましやかで良いとか、そんな遠慮は一切ない。

誰もが己を魅せる装いで咲き誇る――これぞ貴族の夜会である。

ルチアはあふれる興奮を全力でスケッチブックにぶつけた。

「わぁ……！」

描き続けてしばらく後、目の前の光景に思わず声をあげてしまう。

ちょうど鏡の正面で、銀髪の紳士が黒髪の女性の手を取って踊りはじめた。

紳士の方はごくスタンダードな黒の燕尾服、アクセサリーとなるのは銀縁の眼鏡と白いシルクタイに飾った黒瑪瑙《くろめのう》だけ。それでも上着の丈といい、ズボンの裾といい、バランスは完全で――そう思っていると、ちょうど鏡の近く、二人がくるりと回転した。

女性の銀のドレスのスリットは、ダンスの足さばきのためにやや深め、そこからのぞく足首には、銀の細鎖に輝くダイヤ。

向かいの燕尾服がひらりと動く裏、白地に黒い百合《ゆり》が咲き、花びらに露代わりのダイヤが光った。

互いの色をまとった上、ダイヤという隠されたおそろい、どこまでもお洒落である。

ちょっと、どこの誰がお作りになったのか、その服飾師とお話をさせて頂けませんか、そう願いに行きたくなるほどだ。いや、ちょっと後で頼れる上司に聞いてみよう、本気で。

「素敵……」

隣のヘスティアがささやきをこぼす。ルチアも同感である。

「あのドレス、なんて見事なカッティングかしら……」

「……ええ、そうね」

服飾師の自分と、裁断師のヘスティアでは、ちょっと視点が違っていたようだ。

けれど素敵なのは間違いない。惜しむべくは、いくら細密な絵にしてもあの完璧さが出づらいこと、燕尾服の裏地を全部観察できないことである。

そして、スケッチブックに描きながら気づいたことがある。

立ち姿がとても美しくても、踊っていると意外に動きが少なく、地味に見えるものがある。

また、動きを出すためか、スリットが深く、膝上まで足が見えたドレスもあった。

もっともスリットの深いものについては、その先に美しいアクセサリーかレース飾りがあったりするので、計算の上かもしれない。

次期当主を目指すフランディーヌのドレスとしては、立ち姿と共にダンスをしているときの状態が美しいことが必要だろう。

「なんてきれいな尾の動き……」

隣からため息のような声が落ちた。これはロッタのような魔付きの尾のことではない。

ヘスティアの視線の先は、次に近くに来た燕尾服の背中の裾、『ツバメの尾』と言われる部分である。その軽やかな揺れで裁断と縫いの技量がわかるそうだ。

ルチアとしては背中のそこよりは首回り――襟やタイ、そして肩のカーブに目がいく。あの均一さ、ずれのなさは、かなり腕がある縫い子であろう。

本日、ダンテが一緒に来ていないのが悔やまれる。彼の姉に子供が生まれ、家族でお祝いに行く日だったのだ。そちらを今度にすると言いかけ、フォルトに叱《しか》られていた。

子供のお祝いはその時期、その日だけである。先延ばしにするものではない。

それにダンテは貴族なのだ。家の関係で舞踏会に行き、直《じか》に装いを見る機会は多い。

彼には、ルチアの友人が妊娠中なので、赤ちゃんの服をぜひ見てきてくれと頼んでおいた。

「あれ？」

裾フリルたっぷりのドレスをスケッチしていると、曲調が変わった。

少しだけテンポが速くなった曲、鏡の間近で踊りはじめたのは、フォルトと深いワイン色のドレスの女性だ。

貴族には珍しいほど短い黒髪に、赤みがかった黒茶の目。やや褐色の入った肌と引き締まった身体は、女性騎士のように見えた。けれど、それは勘違いだったらしい。

『アリオスト前伯爵の第二夫人、ノエミ様』、ヘスティアが再びスケッチブックに書いて教えてくれた。

ティツィアーノ・アリオスト前伯爵――先々代服飾ギルド長である。つい、第二夫人が多くないかと思ってしまったが、目の前の者達は貴族である。彼らには特別なことではないのだろう。

二人が踊りはじめると、多くの視線が向いた。

ノエミのドレスは、そのスタイルの良さを引き立ててはいるが、派手ではない。レースやリボンの飾りもなく、ぱっと見は地味にも見える。

だが、ダンスの動きが加わると、印象が一気に変わる。その生地はワインの濃淡と同じ、彼女が動く度に様々な色合いを見せる。

布地はおそらく魔蚕《まかいこ》の一級品、そこに何らかの付与があるのだろう。

ターンの度、ドレスの裾は花が咲くように軽やかに広がる。広く開いたデコルテ、輝くダイヤのロングネックレスが、夜露のように輝いた。

計算されつくした夜会の花は、まさに芸術品である。

ついスケッチの手が止まり、ほうと吐息が出てしまった。

「あのドレス、踊っているときが一番きれい……」

デザインもすばらしいのに加え、素材もいい。その上に、どれだけのカッティングと縫いの技か。

まさにダンスのためのドレスだ。

「あのドレスのデザインは、アリオスト様だと思うわ」

ヘスティアに告げられて思い出す。

先日、廊下でお会いした先々代服飾ギルド長は、濃灰の三つ揃えをお召しになっていた。

サマーシルクの白いシャツの襟元、細身の青いタイを白銀のタイピンで留めていた。上着の襟の濃淡の違い、ベストの飾り縫いなど、細かな飾りはあるが、奇をてらったデザインではない。

それでも、襟の高さ、袖からのぞく白いカフスの分量、上着の裾の長さ、ズボンのライン――どのバランスも完璧だった。

その完璧さは確かに、あのワイン色のドレスに重なるものがある。深く納得した。

それにしても、先々代服飾ギルド長によるダンス用ドレス、夜会服などのデザインには今までどんなものがあったのだろう？　服飾ギルドにデザイン画の写しがあったら、拝見させてもらえないだろうか、そこまで考えてはっとする。まずは目の前のノエミのドレスである。

できる限りスケッチし、気がついたことをメモしておかなければ――ルチアは再び炭芯を懸命に走らせた。

やがて、優雅なダンスを終えた二人が身を離していく。

その場へ、夜会の主催者であるリダンジェール伯爵がやってきた。

ノエミにダンスを申し込みに来たのだろう、そう思ったが、彼が手を取ったのはフォルトだった。

リダンジェールが笑顔で手を上げて振ると、楽団がかなりテンポの速い曲を奏ではじめる。

彼とフォルトは即座に位置決めをし、当たり前のように踊りだした。

「待って！　心臓がもたないわ！」

ヘスティアが悲鳴のような声をあげる。

舞踏会では、男性同士、女性同士でも親睦のために踊ることがあるとは聞いていたが、実際に見るのは初めてだ。

リダンジェール伯爵とフォルトのダンスは、かなりスピードがあり、ターンを決める度、ぎゅんと音がしそうだった。

ホールドは一切崩れないまま、変則的なステップがはさまれる。二人とも一切足元を見ていないのに、互いの足をまったく踏まない。

最初はフォルトが女性パートを踊っていたが、曲の途中で交代となった。その切り換えの速さとスムーズさにも驚いてしまう。

二人そろってどれだけ運動神経が良いのだろうか、そう思いつつ見惚《みと》れてしまった。

燕尾服の裾が、ひらひらと生き物のように翻る。それはドレスとはまったく違う動きだ。

燕尾服もここまで華やかなものなのだと、ルチアは初めて理解した。

隣のヘスティアは、ずっと口を押さえたままだった。

二人のダンスが終わると、周囲から盛大な拍手が起こる。彼らは笑顔でそれを受けていた。

そこからはゆったりとした曲になり、多くのペアが踊りだす。

男性同士、女性同士で手を取り合う者達も増えた。その中には、フォルトと銀髪の紳士、ノエミとリダンジェール伯爵夫人といった組み合わせも見られた。

動きがゆっくりになったので、服が細部までよく見える、チャンスである。

鏡の向こう、貴族の華やかさと美しさを堪能しつつ、ひたすらにスケッチを続ける。

華やかな舞踏会が終幕を迎えたとき、ルチアは満たされた思いで長く息を吐いた。


「どうぞお使いください」

「ありがとうございます」

女性騎士に濡《ぬ》らしたタオルを差し出されたので、ありがたく受け取った。

スケッチに夢中になってしまい、ルチアの右手は小指から手首まで、炭芯で真っ黒になっていた。

気づかずにいたところ、女性騎士がタオルを準備してくれたのだ。

手を拭きつつ、仕掛けありの片面鏡に目を向ければ、招待客が退出していくのが見えた。

舞踏会が終わったことで安堵《あんど》したのだろう、猫背であったり、ちょっと疲れのにじむ後ろ姿も見える。顔が視《み》えない分、後ろ姿の方が雄弁かもしれない。

そして、お洒落な方々は、やはり後ろ姿にも抜かりがなかった。

ハイヒールの後ろの踵の金属飾り、背中に長くたらされていたネックレス、燕尾服の分かれた裾をつなぐ金鎖――閉じたスケッチブックを再び開きそうになり、なんとか耐える。

家に帰ったら記憶を掘り起こし、さらにスケッチをしなければいけないようだ。

招待客全員が広間から出ると、同室の護衛騎士達は周辺警備へ移るという。

ルチアとヘスティアもここから退室することになった。

「本日はありがとうございました！　とても美しく、素敵で、大変勉強になりました！」

護衛騎士達に心からの礼を述べると、一様に微笑《ほほえ》まれた。

「これまでは無事に終われとばかり願っておりましたが、我々は毎回、貴重なものを見ていたのですな……」

「これが毎回見られるなんて、とても幸せだと思います！」

高揚感から、護衛騎士のつぶやきに思いきり反応してしまった。

そして、はっと我に返って固まる。ルチアにはそうであっても、警備が職務である護衛騎士には失礼だろう。

しかし、白髪の護衛騎士は優しく笑んでくれた。

「まったくその通りです。次からは我々も警備をしつつ、美しさを噛《か》みしめたいと思います」

終わったばかりだが、ぜひもう一度来たいと思ってしまった。

その後は広間を通り、廊下へと進んでいく。

フォルトとの待ち合わせのため、正面玄関が視界に入る場、壁際でヘスティアと並んだ。

すでに招待客はまばらだが、玄関には護衛騎士もそろっており安全な場である。

そもそも、貴族のドレスではなく、商家の関係者のような装いの自分達に声をかけてくる者はないだろう。

「あー、本当に来られてよかった！」

「ええ、私も。本物の舞踏会って、こんなに素敵なものだったのね……」

自分の喜びの声に対し、ヘスティアがしみじみと返す。ルチアは思わず聞いてしまう。

「偽物の舞踏会ってあるの？」

「偽物ってわけじゃないけれど、高等学院生や若い貴族が略式の舞踏会をすることがあるの。ダンスより、恋愛向けのお話が優先されるような。私はそういったものにしか出たことがないから……」

薄紫の目を伏せて濁した彼女に、いろいろと察した。

ヘスティアは貴族の家の生まれだが、魔力がない。それは貴族の婚姻にとても不利になるらしい。話があったとしても、子供を持たないことを条件とした第二夫人や第三夫人、そして愛人だというのだからふざけている。

性格良し、頭良し、美人、服飾では裁断の高い技量あり。これならば魔力などなくてもいいではないか、庶民のルチアとしてはそう思う。

「ヘスティア、今度、ダンスをしっかり教えて。ダンス用の燕尾服もドレスも、踊れるようにならないとちゃんと作れないと思うから」

「ええ、任せて。でも男性のダンスはダンテの方がいいかもしれないわ。今日のフォルト様のように、かなり速いスピードで踊ることがあるみたいだから」

「スリムな燕尾服はかっこいいけど、あれぐらい激しい動きになると、破れそうよね」

「そこは型紙の工夫とダーツの取り方かしら。あとは布の耐久性もあるけれど。フォルト様、本当にすごいダンスだったわ……」

「ダンテの他に、フォルト様にも詳しく聞かなきゃ！」

燕尾服の話で盛り上がっていると、一人の中年男性がこちらを見て、表情を笑みに崩した。

ルチアはその顔に見覚えはない。隣のヘスティアが、小さく、あ、と声をあげた。

その男性は笑顔で自分達の元に歩み寄ってきた。

「奇遇ですね、ヘスティア嬢ではないですか」

親しげな声が響いた。男性は自分達の父親世代ぐらい。もしかすると、彼女の親戚や父親の知り合いなのかもしれない。

だが、ヘスティアは微妙に身体を引いた。どうやら苦手な相手のようだ。

「――お久しぶりございます、ボナート子爵」

「元気そうで何よりだ。そちらの可憐《かれん》なお嬢様は？」

ルチアにも一応声がかけられたが、興味がまるでないのはその目の色でわかった。

しかし相手はフォルトと同じ子爵のようだ。礼儀正しくしっかり挨拶を返す。

「服飾ギルド運営の服飾魔導工房の工房長役を務めております、ルチア・ファーノと申します」

「ボナート子爵家当主、エッゼルです。ご活躍は耳にしておりますよ、ファーノ工房長」

一応、それなりの挨拶が返ってきたが、すぐ視線はヘスティアに向いた。

「ここでお会いできたのも何かのご縁でしょう。お二人とも、これから食事などいかがですか？」

お茶もランチもなく、いきなり夕食に誘うのはいかがなものか。こちらが貴族のご令嬢であれば、礼儀知らずにあたる。

自分は庶民だし、家から離籍しているヘスティアも庶民扱いになるので該当しないが。

そして、今度はこちらの問題だ。子爵の招待を無下に断るのはまずい。かといってほいほいとついていくわけがない。

「光栄なお声がけではございますが、我々は仕事の途中ですので」

「そうでしたか、それはお忙しいことで。では、日を改めましょうか？」

どうやら引く気はないらしい。こういうときは、困った時の上司頼みである。

「これから服飾ギルドの方で、今後の日程を含めた打ち合わせの予定なのです。お言葉はありがたく思い出に刻ませていただきます」

嘘《うそ》ではない。これから、次期当主を目指す淑女にはどのようなドレスがふさわしいか、そして制作日程を、服飾ギルド長であるフォルトと、帰りの馬車で話す予定である。

「そうでしたか。お二人とも大変なご活躍ですね。ところで、ヘスティア嬢、旧交を温めるため、ご連絡先をお願いできませんか？」

尋ねるというより命令めいたその声に、ルチアはカチンときた。

横のヘスティアには旧交を温めたい思いなど欠片《かけら》もない。むしろその雰囲気はとても硬く——これで拒絶されているのがわからないのだろうか。

「あの……」

それでも口を開きかけた彼女を、ルチアは腕で制す。

家など教えた日には、一方的にヘスティアへ迎えを出されそうだ。

自身が馬車に連れ込まれかけた日を思い出し、ルチアは半歩前に出た。

「ヘスティアへのご連絡は、服飾魔導工房にお願いします。このところは忙しく、自宅より長い時間を職場で過ごしているものですから」

「――そうさせて頂きましょう」

口調は丁寧だが、目の前の子爵の表情が曇った。別に気を悪くされてもかまわない。

これでも自分は服飾魔導工房長である。あのフォルトの部下である。

工房員で部下のヘスティアを守るのは当然のこと。何より、彼女は自分の友人だ。

「ルチア……」

ヘスティアから、迷いを込めて名を呼ばれた。

それをどう取ったのかはわからない。子爵が再び口を開く。

「ヘスティア嬢、家をお出になられ、いまだお一人とか――王都に頼れる方はおありですか？」

「頼れる友人がおりますし、仕事もございます。何も不自由はございません」

ヘスティアは表情を整えて答えているが、わずかに肩が震えている。

「ですが、庶民では何かと手が届かぬのでは？　不自由なく、優雅に時を重ねる術《すべ》もあると思いますが」

優しげな声ではあるのだが、言っていることは愛人にならないかという誘いである。

よくもまあ、相手が庶民扱いとはいえ、ルチアも一緒のこの場で言えたものだ。

そして、この会話の流れにようやく理解した。

以前、ヘスティアに聞いたことがある。まだ成人前の彼女に愛を告げたのは、当時親しかった友人の父。その時点で既婚、第二夫人までいたという。

しかも、そのことが原因で、ヘスティアは親しかった友人と気まずくなって距離をおき、それきりになったそうだ。

思い出したくもないと言っていた相手が、おそらく目の前の男だ。

デリカシーがない上にしつこく、子爵という地位だけはある。最悪ではないか。

同じ子爵でもフォルトとは大違いだ。

「失礼ながら、そのお声がけはどうかと——」

声を荒立てぬよう注意を払い、ヘスティアを半身だけ隠すように移動する。

子爵はそんなルチアへ、聞き分けのない子供を見るような目を向けた。

「美しい故に声をかけられるのは悪いことではないでしょう。女性的魅力があるから声をかけられる、そう誇ってもいいことではないですか？」

よし、この喧嘩《けんか》、買った！　ルチアは背中を逆走してくる怒りに、内で叫んだ。

今すぐこの狸《たぬき》おやじを拳で殴りたいところだが、なんとか耐える。

一度下を向き、呼吸を整え、全力で頭を回す。貴族との喧嘩、しかしフォルトになんとかフォローしてもらえる範囲で——ルチアは全力で営業用の笑みを浮かべた。

「ああ、お酔いになっていらっしゃるのですね！」

「酔ってなどおりませんよ。私は真面目に——」

「では、ボナート様は、ご息女が年上の男性から同じようにお声をかけられたら、父親として『美しく、女性的魅力があってよかった、誇るべきことだ』、そう喜ばれるのですか？」

「……っ！」

声にできぬのが返事である。

なお、もし肯定したら、奥様とご息女にあらゆる伝手《つて》をたどって言いつけてやる、絶対に。

ルチアは、おかしくてたまらないという声を作る。

「やっぱりお酔いになっていらっしゃるでしょう？　高名なボナート子爵が、私どもの緊張をほぐそうと冗談をおっしゃってくださったのはわかります。ですが、その冗談ですと、少々重く、私は父の顔がまっ先に浮かんでしまって……失礼な物言いになったことをお詫び致します」

全力で笑顔を作って見つめると、彼はすぐに目をそらす。

「――いや、少々酔っていたようだ。失礼」

子爵は低い声でそう言うと、足早に遠ざかっていった。

まったく、こういった輩《やから》は逃げ足だけは速い。できるものならその背中に向け、今、履いているハイヒールを脱いで全力投球したい。そう思っていると、ヘスティアが自分の両手をしっかり握った。さすがにここでは実行しないので、安心してもらいたい。

「もう、ルチアっ！」

子爵が玄関を出ていくと、ヘスティアに名を叫ばれた。

「あれでも子爵当主なのよ？　ルチアに何かあったらどうするの？」

今、『あれ』呼ばわりしているのはヘスティアの方なのだが、とりあえずそれについては置いておく。

「大丈夫よ、酔っていたって本人が言ってるのだもの。それに、断り続けているのに誘いをくり返すのは、貴族も庶民もなくだめじゃない。あたしはヘスティアが嫌な思いをする方が嫌よ」

「もう、ルチア……」

同じ言葉をくり返すと、彼女はぽろぽろと涙をこぼした。

ルチアの両手はしっかり取られたままなので、ハンカチでその涙が拭《ぬぐ》えない。

玄関にいる護衛騎士がこちらを気にしはじめた。声をかけられる前になんとかしたいが――

「ルチア、ヘスティア、何かありましたか？」

その声に心から安堵した。

早足でやってきたフォルトとロッタが、自分達を隠すように前に立ってくれる。

そこからは互いの距離を近くし、小声での話となった。

「フォルト様、私は何ともありません。今、ヘスティアに失礼すぎることを言った人がいただけで！」

「私は大丈夫です。チーフが守ってくれましたから！」

同時に弁解すると、フォルトから詳細を尋ねられた。

ルチアは先ほどのやりとりをざっと弁明する。

続いて、ヘスティアがこれまでの経緯について、端的な言葉ではあるがきちんと説明した。

話し終わるまで黙って聞いてくれたフォルトだが、その青い目がだんだんと冷えていく。

「よくわかりました。ボナート子爵があなた方に二度と近づかないよう、上の家を通して申し入れをしておきます」

「え？」

フォルトであれば可能だろうが、それはいろいろといいのかとちょっと思う。

「フォルト様、その必要はありません！　もう声をかけられることはないと思いますし、次は私も言い返しますから」

ヘスティアが懸命にそう返す。けれど、我らが上司は流さなかった。

「ヘスティア、あなたにはしばらく護衛をつけます。可能であれば引っ越しなさい。こちらで安全な物件を見繕いますし、費用はすべて持ちます」

「いえ、あの、フォルト様、本当に大丈夫ですから」

「もし、あちらが顔をつぶされたと思って報復に出たら厄介です。私がきっちり釘《くぎ》を刺し終わるまで、二人とも十分気をつけなさい」

やっぱり、きっちり釘を刺すんだ——そう納得したが口にはしない。

横のヘスティアは深く眉を寄せているが、ぜひその釘はしっかりお願いしたい。

「あ！　ヘスティア、この際、護身用の氷結《フリージング》リングを作りましょうよ。友達のダリヤなら出力を上げて作ってくれるから」

氷結《フリージング》リングは護身用の腕輪、今は指輪タイプもある護身用魔導具である。

市販品は襲撃者の手足くらいが凍るが、ダリヤの改良品はもっと広範囲だ。庭で試していたときは、成人男性の三分の二ほどの高さで、結構な氷が出た。

あれならば、移動中に絡まれても、襲撃者の胸から下は凍らせることが可能だろう。

なお、その後は逃げる一択なので、溶かし方については考えないものとする。

「護身用の魔導具はいいですね。せっかくですから、服飾ギルドの魔導具師に貸与品を作らせることにしましょう」

「いえ！　そんな高いものは……私は自分で買いますから」

そんな申し訳なさそうな主張を、フォルトが認めるわけがない。

「ギルド員の安全も守れないなど、何のためのギルドですか？　それと、ちゃんとしているところには、いい人材が集まるものですよ」

予想通り、それはそれは優雅な笑みで言われた。

「さすが、フォルト様！」

ルチアの声に、フォルトは笑顔のままで続けた。

「お二人とも、喉が渇いたでしょう。帰りに店でお茶はいかがですか？　お好きな菓子を添えて」

「ぜひ、お願いしたいです！　あ、ロッタもぜひお願いします、甘いものが好きなので」

「もちろんいいですよ」

フォルトが答える斜め後ろ、ロッタが目で笑った。

「せっかくのお出かけですから、ちょっとお化粧を直してきます！」

ヘスティアのメイクは涙でにじんでしまっている。気持ちもまだ落ち着かないだろう。

「ゆっくりでかまいませんよ。素敵な舞踏会を見せて頂いたのです、感動で涙がにじむのも当然です」

フォルトがわざと声を大きくした。本当に頼れて気遣い細やかな上司である。

「はい、とても感動しました！」

ルチアもわざと声を高くして返す。そうして、ヘスティアと手をつなぎ、廊下を歩きだした。

曲がり角を過ぎると、彼女が小さく言った。

「子供の頃の記憶って、なかなか抜けないものね。もう大人だからきちんと断れるはずなのに、体が固まってしまって……」

「おかしくはないわよ。あんなの怖くて当たり前じゃない」

「今は庶民だから、王都から引っ越すっていう手もあるけど、家に迷惑はかけたくないし、この仕事は辞めたくないって思ったら、頭もぐるぐるしちゃって……」

「大丈夫、ヘスティア！　フォルト様がきっと全面的になんとかしてくれるから」

先ほど、フォルトはきっちり釘を刺すと言った。

彼は言った以上、絶対にやる。とはいえ、つないだ手にまだ震えが残る友に、それを言うつもりはない。

ルチアは自分より背の高い彼女を見上げ、明るい声で尋ねる。

「ねえ、帰りに何を食べる？　私はプリンとチーズケーキに紅茶がいいわ」

「ルチア、それは食べすぎ……いいえ、私は紅茶に、ソルトバタークッキーとブランデーケーキにしようと思うの」

そう言った彼女は、いつもの笑顔だった。

ここからはお菓子を食べ、スケッチブックを開き、舞踏会の装いについて語り合おう。

フォルトには服と共に、当主同士のダンスについて、みっちり詳しく解説してもらおう。

ヘスティアの今夜を、楽しい記憶で上塗りするのだ。

ルチアは彼女としっかり手をつなぎ直した。

「せっかくの勉強会に水を差すとは……」

二人を見送った後、フォルトはその視線を下げ、唇に指を当てた。

横のロッタが身構えたのがわかるが、内の魔力がどうにも暗い渦を巻いて止まらない。

自分は少々、感情的になっているらしい。

怒り顔のルチア、泣いているヘスティアを見たとき、何があったのかと駆け出しそうになった。

二人は共に自分の部下だ。守る権利も義務もある。

今夜の舞踏会は、貴族の装いを学ばせるために連れてきた。

直接、貴族達と話すことはなく、屋敷内で危ういことはないだろう、だから悪目立ちしないようにと護衛をつけなかった、己の判断ミスだ。

ルチアが機転を利かせて事なきを得たが、今後の安全確保は自分の責《せき》だ。二度とこのようなことにならぬよう、しっかり対応させてもらおう。

もっとも、今回のような声がけ自体は、貴族ではよくあることだ。

家のつながりや仕事の関係による第二夫人、第三夫人は当然のこと、引き立てを考えての庶民への声がけもある。互いに利が添うなら悪いとは思わない。

けれど、己の子供の友人に声をかけ、爵位を盾に、くり返し断られても引かないのは、醜いだろう。その醜さは貴族たるべき者には不似合いだ。

ボナート子爵はその醜さに気づけぬほど、『お年』なのかもしれない。

本人に釘を刺すより、そろそろ当主交代の頃合いでもいい気がしてきた。

「あそこの長男殿と、グラスを傾けてみましょうか……」

ふるり、隣でロッタが身を震わせたが、フォルトが気づくことはなかった。

温熱座卓狂騒曲

「ルチア、仕事向けのスーツのデザインは、顧客の目的と得たい印象に合うかどうかを考えなさい。顧客にどんなに似合っていても、目的と得たい印象から外れた場合、仕事に不利になりますから」

フォルトの教えを、ルチアはスケッチブックにしっかりと書き込む。

打ち合わせが終わった後のわずかな空き時間は、上司から教えを受ける貴重な機会だ。

本日、服飾ギルドの執務室で教えてもらっているのは、男性のスーツについてだ。服飾師として覚えておきたい鉄板である。

「貴族や商会関係者の男性が仕事向けのスーツを仕立てる際、最も多いのが紺のスーツです。ゆとりがあれば、まず三着作れと言われています」

「紺を、三着もですか？」

確かに王城でも各ギルドでも紺色のスーツを見かけることが多かったが、ちょっと意外である。

いつも同じ格好と思われないだろうか——その疑問はフォルトがすぐ解説してくれた。

「紺色は紺色でも、デザインや色味を変えるのです。一着目はスタンダードな三つ揃《ぞろ》え、正統派の紺色であれば、どこへ出ても恥ずかしくない装いです。予算の関係で一着しかオーダーできないのであれば、服飾ギルドでもこちらをお勧めしています」

ルチアはその説明もしっかりスケッチブックに記入した。

「二着目は明るめの紺で、三つ揃えでも、ベストは無しでも。少し凝ったボタンや、布地が少し艶《つや》のあるものでもいいでしょう。そのままお茶会や飲食の場に行っても場を堅くしません。仕事関係のお祝いにも使えます。ただし、きらびやかな艶《つや》までいってはいけません。夜会服ほどの艶になると品がないとされます」

つやりとするぐらいならいいが、きらきら、てかてかは駄目らしい。なんとなくわかる。

「なるほど、加減がいるのですね」

「ええ、そうです。そして、三着目は深い紺で——これは黒に近くてもかまいません。着る方に合わせた色味がいいでしょう。光沢なしのマットな質感であれば、失敗のお詫《わ》び、事故や訃報への駆けつけなどにも使えます。こちらは歩く距離が長いときや、長時間の移動向けです。ややゆとりがあるもの、耐久性のある生地のものをお勧めします」

紺といっても、三着はそれぞれ目的が違う。これまで紺の違いをそこまで意識していなかった気がする。今後は気をつけて観察したいところだ。もちろん相手に失礼にならぬようにだが。

そして、気づいたことがあった。

「フォルト様は紺色を身につけることはほとんどないですよね？　今のスーツか、黒の三つ揃えで」

貴族で子爵当主、そして服飾ギルド長なので、王城や重要な契約に行くときはやはり黒の三つ揃えだ。

だが、フォルトの装いで最初に思い浮かぶのは、灰銀の総織込のスーツに白のシルクシャツだ。

おそらく、ほぼ同じデザインで生地違いが数着あるのだろう。いつもわずかな汚れもない。

次に思い出すのはサマーブルーの三つ揃えに白いシャツ、襟とベストには凝った刺繍《ししゅう》入り。こちらは夏向けらしく、月が変わってからは見ていない。

そして、本日はフォグブルー、わずかに紫の入った青を思いきり薄くし、霧にかすませたような灰色系の三つ揃え。ただし、ちらりとのぞくベストは同色の糸で花々の刺繍を入れた凝った装いだ。

近距離でしか見えないその洒落《しゃれ》っぷりは、にじり寄りたくなるほどにかっこいい。

「着る回数は少ないですが、濃紺の三つ揃えも持っていますよ。ただ、普段はなるべく服飾ギルド長らしい装いをするようにしています」

「服飾師らしい……品良く、お洒落ということでしょうか？」

「そう言ってもらえるのはうれしいですし、そうありたいとも思っていますが、これでも一応、服飾ギルドの看板ですからね。品質が良く、清潔さを感じさせる色、派手すぎない、目立ちすぎないといったところでしょうか」

「それは、フォルト様自身が華やかなので無理では？」

「ルチア……」

とても困った表情をされてしまった。

だが、フォルトは長身痩躯《ちょうしんそうく》で金髪青目の美丈夫、いるだけでぱっと目立つのだ。目立たぬ方が逆に難しいだろう。

彼は一度浅い咳《せき》をすると、話を続ける。

「スーツの話に戻りますが、貴族の場合、上下でも三つ揃えでも、爵位と家としてどうあるべきかという概念が入ることがあります。また、庶民の服と違い、最低限の『格』が必要になります」

「『格』、ですか？」

「ええ。貴族で格を感じられぬ服装は軽んじられやすくなります。例えば、王城で黒の三つ揃えであれば一目で貴族だとわかるでしょう？　それが灰色の丸首シャツや、ほつれのあるズボンで会議にやってきたら、庶民で現場の長あたりだと思われ、末席に通されます。それが侯爵家当主だったとしてもです。その場合、責められるのは顔を覚えていなかった係の者になりますが」

納得の内容ではあるのだが、その方は着替える暇がなかったのか、それともわざとなのか謎である。あと、案内した係の者がかわいそうだ。

「その方は、どうしてその服装で参加なさったんでしょうか？」

「魔物討伐から帰ってきて、鎧《よろい》を脱ぎ、そのまま会議に参加なさったそうです、隊の予算取りのために。熱意と急ぐ気持ちはわかりますが、係の者は青くなっていましたね。もっとも、その者を責めぬよう言ってくださった上、現場関係者は自分達と一緒に座って気さくに話していた侯爵家当主のために、大層仕事をがんばってくれたそうですが」

侯爵家当主で魔物討伐から帰ってくる――それは現在の魔物討伐部隊長のことではないかと思ったが、口は閉じておく。あと、その現場関係者の気持ちはよくわかる。

爵位を持っていてもそれをひけらかすことなく、仕事仲間でいてくれる――そんな上司の貴重さは、ルチア自身も身にしみて知っているからだ。

「話がそれましたが、あえて格を下げ、親しみや気安さを装う方法もありますが、かなり高度です。

慣れぬうちはお勧めしません」

そんなことができるのは限られた一部の者だけだろう。ルチアが貴族向けの服をデザインするには、参考にできぬやり方だ。

「フォルト様、格に関してですが、騎士の方はどうなのでしょうか？　王城の騎士服のデザインは似ているものが多いようですが」

王城を思い出しつつ尋ねると、上司は続けて説明してくれる。

「騎士服でもそれなりにありますよ。王城の場合、所属によって多少、型の違いがありますが、一番わかりやすいのは色です。魔物討伐部隊の騎士服は黒に銀の縁取りだったでしょう？」

「はい。他の色もあるのですか？」

「第一騎士団などでも色は変わりますが、一番違うのは王族を守る近衛騎士の白の騎士服に金色の縁飾りですね。近衛騎士以外の騎士が着ることは許されない装いです。こちらは一目で区別がつくということもありますが、清廉潔白の意志と力の誇示でもあります。汚れない心と共に、白の騎士服を一切汚さぬほど余裕を持って王族をお守りしている——そういった意味合いになりますね」

「白は見栄えがいいからだと思っていました。こう、清潔感や高潔さを表現して。あと、白い服の反射で、王族の皆様の顔色を明るく見せるとか」

そう言うと、上司はくすりと笑う。

「それもあるでしょうが、最後についてだけは、外では言わないようにしてくださいね。ルチア」

「はい！」

つい本音で喋《しゃべ》ってしまったが、近衛騎士を反射材扱いはまずいだろう。不敬にならぬよう胆《きも》に銘じておく。

「ところで、高位貴族の護衛騎士の方も、白や淡色の服をお召しになることはありますか？」

「白はないと思います。淡色はごくたまにですが、灰色や水色、薄緑のものを見たことがあります」

その色合いの騎士服は非常に興味深い。いつか見る機会が訪れればいいのだが——そんなことを考えていると、少し早いノックの音がした。

フォルトが了承すると、ギルド員が早足で滑り込んでくる。

「ロセッティ商会、イヴァーノ・メルカダンテ様から、急ぎのご連絡です！」


「ダリヤだもの……」

「ええ、ロセッティ商会ですからね……」

服飾魔導工房の会議室、以前もした気がする会話を、ルチアはフォルトと交わした。

ロセッティ商会の副会長、イヴァーノを服飾魔導工房へ招いた。服飾ギルドへ向かった彼を、内々で話ができるよう、ギルド員にこちらへ案内させた形である。

ロセッティ商会長であり、魔導具師のダリヤの開発による魔導具——五本指靴下、乾燥中敷き、微風布《アウラテーロ》の制作で、服飾ギルドと服飾魔導工房は全力稼働となったことがある。

そもそも、この服飾魔導工房が開設されたのも、五本指靴下と乾燥中敷きの量産のためだ。

今回もそういった、とんでもない、いや、有効性高い魔導具が開発された可能性がある——そう判断したフォルトが、服飾魔導工房へ招いたのである。

フォルトとルチアはこれまでのことを共に振り返って覚悟を決め、会議室で待ち構えた。

そこへ、イヴァーノが持ってきたのは『温熱座卓』と『温熱卓』。

柔らかなラグの上に載る木製の座卓。その裏面には魔導回路が組まれ、火と風の魔石を燃料にして温められた、弱い温風が出てくるようになっている。そこへ上掛け代わりの毛布をかぶせ、別途、天板を載せる。

単純に言えば座卓と毛布とドライヤーの合体的な感じで、毛布の内部を温かく弱い風がふわりと回る、そんな魔導具である。

温熱卓の方は、座卓ではなく、テーブル下から温風が出て、椅子のままで入れる形だ。

開発したばかりとのことで、仕様書の端、『コタツ』『温風卓』などの文字が小さく書かれ、二重線で消されていた。おそらく、ダリヤが製品名を付けるのに迷っていたのだろう。

薪《まき》を燃やす暖炉や火の魔石ストーブのように、火傷《やけど》の心配はない。ほどほどの暖かさなので火の魔石もそれなりに長持ちして経済的。冷えやすい足元を重点的に温められる――じつにいい暖房魔導具だ。

そして今、会議室に並ぶ温熱座卓と温熱卓を、服飾ギルド長と服飾魔導工房員達が試している。

どちらも効果は抜群だ！　そう一目でわかる光景が目の前にある。

「『温熱座卓』、別名『堕落座卓』ですか……じつに正しい命名です……」

上着を脱いだフォルトが、温熱座卓の一角にとっぷり入り、両手で緑茶の入ったカップを持っている。それでも完璧に様になるのは顔の良さゆえだろう。

「あー……これはこれは……」

その隣、ダンテが妙な声を出しつつ、天板にべたりとくっついていた。

反対側では足を入れたジーロが、敷物の上に身を横たえている。

「やる気を奪われるすばらしさだな……」

もう、いろいろとだめな気がする。

少し距離をあけたところでは、温熱卓に入ったヘスティアと縫い子達が、冷え性に関する話に花を咲かせていた。こちらは椅子に座る形なので、寝転がるようなことはないが、それでも和気あいあいでリラックス感満点である。

ルチアも一度、温熱座卓に入ったのでよくわかるが、ぬるめの暖かさ、動いても火傷の心配がほとんどない、そういったことから安心してくつろげる。

ただし、くつろぎやリラックスと表現できるうちはいいが、一歩間違うと動けなくなる。寝る。その場に釘《くぎ》付けになる、いや、身体に根が生えるような感じである。

天板に突っ伏したダンテや、ごろりと横になったジーロがそれだ。あの体勢のまま、眠ってしまってもおかしくない。

仕事の途中だから、試した後に打ち合わせを――そんなふうに言っていたフォルトの緑茶はすでに三杯目である。そろそろ根が生えそうだ。

ダリヤはこの魔導具に、絶対にリラックスさせるという魔法でも付与したのではないだろうか？

もう、『行動阻害座卓』とか、『思考停止座卓』と呼んでもいいかもしれない。

ルチアは温熱座卓の罠《わな》にかからぬよう、壁際のテーブルに移動し、スケッチブックを開いた。

「では、『温熱座卓』と『温熱卓』の布物のデザインを考えましょう！」

「――ええ、始めましょう！」

かたん、珍しく音を立てて、フォルトがカップを置く。そして、勢いよく立ち上がった。

「だ――っ！」

続いて、声をあげたダンテが天板から身を剥《は》がす。強い気合いを入れないと離れられなかったようである。

そうして二人そろって、ルチアのいるテーブルにやってきた。

なお、ジーロは敷物に転がったまま動かない。まだ温熱座卓への執着が捨てられぬらしい。しばらくはそこから参加してもらうことにする。

「ボス、『温熱座卓』『温熱卓』とも、服飾ギルドでデザインして作るのは、敷布・上掛けだよな？」

「ええ。メインは上掛けになると思うの。これは試作でできたばかりだから毛布を使ってるけど、上掛けは座卓に合わせたサイズで、模様入りとか刺繍入りとかで、中綿入りにして。あと、庶民向けやお店用で汚れそうなものは、取り替えカバーもいると思う」

「これは微風布《アウラテーロ》と一緒で、冬までに数の勝負になりそうだな……」

ダンテが遠い目になりかかったとき、フォルトが声を発した。

「こちらは試作ですが、すでに商業ギルドも動いています。今回はあちらとこちらで同時進行です」

「商業ギルドと同時進行……」

むくり、ジーロが起き上がった。その赤琥珀《あかこはく》の目がじっとこちらを見る。

「あちらさんのデザインなんぞは届いてますか、フォルト様？」

「商業ギルドでは、黒檀《こくたん》の座卓を使用、天板には絵を描き、銀狐《シルバーフォックス》や深紅狐《クリムゾンフォックス》の毛皮で、上掛けを作るそうです」

「そうですか。銀狐《シルバーフォックス》に深紅狐《クリムゾンフォックス》……ジェッダ子爵なら一級品、いや、特級品を当ててくるだろうなぁ……」

その声も表情《かお》も、いつものジーロの明るさがない。いや、苦さすらこもっている感じがする。

「服飾ギルドでは、魔蚕《まかいこ》の二重織に、多種の糸を使った総刺繍、外周は一級毛皮で、刺繍の映える水晶天板で仕上げたいと思います。先ほどルチアと話して決めました」

「ああ、そりゃあいいですね。毛皮の選定はぜひやらせてください」

「頼みます、ダンテ。これから冒険者ギルドと商会を回りますので、同行を」

「喜んで！」

ダンテが一段声高く答えた。

「フォルト様、今回の予算はおいくらぐらいですか？」

「予算に糸目はつけません」

ジーロの質問に対し、フォルトはきっぱりと言い切った。

「服飾ギルドの広報用予算、予備予算を使用します。それで足りなければ私が補填《ほてん》します。何の心配も要りません」

かなり心配なお言葉が返ってきた。しかし、我らが服飾ギルド長はそのまま言葉を続ける。

「数年前、防水布を使用したレインコートの販売で、服飾ギルドは商業ギルドに大幅な後れをとり——はっきり言えば負けました。布を扱うギルドとして、あのようなことが二度とあってはなりません」

その横顔は敗戦を振り返る騎士のようだ。慰める言葉は誰も出せない。

「服飾ギルド用、服飾魔導工房用に、それぞれ制作します。主な進行確認は私が、補助にルチアも確認してください。任せられますね、ルチア？」

「はい、もちろんです！」

ルチアは全力でうなずいた。

「卓二つと布の確保は私が、総刺繍の図案はギルドの絵師二人に、縫い子の追加は――ジーロ」

「お任せを」

するりと立ち上がったジーロが、いつになく丁寧な動作で一礼する。

「ここ数年で引退した先輩方、腕のいい個人外注、今すぐ回って確保してきます」

「頼みます。支払は倍掛け、先輩方は三倍でかまいません」

「大丈夫です、フォルト様。先輩方の恨みも深いんで、二倍でも喜んで参戦してきますよ」

ジーロの目が仄暗《ほのぐら》い光をたたえている。

刺繍はいつから戦いになったのか、ちょっとだけそう思えたが、ルチアはすぐに気を引き締めた。

過去のレインコートの件に関しては、自分もそれなりに聞いている。

ちなみに、これもダリヤの開発関連品だ。彼女の開発した防水布、それによって作られたレインコートは、商業ギルド発で大変に売れた。

コートというより雨具として、衛兵や運送ギルドなどに向けて優先的に販売したせいもあるだろう。その数は服飾ギルドの制作するコートの数を削る勢いだった。

防水布を知らなかった服飾ギルドは大幅に出遅れた。

服飾ギルドの敗北——そうまで言われたそうだ。

レインコートは服である。服関連で商業ギルドに負けるとは何事か、服飾ギルドの関係者や顧客の貴族からも厳しい声があがり、当時の服飾ギルド長と、副ギルド長であったフォルトは、それはそれは胃の痛む思いをしたらしい。

今回は温熱座卓と温熱卓の上掛けやラグ、敷布などであって、服ではない。

しかし、上掛けや敷物は、毛皮という選択肢はあるにしても、基本、布物である。

布物ならば、絶対に服飾ギルドが負けるわけにはいかない。

商業ギルドが高級毛皮でくるのなら、こちらは高級な布と技術高い刺繍で超えよう。貴族向け、一般向けとも数と質で上回ろう。

「我らがギルドの威信をかけ、今度こそ勝ちましょう!」

「「はいっ!」」

服飾ギルド長の決意の声に、その場の全員が同意した。


「やればできるって、やるからできるのよね……」

「ボス、とりあえず休憩中は目薬注《さ》して目を閉じる」

「ええ、ありがとう!」

服飾ギルド、作業室近くの会議室は、交代人員の休憩室になっていた。

ルチアはダンテから目薬を受け取ると左右に注し、目を閉じて椅子によりかかる。隣ではダンテがすでに同じ状態で、眉間を指で揉《も》んでいた。

温熱座卓の上掛けの刺繍は、本日午前中から始まった。

「今回は、昼夜二隊式でいきます」

縫い子達の緊張と熱が満ちる作業室、フォルトは最初にそう指示を出した。

昼夜二隊式は、まず日ごとに人員を分ける。次に、その人員を二隊に分ける。そして、一隊目が一定時間縫い、休憩、二隊目はその逆を行う。半日したら人員を入れ替える。そんなやり方だ。

刺繍は集中力が必要な仕事なので、長時間作業で無理をさせるより、この方が効率的なのだろう。

ちなみに、本来は騎士の戦法の一つらしい。ジーロがこっそりと教えてくれた。

砦《とりで》などを守るときに使われる戦法だというが、今回の服飾ギルドは守りではなく、攻めである。

一隊目に加わったルチアとダンテは、背景部分の刺繍を一心不乱に行って二隊目の者達と交代、今は休んでいる最中だ。

周囲にも、ぐったりと椅子にもたれたり、机に突っ伏したりしている縫い子達が多い。

「あたし、自分がここまで刺繍が遅いとは思わなかったわ……」

「ボス、それ言うなら俺もヒヨコだ。けど、あれは今の俺達じゃどうやっても無理だろ？　もう二十年か三十年は経験を積まないと」

声は笑ってみせるダンテだが、先ほどの作業中、悔しげな表情《かお》をしていたのを覚えている。

もしかすると、自分も似た表情《かお》になっていたかもしれない。

ルチアは今朝からのことを思い返した。

朝、作業室で準備をしていると、ドアから続けて入ってきた者達がいた。

「久しいのう」

「こんにちは。お呼び頂いたので、お小遣い稼ぎに来ました」

杖《つえ》をついた老人や、白髪の老女、片眼鏡の年嵩《としかさ》の男性――ジーロの呼んできた助っ人の皆様は、ほとんどが仕事の第一線を退いたと思える年代の方だった。

「皆様、お忙しいところをありがとうございます」

フォルトが即座に彼らに歩み寄り、丁寧な挨拶をする。一瞬、全員が貴族関係者かと思った。

だが、話を聞けば、彼らは皆、服飾ギルドの元縫い子達だった。

「フォルト様、孫の子守しかすることはないので、お気になさらず。それより、服飾ギルドが布物で負けるわけにはいかんじゃろうと思いましてな」

「レインコートのときは悔しい思いをしましたから、引けませんよ」

「そうですねぇ。今回は勝たないと、『ティノ様』に思いきり嘆かれそうですもの」

「『ティノ様』は表情《かお》に出づらいが、落ち込むと意外に長いからなぁ」

「そう、ですか……」

応援の声と共に、『ティノ様』――先々代服飾ギルド長であるティツィアーノに話が飛び火した。

こちらはフォルトも返事ができないようだ。ルチアもそっと胸にしまっておくことにする。

「フォルト様、六本取りは刺せるようになりましたか？」

「――それなりにはなったかと思います」

「完成後にでも拝見させてくださいね」

片眼鏡の先輩に刺繍の腕を確認する言葉を向けられ、フォルトがちょっと固まった笑いを浮かべていた。

もっとも、フォルトは今日の刺繍には加われない。温熱座卓と温熱卓関連の素材を、各所で調達するためである。なんとも名残惜しそうに作業室を出ていった。

「さて、始めましょうか」

温熱座卓の上掛け――特級品の魔布《まふ》、艶《あで》やかな紺の二重織が、作業台を二つ並べた上に広げられる。その周囲にはずらりと椅子が並んだ。昼夜二隊式で分けられた縫い子達が、その椅子にそれぞれ腰掛けていく。

「昼夜二隊式なら楽じゃのう。我々の若い頃は、ご婦人のドレスがかぶったりだと、交代無しのぶっ続けで一晩二晩泊まりはよくあったもんじゃ」

「なつかしいですね。夏は布の洗い場で水を浴びましたっけ」

「朝昼晩、コーヒーにスティックパンでしたね」

老眼鏡をかけた大先輩達が、せつない昔話をしながら上掛けの一角にそろう。

他の縫い子達も周囲をぐるりと囲む形となり、ルチアもそれに加わった。

けれど、なごやかな空気はそこまでだった。

針で指を傷めぬよう、各自、指ぬきをつける。ほとんどの者が銀や金の金属製のものだ。ルチアも左手の指先に銀の指ぬきをつけた。

人によっては木の刺繍枠で張った布を固定し、しっかりと手にする。

ミスリル針に金糸と銀糸を通すと、周囲から音が消えていく。

「範囲、糸番確認！」

「確認よし！」

大先輩の厳しい声と共に、刺繍が始まった。

服飾ギルドでも腕のある縫い子達は、身体強化の魔法と縫いの技術を駆使して刺繍をする。よって、正確でとても速く進められる者が多い。

ちくちくというより、さくさくと進むそれに、ルチアも続こうとする。向かいにはダンテがいた。

手元には輝く紺色の生地、表面に薄く描かれた下絵が見える。そこに銀の糸をのせていくのが自分の分担だ。

ルチアは刺繍が好きである。小さい頃から糸に馴染《なじ》んだ自分は、売り物にできるほどには腕がある。

今回の二重織に魔糸《まいと》でもそれなりに縫えるのではないか——その自惚《うぬぼ》れは時計の針が半回りもしないうち、ぼろぼろに崩れた。

刺繍を得意とする熟練の縫い子達は、ルチアよりずっと速い。横で作業をしていれば、それが嫌でもわかる。

そして、引退した大先輩方は、それほど速くはないが確実に縫い進め——時間が経《た》ってもそのスピードがまるで落ちない。その糸目はどこまでも均一で、揺れがなかった。

彼らは一定の速度で一度の間違いもなく、ただただ縫い続ける。気がつけば、他の縫い子達よりもさらに進んでいた。

一番遅いのは自分ではないか、ルチアはどうしても指に力がこもってしまう。あせればあせるほど速度は落ち、何度かミスをしてしまった。

それでも交代まではなんとか持ちこたえたいと食いついたのは、服飾魔導工房長の意地か、それとも服飾師の向上心か——ようやく交代の時間となる頃には、指も目も疲れきっていた。

向かいのダンテは、老眼鏡をかけた大先輩の隣、額から汗を流していた。引き結んだ唇とその目が悔しそうで、自分と同じであることを悟った。

「交代のお時間です！」

時間を計る進行役の声に立ち上がると、交代の縫い子へ席を替わる。ルチアの場所に入ったのはジーロだ。

「ごめんなさい、ジーロ。私の縫いが遅れてて、まだここまでで——」

「チーフ、十分だ。その年で並ばれたら、俺の立場がなくなるからやめてくれ」

「そうですよ！　私、チーフより二十年近く早く針を持ってるんですから、すぐ並ばれたら困ります。なるべくゆっくりでお願いします」

ジーロと縫い子達に続けて言われた。

ルチアは彼らにゆっくり追いついていけばいいらしい。それでも、己の技術の足りなさに残念な思いは消えないが。

腕まくりをしたジーロと縫い子達が、指ぬきをつけ、銀色の針を持つ。

「範囲、糸番確認！」

「確認よし！」

二隊目の縫いが始まる。ルチアはダンテや他の縫い子と共に、そっと部屋を出た。


そうして、作業室近くの会議室、休憩中の今である。

休憩時間はそれなりに長く、お茶も軽食もあるのだが、手が伸びない。

「まあ、この紅茶、渋くないわ」

「いい茶葉ですね。香りがしっかりあります」

「このソルトバタークッキー、うまいな！」

ぐったりとした後輩達を横に、大先輩方は窓際のテーブルで楽しげなお茶会となっていた。

昔と今の違いが、会話の端々に上っている。

ルチアは目薬で落ち着いた目を開くと、勢いをつけて立ち上がった。

軽食用のテーブルには白い紙箱がいくつかあるが、まだ開けられていない。中身を知るルチアは、それを開けると、大先輩達のテーブルへ向かう。

「先輩方、シュークリームはいかがですか？」

「まあ、よろしいの？　それは昼食じゃなくて？」

「こちらはお茶菓子ですので。昼はサンドイッチとスープが届きます」

そう説明すると、白髪の女性がシュークリームを受け取ってくれた。

続いて、目に迷いのある片眼鏡の男性にも勧めた。

男性でも甘いものが好きな者は多いのは、先日のランドルフでよくよく知ったので、皿にのせて渡してみる。顔を綻《ほころ》ばせて礼を言われたので、おそらくは好みなのだろう。

杖を持つ男性には、クッキーがあるからと遠慮された。甘いものは苦手なのかもしれない。

「お勧めをありがとう。お名前を伺ってもいいかしら？」

「ルチア・ファーノと申します。服飾魔導工房長の役を預かっております」

「まあ、服飾魔導工房の！　五本指靴下は、親戚の魔物討伐部隊の子がとても喜んでいたわ。踏込みがよくなって、魔物を追いかけるのにとてもいいのですって」

世間は案外狭いらしい。うれしい話を聞いて、つい笑んでしまった。

互いに自己紹介をしていると、追加の紅茶を持ってダンテもやってきた。

そこからは服飾魔導工房や、昔の服飾ギルドの話になっていく。

昔は今よりも少ない人員で仕事に当たらねばならず、忙しいとかなり負担がかかっていたらしい。手当が出るからと無理をして、身体を壊す者もいたそうだ。

「あの頃は、女性は結婚すると辞めなければいけない方も多かったの。子供の預け先を探すのも大変で……今は専用の保育所があるから安心ね」

「はい。男性でも子育てをしながら働く方はいらっしゃいますし、腕が上がった縫い子と編み師に辞められるのは損害だと、フォルト様がおっしゃっていました」

王都は結婚も多いが離婚も多い。一人親も少なくない。職場に専用保育所、もしくは近くに保育所があるかどうかは、仕事を選ぶ上で重要な選択基準になる。服飾ギルドには専用保育所があり、費用の援助もしっかりある。

我らが服飾ギルド長は、優秀な人材確保のためには予算も手間も惜しまない。上司の鑑《かがみ》だと思う。

もっとも、できない者とさぼる者は容赦なく配置転換とクビにするのだとも聞くが――自分がそうならないよう、がんばって働くだけである。

「失礼ながら、どうやったら刺繍が速くなるでしょうか？　注意点があれば教えてください」

不意に、ダンテが片眼鏡の男性に尋ねた。

ルチアも聞きたかったことではあるのだが、その声の硬さにちょっと驚いた。

男性は顎《あご》に指を当てた後、その黒い目を自分達へ向けた。

「あせらない、急がない、比べない、人の手元を見ない、そこからですね」

「う……」

「あ……」

ダンテと同時に微妙な声が出た。少々痛いお言葉ではあるが、とても納得する。

「カッシーニ副工房長、糸を引く際、少し左肩を揺らす癖があるようなのでご注意を。あと、左手の指ぬきは革ではなく金属にしてみては？」

「はい、そうしてみます」

「ファーノ工房長は布の張りが少しだけ足りない感じね。手に合わせて、小さめの刺繍枠を使った方がいいわ」

「わかりました！　次の時間からそうします！」

大先輩方は、自分達のことなど見ていないように思えたが、しっかりチェックされていたらしい。

「あ、あの！　失礼ながら、自分もお教え願えないでしょうか？」

「よろしければご教授ください、お願いします！」

他の縫い子達もやってくると、頭を下げて尋ねはじめる。

「君は糸がちょっと長すぎたな。それと――」

「あなたは十分速くてきれいだったわ。ただ、疲れないように作業配分を――」

会議室の休憩時間は、こうして縫い子の講習会へと変わっていった。


「先輩方に現場復帰を願うべきでしょうか……？」

ちょっと困惑のこもった声のフォルトが、夜の作業室を見渡しつつ言った。

「復帰もいいと思いますが、講師としてお呼びするのはどうでしょう？」

その隣、ルチアは心のままに答えた。

休憩中、大先輩方は共に作業をしていた縫い子達に多くの助言をくれた。それに従った結果、刺繍の速度は確実に上がった。

これは二交代の片方の隊だけが教わるのはもったいない、ダンテとそう言い合った。

翌日、ルチアを先頭に皆で大先輩方に頭を下げ、各自の刺繍を見てもらうこととなった。

針や指ぬき、刺繍枠の大きさを変えてみること、縫いの姿勢、ペース配分、肩や肘の位置、椅子の高さ――助言は多岐にわたった。

山盛りの助言で頬《ほお》をちょっとだけふくらませた者もいたが、やはり刺繍は速くなった。

その翌日、縫い子の一人が上司の許可を得て、夫の眼鏡職人を連れてきた。

大先輩方の老眼鏡の調整と共に、片眼鏡の男性には新しい眼鏡が作られた。彼らはすっきりした視界に大層喜び、こちらも速度がさらに上がった。

あと、縫い子達も、手持ちの眼鏡を調整し、新しく眼鏡が必要な者は全員手にすることになった。

その結果、フォルトが立てたぎりぎりの計画より早く刺繍が進んでいるという、予想外の状況になっている。

「講師に、ですか。温熱座卓の件が終わったら願ってみましょう。しかし、ここまで早いとは……」

フォルトの困惑はわかるが、ここは素直に喜んでもらいたい。

「あ、フォルト様！　女神様の睫毛《まつげ》、もうすぐ仕上がりますよ！」

ルチアは上掛けを見て、声を高くしてしまった。

現在、上掛けは作業台の上ではない。床に白い布が敷かれ、その上に置かれている。

その中央、仕上げを手がけているのはジーロだ。女神の伏せた目、その長い睫毛を丁寧に刺しきると、彼はそっと後ろに身を引いた。

縫い子達は無言のまま、上掛けの布を皺《しわ》なく周囲にのばしていく。

「きれい……」

床に置かれた巨大な絵画――いや、艶のある魔蚕《まかいこ》の二重織の紺は今、きらめく夜空となった。

金や銀、赤・青・黄といった鮮やかな色から、淡く繊細な色まで、数々の星座が輝き、空の中央には白い肌と銀の髪を持つ月の女神が降臨している。

刺繍というより絵画のよう。魔導ランタンの下、きらきらと細やかな輝きを放つそれは、時間を

忘れて見ていられる気がする。

「このように美しくなるとは……」

吐息のように言ったのは、服飾ギルドのお抱え絵師の一人である。

これまで描き溜《た》めていたものがあるとはいえ、若い彼はこの見事な画《え》を一晩で刺繍向きの下絵に仕上げた。大変にすばらしいセンスと腕だ。

「何を言うのです、あなたの画ではないですか」

「いえ、フォルト様、これは私の作品ではありません。はるかに美しく、皆様の刺繍があってのことで……」

誇るべきことなのに、絵師は首を横に振る。

「それを言うなら、『私達』、皆の作品ですよ」

「ありがとう、ございます……」

にっこりと笑った服飾ギルド長に、若い絵師は両手で顔を覆い、ようやくにうなずいた。

その光景に皆がしんみりしているところ、バタンとドアが開く。

「縁取り素材を持ってきましたー！　って、何？　この刺さる視線は？」

大箱を持って入ってきたのはダンテだ。間が悪い。

「ううん！　刺繍のできあがりに感動していただけだから」

部下にフォローを入れるつもりでそう言うと、彼は大箱をそっと下ろした。

「あー、感動しているところ申し訳ないですが、できあがりはまだです」

大箱に入っていたのは上掛けの下の中掛け——中身の詰まった少し厚手の掛け物だ。

「中掛けに首長大鳥《くびながおおどり》の羽毛を詰めてきましたので、固定縫いお願いします！」

羽毛が一カ所に偏らぬよう一定間隔で固定する。ダンテはその縫いのため、中掛けを作業台に載せた。縫い子達が一斉に動きだす。

けれど、ルチアが動いた先はダンテのところだ。

「ダンテ、目は大丈夫？　痛くない？」

その目の赤みが強い。もしや、昨日、隠れて徹夜などしていたのではと心配になった。

「あれ、そんなに赤いか？　首長大鳥《くびながおおどり》の羽毛の選別にがんばりすぎたかな」

魔物である首長大鳥《くびながおおどり》の羽毛は、渡り鳥よりも羽毛が軽く暖かく、快適だと言われている。ダンテは細かく特級品を選別していたのだろう。

「鳥の羽毛って空中に飛ぶわよね？　目が傷ついたりしてない？」

「いや、たいしたことないから。ちょっとチクチクするだけ」

「ダンテ、防護眼鏡はかけていましたか？」

ルチアの頭上を飛び越し、フォルトの厳しい声がした。

「その、最初はかけていましたが、レンズに羽毛がつくので、つい……」

「今すぐ医師に診てもらいなさい。それが終わるまで作業に戻るのを禁じます」

「いえ、洗って目薬を注せば問題ないです、フォルト様。今は忙しい時期ですし――」

「ダンテ、今すぐ行きなさい、命令です」

ふるり、背後の厳しい声にルチアは身を震わせる。

こうなった上司はなかなかに怖い。拒否したら、腕をつかまれて医師の元、直行便になりそうだ。

ダンテは反論なく、しかし渋々と部屋を出ていった。

その後、固定縫いした中掛けの上、月の女神の上掛けをそっと重ねる。

光のバランスを見つつ、金糸銀糸で星の追加、あと端に編み処理をするのでもう少しかかるが、ほぼ完成といっていいだろう。

とはいえ、一息つく暇はない。次に取りかかるのは温熱座卓ではなく温熱卓。テーブル方式のそれは、座卓より上掛けがかなり長く、面積も大きいのだ。

「では、二台目にいきましょう！」

全員が、フォルトの声に背筋を正した。


「温熱卓用の布をお持ちしました！」

ギルドの染色師二人が、銀色の魔封箱を持ってきた。

すぐに作業台の上に広げられるそれに、全員の目が釘付けになる。

「これが世界樹を染料とした布です！」

そう告げたのは白髪の染色師だ。その目には誇らしげな光が宿っていた。

晴れた空の薄青——そう思えた布は、角度を変えると青を深くしたり、緑になったりする。

まるで森の木々、その葉が風に揺れて色を変えるよう、それを一枚の布で実現していた。

「すばらしい出来です！」

「これが、世界樹を使った布！　すごく神秘的ですね！」

「なんとも言えない、いい青だな……」

「一体いくらするんだろう……？」

美しさを称《たた》える声が続いた後、なかなか現実的な言葉が聞こえた。

世界樹は貴重な素材として名前を聞くことはあるが、染料向けの素材でないのは確かそうだ。

「あの、フォルト様、庶民の興味本位な質問ですが、世界樹の染料というのは、どのぐらいの価格なんでしょうか？」

「そうですね……染料の粉ですと、純金の重さと釣り合うかもしれませんね」

「純金……」

具体的に、おいくらですか？　金の値段のわからぬルチアとしてはそう尋ねたいところだが、こちらに語りかけるような薄青の布を前に、口を閉じた。

これは布だけでも間違いなく超高級品。商業ギルドの銀狐《シルバーフォックス》や深紅狐《クリムゾンフォックス》の上掛けにも引けを取らないだろう。

「そうそう汚れはつきません。ぜひ触れてみてください」

染色師の言葉に従い、そっと手で触れる。つるりとしているのに押し返すような弾力を感じた。

表面は、他の魔布《まふ》にもある独特のぬめつるりとした感触だが、指と布の間に透明な膜がもう一枚あるようだ。これが魔力の強さなのかもしれない。

「こりゃ、刺繍の際にかなり気をつけないと」

ジーロの言葉に、超高級素材なので当然だと納得する。が、染色師が続けた言葉は意味が違った。

「身体強化をかけて縫う方は気をつけてください。わずかですが、反発することがあります」

「これは針先に注意しなければいけませんね」

身体強化魔法なしで縫っているルチアにはわからないが、魔力で針先がぶれる可能性があるのかもしれない。それはそれで大変そうだ。

「あと、世界樹の葉なので、軽い疲労回復効果があります。ですが、目や指の疲労が完全に取れるわけではありませんので、無理をしないようご注意を」

疲労感が薄くなる、なんという良い効果だろう！　値段と希少性さえ考えなかったら、家に欲しいほどだ。あと、作業はそれなりに捗《はかど》りそうである。

「これを使った温熱卓も、とても離れがたくなりそうですね……」

青い目を揺らしたフォルトに、温熱座卓からなかなか出なかった彼を思い出す。

一歩間違うと、この温熱卓も人を縫い止める効果に恵まれるかもしれない。

「これで、世界樹の葉の粉は使い切りましたか？」

「はい。ですが、副ギルド長から『適当に探してくる』と、お手紙がありました」

適当に探して、世界樹の葉が見つかるのか、ちょっと疑問だ。

「副ギルド長は、今どちらにいらっしゃるんですか？」

「世界樹ですからかなり南だとは思いますが、先日は東ノ国《あずまのくに》から荷物が届きましたので、また海の上かもしれません」

フォルトはとても遠い目になっていた。

無理もない。本来であれば服飾ギルド長の左腕となるべき副ギルド長が、ギルド内にいないのだ。

というか、ルチアは今まで一度もお目にかかったことがない。『幻の副ギルド長』と呼ばれるわけである。

「フォルト様、副ギルド長は二人立ててもよいのですから、そろそろ誰か置かれてもいいのでは？　カッシーニ様などはどうですか？」

「今回のことで、真面目に考えているところですよ。前にダンテに話したのですが、その場で断られてしまいました」

「服飾魔導工房からの引き抜きは駄目です！　ダンテがいなくなったら困ります！」

大先輩とフォルトの会話に、ルチアは思わず割り込んでしまった。

自分は服飾ギルドからダンテという人材を回してもらった立場だが、いなくなったら本当に困る。

「まあ、声をかけても無理だと思いますがね、フォルト様」

ジーロに笑って言われ、その話は流れる。戻る話題は幻の副ギルド長だ。

「副ギルド長は、また素材集めですか？」

片眼鏡の大先輩が尋ねると、フォルトは顔をそちらへ向ける。

「ええ、服飾関連素材だと、冒険者よりすごいものを集めてきますからね、彼は」

「冒険者よりすごいもの、ですか？」

世界樹の葉のことだろうか、ルチアはそう思いつつ聞き返す。

「これまでも、東ノ国《あずまのくに》では黒絹を十巻きと、月光蜘蛛《ムーンライトスパイダー》の糸を束で。南の島では貝を原料にした希少な紫の染料、あと、魔魚《まぎょ》の変異種で、赤から白になるグラデーションのウロコをそれなりの数。イシュラナでは三度染めの紅布と、落ちづらい青藍《せいらん》の染料。ああ、帰ってくるときに、大ザリガニのヒゲも、二束ほど獲《と》ってきましたね」

「レア素材ばかり……！」

危うくヨダレが出そうになった。

「服飾素材の確保に関しては、彼に並ぶ者はいませんから。自由に動いてもらうのが一番なのですよ。探す際に『オルディネ王国、服飾ギルドの副ギルド長』の肩書きはそれなりに使えますし」

自分が大変なのを承知で、副ギルド長の自由を許す器の大きさが、さすがフォルトである。

「さて、では縫う際には身体強化の魔法を確かめつつ、安全第一で始めましょう」

こうして、また昼夜二隊式での縫いが始まった。


「痛っ！」

刺繍が進む中、一人の縫い子が指を押さえた。思いのほか、針が深く入ってしまったらしい。

「ポーションを飲んではどうですか？」

「いえ、交代するときで大丈夫です！」

「一口でいいからすぐ飲め！　痛むと効率が悪くなるし、布に血がついたらことだ」

フォルトの勧めに続き、ジーロが縫い子を叱《しか》りつけた。

指先に身体強化魔法をまとわせた結果、世界樹の染料で染めた上掛けがわずかに横滑りする。人によってはそこに指先があり、ちくりと刺してしまうのだ。場合によっては血もにじむ。

交代前でもハンカチで血を拭き取り、少なめのポーションを飲んだ方が早い。

幸い、ルチアは魔法無しで縫っているので、滑らないように刺繍枠をきっちり持てば、通常と変わらなかった。

二枚目の上掛けは、下絵のバランス調整の都合で、中央近くから縫い込んでいくことになった。

下絵が大変に細かく、描くだけでもなかなかに時間がかかる。下絵は時間が経つと消える染料を使用しているので、絵師は一切の休憩をとらずに描き上げていた。

その後は空と森を思わせる布に、ひたすらに刺繍糸を刺す。美しく優しげな薄青の布は、動かすと色が微妙に変わるので、一瞬、下絵がわからなくなることもある。

皆、少しだけ目を細く、ちょっとにらむような表情《かお》になって縫い込んでいた。

「この馬が進まないっ……！」

交代の時間となったとき、一人の縫い子が嘆きの声をあげた。

「馬じゃなくて一角獣《ユニコーン》な」

ジーロが言いながら眉間を揉んでいる。反対側の手の針にあるのは、目にもまぶしい金糸である。

刺繍の下絵にうっすら見えるのは、純白の一角獣《ユニコーン》と金髪の乙女。

一角獣《ユニコーン》の表面積はそれなりにある。あと、乙女の肌も白い。たぶん、馬が進まないの次は、乙女が進まない、になるだろう。

「馬も一角獣《ユニコーン》も似たようなものじゃないですか……」

隣の縫い子が、針を裁縫箱にしまいながらつぶやく。こちらも縫いに疲れ切った目をしていた。

ルチアもようやく椅子から立ち上がる。と、部屋の隅にいたロッタと目が合った。

決して彼が二角獣《バイコーン》の魔付きだから見たわけではなく、偶然だ。

失礼にならぬようそっと視線を外そうとし——ロッタは真顔のまま、首をしっかり横に振った。

馬と二角獣《バイコーン》は別だと無言の主張をする彼に、笑いをこらえるのが大変だった。

透明な水晶と不透明な思惑

フォルトは馬車の中、襟元の青いタイを締め直していた。

向かう先はアリオスト伯爵家別邸、二代前の服飾ギルド長であるティツィアーノの住まいである。

本日の相談は、温熱座卓・温熱卓用の天板——大型の水晶板の入手だ。

ルチアがその提案をしたとき、商業ギルドに対抗するならばそれしかないと思えた。

ガラスの方が入手は簡単で、透明度も高い。だが、ここで希少な一枚水晶を天板にすることで、付加価値が生まれる。

希望する水晶の板は透明度が高く、できれば傷の少ないもの。そうして石を扱う商会や宝石商に打診したが、いい返事はなかった。

服飾ギルド長という立場にあるフォルトでも、服飾関係品以外、しかも鉱物・宝石関係の貴重な素材は入手が難しい。金貨を積めば買えるというものではないからだ。

しかし、今回は服飾ギルドの威信にかけて譲れない。

そのためにティツィアーノへ願いの手紙を書き、会う約束を取り付けた。

彼と同席するのはその第二夫人であるノエミ——宝石を扱う商会の商会長である。

今、ティツィアーノが住んでいる屋敷は伯爵家別邸。息子に爵位を譲ってからは、こちらに移ったからだ。とはいえ、ここは引退後を静かに過ごす場とは思えない。

貴族が広い庭と大きな屋敷を好む中、ここは建物、庭、馬場、厩舎《きゅうしゃ》など、どれも規模は小さい。

灰銀の煉瓦《れんが》の外壁の屋敷までの道は黒の石畳。馬場から厩舎までは、シミ一つない白壁と深みのある茶色の木で組まれ、シンプルながらも美しい。庭園には樹木が完璧に配置され、よく手入れされた花々が咲き誇っていた。

従僕の迎えで屋敷に入ると、つい背筋を正してしまった。

黒と白を遊戯板のように組み合わせた大理石の床はまぶしく、白い壁には一定の間隔で女神や魔物の幻想的なレリーフが飾られている。その一つ一つが名のある職人のものだ。

『審美眼伯爵』——以前の二つ名は当主を退いても変わらぬようだ。

いいや、彼そのものが一種の芸術品なのかもしれない。

ティツィアーノは、フォルトに服飾のすべて、そして貴族社会の泳ぎ方を教えてくれた師匠であり、恩人である。

「こちらに来るのは久しぶりだな、フォルト」

通された部屋の奥、ティツィアーノが白のソファーにもたれていた。

黒に近い、けれど光によって濃茶に見える燕尾服《えんびふく》。白いシャツの襟は短い先を跳ね上げたウィングタイプ、タイは太めのゴールドベージュ、そこに黒いツバメのタイピンを止めている。

上着の下のベストは黒地に花と植物の刺繍《ししゅう》が、タイと同じゴールドベージュで刺されていた。

この装いを見たらルチアが喜ぶだろう、ついそう思ってしまった。

その華やかで凝った装いは、まるで祝席に向かうかのようだ。けれど、ティツィアーノは屋敷にいるときの方が華やかな装いであることを、フォルトはよく知っている。

対外的には『自分でデザインした服の着心地を試している』ということになっているが、実際は装いを楽しんでいるだけだ。

彼は服飾師であると共に、自分自身が着飾ることも大好きな洒落者《しゃれもの》である。

自分の屋敷にいるときは、一日二度は着替えるほどだ。

ちなみに、ノエミもティツィアーノに合わせて着替えるらしい。結婚して一番大変なのはこれだとぼやかれたことがある。

「お時間をありがとうございます。本日の装いも華やかで素敵ですね。私ももう十年ほどしましたら、そちらを目指したいと思います」

「お前は存在自体が派手だから、二十年先ぐらいでいいだろう」

ひどい言われようである。横のノエミも苦笑していた。

本日のノエミの装いは黒の袖付きドレス。ただしカッティングで肩先を出し、生地の表面には黒だが一段明るく光る糸、そして魔魚《まぎょ》のウロコを小さくしたものをちりばめている。

遠目で見れば地味、しかし動くほどに華やかさのわかるドレスは、間違いなくティツィアーノのデザインだ。

「宝飾関連で相談があると伺ったのだけれど、お探しのものは何かしら？」

「水晶の板です。座卓の天板にするものを二枚——できるだけ透明度の高いものを探しております」

温熱座卓の外観書類をテーブルに載せると、ノエミがその黒茶の目でじっと見入っていた。

「いつまでに必要？」

「できるだけ早くお願いできればと」

「三日後に服飾ギルドに届けるわ」

「は……？」

思わず素で聞き返してしまった。そんなに早く準備できるわけがない。

「三日より早くは無理よ。二枚ですもの、表面研磨に時間がかかっているの」

ノエミにあっさりと言われた。

表面研磨にかかっているということは、彼女はすでに入手し、天板用に加工しているということで――とうに知られていたらしい。

ノエミは宝石関連を扱う商会と店を持つ。王都の商会を自分が回っていることで情報を得たのかもしれない。

あるいは、情報源は隣のティツィアーノか。服飾ギルドで水晶天板を探していることは隠していなかった。彼の紐《ひも》が付いている者が服飾ギルドにいて、そこから報告されていてもおかしくはない。

どちらにせよ、先を見越して自分は守られ、助けられた。それが少しばかり悔しい。

「時間がかかることをそんなに残念がらないで。研磨は腕のいい職人にさせているし、簡単には割れないよう、うちの魔導師に硬質化の魔法をかけさせるから」

フォルトの難しい表情は、納期の遅さのせいにされた。

しかし、ノエミの目は悪戯《いたずら》っぽい光をたたえている。

こちらの顔をつぶさぬよう、優しい言い回しにはしてくれているが――この夫妻の前では、自分がいまだ青二才であることを認識せざるを得ない。

「いえ、十分です。ありがとうございます。お支払いは言い値で結構ですので」

「あら、こちらこそご利用をありがとうございます。はい、これはお見積書」

ぴらりと一枚、紙で出されたのは、水晶天板二枚分のそれだ。

しかし、どう見ても安すぎる。数値は確かに二なのだが、値段は一枚分も切るほどだ。

「ノエミ様、こちらは――」

「身内価格よ。他では出さないから内緒にしてくださる？」

身内価格と言われても、ティツィアーノは尊敬する師匠であり、ノエミはその妻だ。

自分が身内扱いされるのは違う気がする。困惑を深めていると、ティツィアーノに名を呼ばれた。

「フォルト、それで通せ。浮いた分は他の材料に回せばよい」

「それでは、私の借りばかりが積み重なってしまいます」

大変ありがたい話ではある。

しかし、貴族に代価のない願いはない、そう自分に教えたのも目の前の師匠だ。

「これに関しては、借りなどと言うな。予算と人員を割き、絶対に商業ギルドに勝利せよ」

珍しくぎらりと光った目に納得した。

ティツィアーノは先々代の服飾ギルド長。視点はそちらだったらしい。

温熱座卓、温熱卓の上掛けとはいえ、布物は布物。服飾ギルドが商業ギルドに負けるわけにはいかない。それはフォルトも思っていたことだ。

「努力致します」

「足りぬものがあればいつでも声をかけよ」

「はい、お言葉に甘えさせて頂きます」

今回は遠慮なく相談する方がいいだろう、そう思いつつうなずく。

自分の横、ノエミが口を開いた。

「うふふ、服飾ギルドと商業ギルドの競い合いになるなんて、この冬は楽しみね」

ティツィアーノの妻でありながら、人気の歌劇を待つように朗らかに笑う。

笑顔の彼女は四十を超えているはずだが、どうやっても三十代にしか見えない。おそらくは若さを維持するための空蝙蝠《スカイバット》の粉末を飲んでいるのだろう。

その背はいつもまっすぐ伸びている。乗馬と護身術で鍛えているとはいうが、女性騎士と遜色ない筋肉がある。貴族女性は華奢《きゃしゃ》であることが尊ばれる時代もあったそうだが、今は健康的な美も好まれる。ノエミはそちらだった。

「お気遣いをありがとうございます。何か私にお礼としてできることはありませんか？」

「そうだな……次の夜会で、ノエミが満足するまで踊らせてやってくれ。私は膝を痛めていて、二曲が限界なのでね」

「わかりました。夜会ではノエミ様と踊りたい者が列を成すでしょうから、師匠の代理として踊り続け、牽制《けんせい》して参りましょう」

「そうしてくれ。何曲踊っても許す」

「まあ、楽しみだわ」

ノエミが華やかに笑った。フォルトもつられて笑い返す。

本来、ダンスを続けて踊るのは、二曲までが友人、三曲目以降は恋人か婚約者か配偶者だ。

しかし、自分は何曲踊っても、弟子の枠から出ないらしい。

美しく、商会長という地位と財を持つノエミだ、声をかける貴族男性はそれなりに多い。

ここはしっかり防御壁の役目を果たすとしよう、そう誓う自分の向かい、ティツィアーノが乱れてもいない襟を指で直す。

「ところで、フォルト、服飾魔導工房長の方はどうなっている？」

「どうなっているとは、どのような意味でしょうか？」

「君がすでに動いたのかと聞いているのだ。他に何がある？」

当たり前のように問われ、とっさに返事ができなかった。

「いえ、まだ――」

「様子見も、ほどほどにした方がいいのではないかね？　先日、彼女に接触した者があったと報告を受けたが、その先は少々厄介だぞ」

確かにルチアを連れ去ろうとした者達がいる、そうティツィアーノにも報告はしていた。

残された馬車と男達をたどれるだけたどって、とある商家につながるであろうことまではわかったが、その背後がわからなかった。だが、ティツィアーノは長い腕でその先まで探したのだろう。

「一人、昔のつながりがわかった者がいる――」

そこから告げられた家の名は、派閥違いのものだった。

やはりという思いと、そこまでたどれなかった自分の腕の短さを恥じる。

本当に、ルチアが無事でよかった。心からそう思う。

「服飾ギルドと服飾魔導工房を守れるなら、方法は問わない。だが、君が妻として迎えるのが最も安全だろう。くれぐれも後手に回らぬようにすることだ」

服飾師としても、ギルド長としても、師匠へ頭を下げる以外にない。

本当であればもう少し詳しいことを伺いたいところだが、温熱座卓と温熱卓の準備が限界まで押している。ここでゆっくりはしていられない。

「ご教授をありがとうございました。では、本日はこれで――」

「職務に励みたまえ」

静かだが厳しい声が響いた。フォルトは了承の声と共に一礼を返す。

師匠であるティツィアーノとの付き合いもそれなりに長くなった。

だが、その襟の乱れをただの一度も見たことがない気がする。

「お見送りして参りますわ」

フォルトはノエミと共に部屋を出る。ドアの隙間からは、腕が届かぬ師匠の横顔が見えていた。


「お見送りをありがとうございます、ノエミ様」

ノエミはわざわざ屋敷の玄関まで見送ってくれた。フォルトはそれに対して礼を述べる。

「温熱座卓と温熱卓、この冬はどこまで広がるのか楽しみね」

「はい、良い展開ができればと思っています」

本当に楽しげに言う彼女に、笑んで返した。けれど、その笑みの保持は難しいようだ。

「温熱座卓と温熱卓の開発は、ロセッティ商会。小型魔導コンロに、防水布に微風布《アウラテーロ》、飛ぶ鳥を落とす勢いね。開発者のダリヤ・ロセッティ商会長は、服飾魔導工房長のルチア・ファーノ嬢と親交が深いとか――」

自分は報告に上げていないが、とうに話は通っていたらしい。

フォルトは何気なさを装って返事をする。

「ええ。子供の頃からの友人だそうです」

「それなら話が早いわ。ロセッティ商会に手は伸ばせないけれど、ルチア嬢の実家、ファーノ工房なら、あなたの足元でしょう？」

「足元などということは——服飾ギルドに貢献してもらっている工房の一つです」

煙《けむ》に巻きたい話題だが、ノエミは猫のような目で自分を見た。

「糸をつなげておくのは大事よ。あなたはルチア嬢とそれなりに仲はいいのでしょう。そろそろ捕まえた方がよいのではなくて？　それとも、別に捕まえさせる者の準備中かしら？」

「いえ……」

ルチアの名前を出されて言い淀《よど》む。

そこまでは考えていない、あるいはもっと時間をかけて進めるつもりです、そんな逃げ口上を探す自分の耳に、距離なくささやきは落とされる。

「フォルトゥナート、大切な戦力を派閥違いに渡してはだめよ。服飾師のかわいい後輩でもあるのだもの」

すぐ目の前、赤い唇が優雅すぎる弧を描く。

「敵に回すのは、かわいそうでしょう？」


「旦那様は本当にお優しいわ……」

フォルトを見送ってきたノエミに、戻るなりため息をつかれた。

ティツィアーノは、妻に向かい、紺の目を細める。

「褒められているようには聞こえないな」

「だってそうでしょう。とうに辞めた服飾ギルドを、まだ腕を伸ばして守ろうとするなんて。それともかわいい弟子を守るためかしら？」

「そこは、弟子を騙《だま》すような悪い人と言ってくれないかね？」

そう言ってにやりと笑うと、妻も笑いを返してきた。

「本当に悪い人は、わざわざ切りやすい人を雇って、お姫様をさらおうなんてしないでしょ？　傷を残すつもりもなかったようだし」

「劇の始まりが遅いので、開演のベルを早めてみたくなっただけだ」

そう答えつつも、少しだけ言い訳めいた響きが混じった。

ルチア・ファーノの連れ去り未遂――あれは確かに派閥違いの仕業ではあるが、自分が一枚噛《か》んでいる。

全員、使い捨ての人員だ。中継の者を入れて情報は流したが、直接のやりとりはない。誰を捕まえて尋問したところで、自分までは絶対にたどれない。

それに、彼女を連れ去ったところで、服飾魔導工房について聞き取り、少々怖い思いはさせても無事に返す予定だった。まさかの事態がないように、別途、陰に護衛人員も確保してあった。

もっとも、彼女の護衛に『魔付きのロッタ』がついている限り、そこまでにはならない――それも計算のうちで、その通りになったが。

ノエミには詳しい説明を省いているが、すべて理解しているようだ。話が早い妻で助かる。

けれど、彼女的にはあまり面白くないのだろう。ちょっとだけ口を尖《とが》らせて言われた。

「お急ぎなら、適当な貴族に願って、ファーノ工房長に貴族の礼儀がなっていないと理由をつけ、役から下ろす。そこに派閥内でちょうどいい貴族男性をすげ替えればいいでしょう？　彼女を続けさせたいのなら、後腐れない連中を雇って強めに脅すか家族に向かわせて、安全を理由にフォルトゥナートの妻か、ギルド関係者の養子にでもするよう押し切ればいいわ。その方が簡単じゃない」

まさしく貴族的模範解答だ。

ノエミは頭がきれ、庶民であった頃から貴族的な考え方ができた。

最初の妻がノエミに惚《ほ》れ込んで、第二夫人にしろと引っ張ってくるわけである。

まあ、自分もこのカミソリのような有能さに惚れ込んではいるが。

「それも考えたが、今、フォルトとうまくいっていることを活かすのも悪くない。こんな考えは甘いかね？」

「大甘だと言いたいところだけれど、そうなった方がフォルトには幸せなのでしょうね。心を砕く者が増えるのは大変でしょうけれど」

「そこはフォルトも腕を長くしようとするだろう。そのためでもある」

「そうね。でも、私程度でこれぐらい考えるのだもの。『向こう岸』の方々もそろそろ本気でくるのではないかしら？」

向こう岸――それは王国の貴族、その派閥違いのことだ。大きな利権が絡む以上、いつ動いてもおかしくはない。いいや、すでに水面下では動いているだろう。

「だから今日、フォルトに釘《くぎ》を刺したのだよ」

「旦那様にしては、ずいぶんまどろっこしいことをなさるのね」

「弟子の教育のためだ。私が生きているうちはフォルトに傘もさせるが、年が年だからな」

「妬《や》けるわね。妻の私よりフォルトゥナートを心配してるみたい」

「そう思わせたなら申し訳なかったな」

くつくつと、喉で笑ってしまった。

言葉とは裏腹に楽しげなノエミは、妻というより弟子という方がしっくりくる。

もっともこちらはフォルトのような服飾師としてではなく、商売人としてのそれだが。

妻としてアリオスト伯爵家の商会を盛り立ててもらう予定だったが、別途、自分の商会を立て、両商会共に大きくした。二つを兄弟商会とし、家の元々の商会は、次男に継がせる形となった。

ノエミが自分に嫁いだ当初は、金目当てだの、色に迷わせただの、一族内ですらうるさい話をする愚か者がいたものだ。

もっとも、十年と経《た》たぬうち、彼女の降らせる金貨の雨に、全員が黙ったが。

「でも、私より弟子が心配なのは本当でしょう？」

「あれは服飾ギルド長にするために育てた男だ。もう二十年はその座にいてもらわなくては。それと、できることなら子爵から伯爵に上がってほしいものだ」

「それは難しいのではないかしら？　彼の父の代で家を斜めにした咎《とが》は大きいわ。よほどの功績をあげないと」

「私がフォルトに『功績譲り』をしてもかまわぬと思っているが、ままならんものだな……」

功績譲り――それは自分の功績を他の者へ譲ることだ。

爵位を得るため、あるいは上げるために使用されることがある。主に祖父や父から子供、もしくは一族の有能な若手に譲るのが一般的だ。

数は少ないが、師匠から弟子、想《おも》い人《びと》などへ贈られることもある。

彼を伯爵に上げるほどの功績は、ティツィアーノにはない。それにあったとしても、譲った場合、息子達に嘆かれることになる。自分が消えた後に、両者に禍根は残したくない。

やはりフォルトにがんばってもらうしかないだろう。

「旦那様は、どうしてそこまで彼に入れ込むのかしら？」

「私の夢を叶《かな》えてくれるからだ。この王都に、一着でも多く美しい服を纏《まと》う者達が増えること――それを見るのが私の楽しみだ。この年になると、あとどれぐらい見られるかはわからないがね」

それは服飾師としての、大きくもささやかな夢。

老若男女の区別なく、美しい服をその身にまとう者が増えること。それは芸術と同じく、人間の豊かさであろうとティツィアーノは思っている。

けれど、自分の浪漫《ロマン》に対し、妻は浅く息をついた。

「そこは愛する妻のために長生きすると、リップサービスの一つも頂けないものかしら？」

「次からは努力するとしよう」

ノエミは自分よりずっと若い。どうやっても先に逝くのは自分である。

もっとも、自分に万が一のことがあっても、このノエミに心配はない。

困りごとがあったとしても、きっとフォルトが手を差し伸べてくれるだろう。

だからこそ、ダンスの三曲目以降の話を提案したのだが――師匠の妻の防御壁になろうと決意している弟子に、自分は彼に託されるほどに弱くないと機嫌を損ねた妻。

まったく、ままならぬものである。

「では、本日のワインはここまでで、炭酸水に替えることにしましょう」

ティツィアーノの前、まだグラス一杯しか飲んでいないワインが下げられる。

少しばかり恨めしげな視線を向けると、ノエミは輝くような笑顔を返してきた。

「長生きしてくださいませ、愛《いと》しの旦那様」


『敵に回すのは、かわいそうでしょう?』、先日のノエミの声が、不意に耳によみがえる。

フォルトは屋敷の執務室で、手元の書類を机に戻した。

彼女に釘を刺されるのも当然だ。同じ服飾ギルドで働くとしても、貴族の派閥の影響はある。ルチアが派閥違いと深い親交を結べば、一定の距離を考えるか、場合によっては敵対する。かといって彼女を服飾魔導工房長役から下ろしたくはない。

ルチアはとても有能だ。服飾の知識をスポンジのように吸収し、技術の腕も上げている。若い故に突っ走ってしまう部分は時折あるが、工房長としての判断力もあり、人心掌握《じんしんしょうあく》にも長《た》けている。

だからこそ、彼女を早く囲い込めと言われるのは当然だが――心のどこかでブレーキがかかる。

「……まだ、騎士に未練があるのでしょうかね」

自分に問うようなひとり言が、机に落ちた。


フォルトゥナートは、ルイーニ家の次男として生を受けた。

四人の兄弟のうち、自分一人が母に似た。

父も兄弟も、青い髪に濃い青の目、男らしい顔立ちをしていた。それに対し自分は、金色の髪、鮮やかな青い目、色の白さ、甘さのある顔、どれもこれも好きではなかった。

兄弟で魔力はそれほど変わらず、使える水魔法も身体強化魔法も似たような強さ。それなのに、自分だけがなぜ違うのかと、何度も残念に思ったものだ。

それでも、母そっくりな上、父母の仲が良かったので不貞を疑われるようなことはなく、兄弟とはたまに喧嘩《けんか》をしても仲は良かった。

ルイーニ家は、代々騎士として有名な家柄だった。

祖父と父は王城の騎士で、兄も王城の騎士を目指していた。フォルトも幼い弟達も同じだった。

祖父や父のような立派な騎士になるのだと、兄や弟達とその背に続くのだと、当たり前に思っていた。

ただ、フォルトが少し大きくなると、他の兄弟達と違う扱いを受けることが増えた。

祖母が幼い自分を捕まえ、あちこちの茶会に連れていくようになったのだ。

女児を孫に欲しかったという彼女は、フォルトにフリルのついたシャツと艶《つや》のある靴を履かせた。

他の兄弟は、代わりに本人が希望する色と形のシャツを仕立て、靴を買ってもらっていたので、苦情は出なかった。

祖母のわがままに振り回されるかわいそうな孫——兄弟からはそんな目を向けられた。フォルト自身もそう考えたことはあった。

もっとも、少し大きくなると、少しばかり見目がよい孫を、家より高位の貴族家に引き合わせ、先々で条件の良い就職や縁談を考えていたのだろう、そう理解できたが。

とはいえ、幼いフォルトは茶会が嫌ではなかった。

フォルトは母や祖母の着飾った姿が好きだった。艶《あで》やかなドレスが、きらめくアクセサリーが、彼女達をより美しく見せるのが楽しかった。

自分の連れていかれる先は、祖母の同世代、または母の世代の女性貴族のお茶会だ。彼女達が着飾った姿は、品があり、とても美しかった。

甘い菓子を並べられても、フォルトの視線は彼女達に向いた。

そんな幼子が面白かったのだろう、服について聞かれることも多かった。

「フォルト君、私の新しいドレスはどうかしら？」

「きれいです！　赤い薔薇《ばら》みたいで……ううん、それよりもきれいです！」

「くっ、私があと三十歳若ければ……！」

時々、彼女達の返答の意味がよくわからなかったが。

世辞は言われ慣れている貴族女性達だが、子供が素で褒めるのは別だったらしい。大層喜ばれていたそうだ。

祖母が自分を女性の輪に連れていくことはさらに増え、自分は嬉々《きき》として着飾る彼女達の姿を見つめることとなった。

だが、子供というのは遠慮がない。聞かれたときに、この色よりもあの色が似合う、前のドレスの方が似合っていた、この人にはこちらの人が着ている形が似合う——フォルトは思うがままに言ってしまう。祖母が自分の口を押さえ、相手に詫《わ》びていたこともあった。

「フォルトには、相手に着せたい服の強いイメージがあるのね……まるで『ティノ』みたい」

ある日、祖母は自分を見つめて、そう言った。ティノ、という名前に思い出す顔はない。

祖母に聞き返すと、そのうちにね、と楽しげに微笑《ほほえ》まれた。

そして、その言葉通り、しばらく後に『ティノ』と会うことになった。

いつものような貴族の屋敷ではなく、服飾ギルドという初めて来る大きな建物。

中に踏み入れれば、老若男女がロビーを行き来していた。その多彩な装いにフォルトは目を輝かせた。

そのままそこで観察していたかったが、職員に案内され、祖母と共に階を上がっていった。

入った部屋には、とても華やかな紳士がいた。

服飾ギルドの副ギルド長、ティツィアーノ・アリオスト伯爵子息だという。

なんとか挨拶はしたけれど、彼と祖母との会話はまったく聞こえていなかったし、目の前に立っているティノ——ティツィアーノから目が離せなかった。

艶やかな銀の髪は少し長め、ゆるく後ろに流され、両の耳には青銀のピアス。明るい紺色の三つ揃《ぞろ》えに一段明るい青のタイ。艶やかな白いシャツの襟は、ぴこんと小さく立っている独特の形だった。上着の襟には銀糸で蔓薔薇《つるばら》の刺繍、その上部には銀の蜜蜂のラペルピンがきらりと光っている。

ズボンは父や兄達のもののようなゆるみはなく、しゅっとしている。その先の靴は黒ではなく濃紺で、足がさらに長く見えた。

「フォルトゥナート」

叱《しか》る代わりに名前を縮めずしっかり呼んだ祖母に、はっと我に返った。

相手をじろじろ見つめるのは失礼なこと——そう教わったことを思い出し、フォルトは懸命に視線を外そうとする。ティツィアーノはそんな自分に声をかけた。

「この服に興味があるならじっくり見てかまわない。男らしくはないが、珍しいだろうからね」

「いいえ！　とってもかっこいいです！」

ぶんぶんと首を横に振った後、彼の周りをくるくる回り、遠慮なく頭の先から足先、後ろ姿までとことん見させてもらった。

そうして満足すると、ようやくソファーに座る。

興奮冷めやらぬフォルトに向かい、ティツィアーノが声をかけてきた。

「フォルトゥナート君は、この服が気に入ったかい？」

「はい！　すごくかっこいいので！」

「どのあたりがそう思う？」

「肩がすっきりしているところと、襟が少し立っていて猫の耳みたいなところ、ズボンも父上のより細くてかっこいいです！　紺色の靴も！　あときれいな刺繍と銀の蜂です！」

興奮のあまり、前のめりで力いっぱい言ってしまった。

「ありがとう。これは私がデザインして作った服なんだ、小物も選んでね」

「すごいです！」

自分でこんな服を考えて作れるなんて、どれだけお洒落なんだろう！　感動で彼をひたすらに見つめていると、隣の祖母がようやく口を開いた。

「言ったでしょう、ティノ。うちのフォルトはあなたに似ているところがあるって」

「ええ……まあ……」

生返事をしたティツィアーノは、頬《ほお》を指でかいていた。

「あなたの小さい頃にそっくりなのですもの」

祖母はティツィアーノの母と幼馴染《おさななじ》みなのだという。彼が生まれたときに誕生祝いを贈ったりもしたそうだ。

「ティノが子供の頃には、よく私のドレスが合っていないと注意されたの。特に色について――」

彼の子供の頃の話になりかかったとき、ティツィアーノが浅い咳《せき》をし、話題を強引に変える。

「ところで、フォルトゥナート君！　この服で、どこかかっこ悪いところを教えてくれないかな？」

「かっこ悪いところは、どこもないです」

「質問を変えよう。もっとかっこよくするにはどうしたらいいと思う？」

フォルトは、ティツィアーノをまたも頭の先から足先まで観察する。

ひたすらにかっこよくて、どこにも変なところなどないが、目に留まったのは、銀の蜜蜂だ。

「その蜂、葉っぱじゃなく、花に止まっていた方がかっこいいです」

「なるほど、定位置よりも洒落るな。他にはないかね？」

答えながら蜜蜂のラペルピンを外し、蔓薔薇の葉部分から少し上の花の真ん中に刺す。ちょうど花に止まっているようで、よりかっこいい。

「ええと……」

他にかっこよくできるところ、そう言われても思い当たらない。

「フォルトゥナート君、さあ、どんなことでも遠慮なく言ってくれ」

とても楽しげに言われ、その顔をじっと見てしまう。

気になったのは、彼の青白い顔と細さだ。ちょっと疲れているようにも思えた。

「夕食をたくさん食べて、早く寝た方がいいと思います」

「あははは！　まったくその通りだ！」

ティツィアーノは、思いがけぬほど大きな声で笑った。


その日を境に、自分は貴族女性の他、ティツィアーノと時折お茶を飲むようになった。

ただ、祖父と父はあまり彼に興味がないようだった。

『ティツィアーノ様は、アリオスト伯爵家の次期当主だから、失礼のないように』、フォルトが父から言われたのはそれだけだ。

年をまたぐと、ティツィアーノは一ヶ月に一度、伯爵家にフォルトを招いてくれるようになった。

名目は『子供服をデザインするのにフォルトを借りたい』、代価はティツィアーノがデザインする祖母と母のドレス。断られるはずがなかった。

伯爵家に行くと、彼はいつも違う服で自分を出迎えてくれた。

青い燕尾服や深い緑のスーツ、きらきらとした黒いシャツに赤いタイ、ストライプやペイズリー模様のベスト、百以上持っているという襟飾り——いつも目を奪われるものばかりだった。

そして、彼は話もとても面白かった。

艶のある絹という布は、蚕《かいこ》という虫の吐く糸であること、貝や蝶《ちょう》の鱗粉《りんぷん》で布に色がつけられること、魔物の素材で魔法を付与し、服を丈夫にできたりすること——フォルトは毎回、目を輝かせて彼の装いを見、話に聞き入り、質問しまくった。

あるとき、ティツィアーノからおみやげにと、金の羽根を模したラペルピンをもらった。

その日の上着の襟につけ、フォルトは喜んで家に帰った。

弟達もうらやましがったので、祖母に頼んで兄弟おそろいにしようか——そう話していると、祖父に叱られた。

「騎士を目指す者が浮つくな！　着飾るのは女がすることだ。男が服にかまける必要はない」

家用の着古した騎士服を着た祖父は、決してかっこよくは見えなかった。

翌日から、鍛錬と剣の稽古が一段厳しくなった。

「騎士に必要なのは勇気と強さ、主《あるじ》への忠誠、そして高潔であることだ。見た目は清潔であれば十分だ」

祖父と同じ気持ちであったらしい父が、自分にそう言った。

次の夜会、肩の収まりが悪い燕尾服の父は、とてもかっこ悪かった。

フォルトの背が伸びるにつれ、学院で恋文やら初恋のハンカチをもらうことが増えた。

派閥の子供交流会となれば、周囲は少女達であふれた。家にはそれなりに好条件の婿入り打診も来はじめた。

母と祖母は喜んだが、祖父と父にとっては違ったらしい。騎士として、外側だけではなく、中身を磨くことが大切だ、それがわからぬ家に婿には出せない――そう言われた。

フォルト自身、婚約はまだ早いと思っていたので素直に従った。

けれど、祖父と父はフォルトがわずかでも華やかに見えるのを避けたかったらしい。

長めの金髪は、風になびかぬほど短くするように命じられた。

鮮やかな青いタイは品がないと、暗い紺色に変えさせられた。

小遣いで買ったガラスのカフスボタンは安っぽいと禁じられ、家紋入りの丸型が与えられた。

服やドレスを描いていたスケッチブックは、子供の悪戯描きだと捨てられた。

騎士服の繕いは騎士の任務の一つ、だから学院の課題で布の縫い合わせをしていたら、『そんなものは適当でいい、それより鍛錬をしろ！』と叱られた。

祖母と母はそれを止めてくれはしたが、夫婦で言い争うのを見るのは、フォルトが辛《つら》かった。

騎士になるためのことだからと、祖母と母を説得し、できる限り従った。

褒められるのは兄や護衛騎士に剣で勝ったときだけ。兄の次に、おろしたてのスーツを着ても、一言も褒められることはなかった。

騎士になるのだから、中身なく着飾るような人間にはなるな――祖父と父の言い分はそうだった。

二人がティツィアーノを、いや、彼のように着飾った男性達を嫌っていることが、はっきりとわかった。

それでも、ティツィアーノのアリオスト家は伯爵位、ルイーニ家は子爵位だ。

フォルトとティツィアーノの交流が禁じられることはなかった。

祖父と父のことは言わずとも、ティツィアーノにはわかられていたらしい。

その屋敷に試作だと言いながら、フォルトのサイズぴったりのスーツが用意されていた。それに袖を通し、彼の向かいで描かれていくデザイン画を見続けた。

やがて、ティツィアーノは服飾ギルド長になった。

フォルトは、小遣いを貯《た》め、黒曜石のツバメのタイピンをお祝いに渡した。

それは安物だったけれど、ティツィアーノは笑顔で身につけてくれた。

彼の銀色のタイの上、それはとても似合っていて——父も彼のようにかっこよかったらいいのにと、つい思ってしまった。

もっとも、そんなことは絶対に口にするつもりはなかったが。


フォルトが高等学院で学ぶ中、祖父が流行《はや》り風邪で亡くなり、祖母もそれに続く形になった。

祖父は王城騎士団員の頃の騎士服で、祖母はお気に入りのドレスで棺《ひつぎ》に入れられた。

祖父の騎士服はサイズが合っておらず、花をたくさん入れて隠した。騎士のかっこよさはまるでなかった。

祖母のドレスはティツィアーノのデザインの、一番新しいものだった。化粧を施され、青いドレスに白い花で飾られた祖母は、眠り姫のように美しかった。

そうして、二人は同じように白い灰となった。

葬儀が終わってしばらくしても、父母はどこか疲れた表情をしていた。

やはり祖父母が亡くなったことがショックなのだろう、フォルトはそう思っていた。

けれど、その頃から、家はゆっくりと下り坂を進んでいたらしい。

最初におかしいと気づいたのは、各部屋の調度だ。いつの間にか入れ替わり、安物になっていた。

次に、母の身を飾っていた宝石が、ガラス玉に替わった。ティツィアーノのおかげで、本物とガラスの見分けがつくようになっていた自分だけが、それに気づいた。

兄弟が気づいたのは、家の馬の数が半分になったときだ。

騎士に馬術は必須である。それなのに、父はいい馬から順に手放していた。

けれど、それでどうにかなるものではなかったらしい。

一族が集まった日、このままでは屋敷を手放さなくてはいけない――そう父が告げた。

元々、ルイーニ家はそれなりに裕福な家だった。王城騎士である祖父も父も、自らの妻と父の弟夫婦に家の取り回しを任せていた。

だが、時流が読めなかったか、それとも商才の不足か、ルイーニ家で運営する商会が、多額の負債を出した。

この屋敷を手放し、借家に移り、使用人を最低限にし、爵位だけは維持できるようにする――そんな父の言葉に、呆気《あっけ》にとられた。そこまで追い詰められていたとは思わなかったのだ。

一族に連なる者達は、嘆かわしい、残念だと言いつつも、誰一人、援助の話をしなかった。遠縁の上位貴族からの助力も得られなかったと聞いた。

貴族の高貴なる精神も、騎士の助け合いの心もまるで見えない。

何も解決せぬまま集まりが解散したとき、一族を見送る父の背中は、とても小さかった。

なんとかしたい、そうは思うものの、高等学院生のフォルトにできることは限られている。

家が没落するのだ、自分に多く来ていた縁談も一気に減っていた。残ったのは第二夫や商家の婿入り——それでもこの家を持ち直せるほどの金銭は得られないだろう。

騎士としてがんばって働いても、到底得られる金額ではない。冒険者で一攫千金《いっかくせんきん》を目指すにも、経験ゼロでは見込みは薄い。何より、今すぐに金貨がいるのだ。

悩んでいる中、ティツィアーノと会う日が訪れた。

けれど、指定されたのは彼の屋敷ではなく、服飾ギルドだった。

服飾ギルド長の執務室、その椅子に座り、ティツィアーノは言った。

「フォルト、騎士を捨てられるか？」

「え？」

意味がわからなかった。

自分は騎士多きルイーニ家に生まれ、高等学院騎士科に在籍している。それなりに上位の成績を修め、王城騎士団を目指していた。それはティツィアーノも知っていることだ。

「騎士を捨て、貴族の服飾師になれ。それならば、ルイーニ家の負債は無期限無利子で、私が出す」

ティツィアーノはくり返すように言った。

その提案に驚きつつも、フォルトは確認をする。貴族に代価のない願いはない、そう教えてくれたのも目の前の彼だ。

「どうして、我が家にそこまでしてくださるのですか？」

再起は無理だろうと、親戚にすら見捨てられた状態だ。同じ派閥ではあるが、そう親しくはないアリオスト伯爵家に利はない。

「ルイーニ家にするわけではない、君に、フォルトゥナート個人へ提案しているのだよ」

「私、ですか？」

さらにわからなくなった。

まだ高等学院生の自分が、アリオスト伯爵家にもティツィアーノにも貢献できるとは思えない。

「君の目、君のセンス、君の美しさ――貴族の服飾師となれば高値で売れる。家の負債など数年で返せる。ただし」

ティツィアーノはその紺の目に自分を映した。

「騎士ではいられない。剣の代わりに針を、盾の代わりに糸を、名誉も賞賛も手にすることはできず、その口で世辞を歌い続けることになる。騎士のように尊敬は得られず、たかが服飾師と侮られ、相手の香水をその身に染み込ませることもあるだろう」

騎士よりも服飾師は下に見られる、することにも仄暗《ほのぐら》さが混じる――そう言っているはずなのに、彼は楽しげだ。

「だが、服飾師、特に貴族向けの服飾師は金貨と力を得やすい。本人にセンスと美しさがあればなおさらだ。君であれば金貨の雨を降らせることも、高位からの助力を得ることも至極簡単だろう」

当たり前のように言われたが、自分にそれほどの価値があるとは思えない。

疑いが顔に出ているであろうフォルトの前、ティツィアーノはその口角をきつく吊《つ》り上げる。

「何より、服飾師となれば、生涯、誰にも遠慮なく服に携わり続けることができ、貴族から庶民、他国の装いまで、好きなだけ手がけることができる――返事を待つ必要はあるかね、フォルトゥナート・ルイーニ？」

「お受けします」

気がつけば、そう答えていた。


そこからのティツィアーノの行動は早かった。

ルイーニ家の商会の負債を支払い、今後の運転資金まで回された。取引や経理でごまかされぬよう、目のいい人材も紹介された。

何より、アリオスト伯爵であり服飾ギルド長がルイーニ家に助力した——その事実が大きかったらしい。商会の取引は持ち直すどころか増え、家も何事もなかったかのように回りだした。

けれど、多額の借入金がなくなったわけではない。

借入の契約書にある名は、当主である父ではなく、フォルトゥナート・ルイーニ。

まだ高等学院生である彼には、想像もつきづらいほどの大金だった。

「お前を犠牲にして、本当にすまない」

父母に、叔父夫婦に、兄に、似たような謝罪を受けた。その度にフォルトはこう返した。

「いいえ、私は騎士ではなく、服飾師になりたかったのです。ティツィアーノ様に服飾ギルドでの仕事を頂きましたので」

別に犠牲になどなってはいない、家のためではない、自分の希望だ——そう話したが、誰も信じてくれなかった。

騎士科の友人達には嘆かれた。共に騎士の道を歩もうと鍛錬を重ねてきた間柄である。それがうれしく思えたとは伝えられなかったが。

裕福な家の友人には、自分の家で借金を肩代わりするから、共に騎士を目指そうとまで言われた。

けれど、フォルトはそれを受けることを断った。

騎士に未練がないとは言わない。心の底から騎士になろうと思っていたし、本気で目指していた。

それでも、自分で服飾師になることを選んだのだ。

話の決裂した友人からは思いきり殴られた。フォルトは彼を殴り返しかけ――やめた。

誰も服飾師を目指したい自分をわかってはくれないのだ、そう理解した。

家族には罪悪感から詫びられ続け、友人には嘆かれたり嫌われたり、ただただ疲れる日々が続いた。


そんな中、ティツィアーノから贈り物が届いた。

自室で開けたそれは、銀の裁縫箱と滑らかな白い絹、色とりどりの刺繍糸。

針に糸を通しながら、フォルトはようやく無心になれた。


そうして、高等学院生のうちからティツィアーノに師事し、卒業してすぐ、服飾ギルドに入った。

騎士から服飾師へ道を切り換えた自分に対し、服飾ギルドの者達は意外に優しかった。

その理由はしばらくしてから知った。

フォルトはティツィアーノの声がけで服飾ギルドに入ったはずだが、回っている話は違っていた。

フォルトが騎士よりも服飾師を目指し、服飾ギルド長にデザイン画を持って売り込みに来た。

ティツィアーノはそれを評価して服飾ギルドに入れた――そういうことになっていた。

世間というものは、夢を持ち、苦難を越えようとする若者の美談が好きである。

フォルトゥナート・ルイーニという若者は、これまで騎士の多いルイーニ家で、服飾師の夢を追えずに長く苦悩していた。

けれど、父からの勘当も覚悟で家の反対を押し切り、退路なく服飾師の道に進んだ。

その上、今は傾いた家のため、貴族なのに一服飾師として、身を粉《こ》にして働いている――そんな同情からの応援が、この背中を後押しした。

もちろん、これもすべて、ティツィアーノの仕込みである。

実際、フォルトは朝から晩まで仕事をし続けた。

顧客の話を聞くのも、デザイン画を描くのも、布に針を通すのも、刺繍を学ぶのもすべて楽しい。できあがった服を着る顧客、その笑顔を見るのはとてもうれしかった。

その上、服飾師としては駆け出しの自分へ、まだ服が作れもしないうちから予約の指名があった。祖母がつなげてくれた茶会の人脈――祖母や母世代の彼女達が、フォルトを祝い、応援してくれたのだ。本当にありがたかった。

もっとも、ティツィアーノの『騎士ではいられない』の意味も次第に理解していった。

貴族向けの服を作る服飾師は、常に権力と損得を天秤《てんびん》にかけることになる。

顧客に美辞麗句を、声をかけられればその隣、茶会にも夜会にもできる限りつきしたがう。相手の香水や白粉《おしろい》がこの身につくような付き合いもあった。

思うことはあったが、すべて割り切った。

自分の基本給与では、ティツィアーノに借りた金額を返せるめどなど立たない。一日も早く、力と金貨が欲しかった。

だが、既婚の貴族女性と社交の場によく出る――それは当然、目立つ上にやっかまれる。陰口は山とたたかれた。

ある舞踏会で、酔った若い貴族男性にからまれ、『君は花街で稼いだ方がいい』、そう笑われたことがある。

自分の隣にいた母よりも年上のご婦人は、彼に向け、無言で孔雀《くじゃく》色の扇をたたんだ。

たったそれだけで、その貴族男性とは、二度と会うことはなかった。

周囲のフォルトへの陰口も大幅に減った。

そうして理解したことがある。貴族社会は男性優位と言われるが、実際はそうではない。仕事や事業の取り回しをする男性に対し、一族や家の裏方を務めるのが女性であることが多いだけだ。

一族のつながりもある。それぞれの分担と働きがうまくかみ合えば繁栄するが、そうでない場合はルイーニ家のようになるだろう。無能・無価値と判断されれば容赦なく切られる――フォルトは貴族に関しても学び直すこととなった。

夢中で学び、働いていると、時が経つのはあっという間だ。

父が当主を退くことになり、次期当主確認のため、一族会が開かれた。

父が次期当主に指名したのはフォルトだった。

フォルトは長男ではない。その上、騎士ではなく服飾師だ。代々の騎士の家において、ふさわしくないのではないか。フォルトには家の運営を任せ、家督は長男が継ぐべきだろう――一族からそんな声があがったとき、反対したのは兄だった。

「ルイーニ家を救ったのはフォルトゥナートです。フォルトゥナートこそが最も強く、ルイーニ家当主にふさわしいのです」

兄は高潔な騎士の表情《かお》で言った。とてもまぶしかった。

そこからは誰の反論もなく、フォルトはルイーニ子爵家当主となった。

騎士の道を捨て服飾師となったルイーニ子爵は、年齢と実績を積み、服飾ギルド長になった。

ルイーニ家の屋敷、父が使っていた執務室に、今、フォルトはいる。

ティツィアーノへの借金を返し、最初に購入したものはこの執務机だ。父が手放したものではなく、ティツィアーノが屋敷で使っているのと同じ工房のものである。

自分が目指すのは祖父や父ではなく、彼だ、その思いからだった。

今もそれは変わらないが——当時の記憶をたどっている途中、ノックの音が響いた。

了承すると、高等学院騎士科の制服を着た、青い髪の少年が入ってくる。

「父上、今、お時間をよろしいでしょうか？」

「かまいませんよ、フラヴィオ」

そろそろ少年というより青年と呼ぶべきだろう。彼の背丈はまた伸びていた。

このぶんだと、二、三年先には背を追い越されるかもしれない。

フラヴィオは、書類上は自分の長男、血縁上はフォルトの兄の子である。このルイーニ子爵家次期当主とするため、一番上の兄に願って養子とした。

養子となってから、自分への『叔父上』呼びが『父上』になった。

騎士である兄は同じ屋敷に住んでおり、そのまま『父様』と呼び、変わらぬ親子関係を続けている。それはフラヴィオとフォルト、共通の希望でもあった。

「何かありましたか？」

執務机からローテーブルの方へ移動し、ソファーに座って尋ねる。

けれど、フラヴィオは立ったままだ。唇は固く引き結ばれ、その濃い青の目が強い決意をたたえているのがわかる。フォルトは次に言われることの想像がついた。

「申し訳ありません。私は来年の試験で、王城騎士団員を目指したく――次期当主は、フィオナにお願いします」

深く頭を下げられた。予想通りの内容だった。

「頭を上げなさい、フラヴィオ」

すでに騎士の顔つきになりつつあるフラヴィオが、フォルトには少しだけまぶしい。

「そう早く決めることはないでしょう。王城騎士団員となってから、いつか当主になることを考えてもいいのではないですか？」

今すぐ自分が当主を引退するわけでもない。時間はまだまだあるのだ、そう告げても、彼の表情は変わらなかった。

「ルイーニ家は服飾関連の事業が手広くなりました。騎士となる私が飾りの当主となるより、フィオナに服飾関係者からふさわしい婿を迎える方が、この家のためになります」

騎士の夢だけではなく、現実を見ての判断だった。

視野広く成長したものだ、そう感慨深くなった。

「フラヴィオに服飾関係に強い花嫁を迎えることもできます。それが嫌ならば、服飾関連に強い相談役をつけても、補佐を増やしてもかまいません。そうあせることは――」

「私には服飾の才も商才もありません。当主となっても、祖父や大叔父と似た道をたどるでしょう。それならば、王城騎士団に入り、少しでもこのルイーニ家のためになるよう励みたいのです」

それは少年の声ではなく、進む道を選んだ青年の声だった。

「父上には本当にお世話になっているのに、ご期待に添えず、申し訳ありません……」

彼が服飾の本を大量に読んだり、商業を学ぼうとしたりしていたのは知っている。

けれど、彼には向いていなかった。

醒《さ》めた目で見れば才は薄く、服飾も商売も、できる他の者を使う以外ない。

人には向き不向きがある。あのティツィアーノですら、二人の息子は王城の魔導師と商人となり、服飾師の道は継いでいない。

服に対する情熱も思い入れもない者が、服飾の道に進むのは難しい。

フラヴィオの心を動かすのはいつでも剣と魔法で――騎士としての才も夢もある。

これ以上、その道を押しとどめるのは酷だろう。

「フラヴィオ、謝ることなど何もありません。あなたはあなたの進みたい道を行きなさい。私は家族として応援します」

「ありがとうございます……！」

少し震える声で、頭を深く下げられる。ようやく上げられた顔は、兄そっくりだった。

「ただ、フラヴィオの名を兄上の元へ戻すのは、フィオナが成人するまで待ってもらえませんか？

上位貴族から婿入りを打診されると、断りづらいので」

「はい、もちろんです。かわいい妹に望まぬ縁談など結ばせたくありませんから」

フラヴィオに深くうなずかれた。

フィオナはフォルトの一人娘である。まもなく五歳、金の巻き毛に青い目を持つ幼女なのだが、親の欲目ではなく美しい。

先日、初のお披露目があったのだが、翌日から見合いを打診する手紙が続いている。返事を出す前に、まとめて暖炉にほうり込みたくなる量だ。

幼いフィオナが次期ルイーニ子爵家当主候補となれば、高位貴族の子息の婿入り打診も考えられる。その断りはなかなか面倒だろう。

そしてもう一つ。フラヴィオの次期当主の道も、完全に断ちたくはない。

彼はまだ若く、フィオナはまだ幼い。選択肢は残しておいてもいいだろう。

「さて、王城騎士団を受けるなら、試験対策が要りますね。実技は兄上に、座学は追加で家庭教師をつけましょう。いい成績で合格しなさい、フラヴィオ」

「はい！　努力します、父上」

少年に戻った笑顔に、フォルトは心から笑い返した。


「どうぞ」

フラヴィオが出ていってまもなく、ノックの音が響いた。

言い忘れたことでもあったのか、そう思って了承すれば、入ってきたのは妻のミネルヴァだった。

フォルトのデザインしたグレーシルクのドレスがよく似合っている。

ただ、何か引っかかることがあるらしい。眉が少しだけ寄っていた。

「フォルト、フラヴィオが廊下の先で跳ね回っていますが、何かあったのでしょうか？」

「今日は見逃してあげてください……」

夢を追えるうれしさは、少年の身体を弾ませたらしい。

そういえば、兄も王城騎士団に受かったとき、身体強化付きで廊下を跳ね回り、母に叱られていた。血は争えぬものだ。

「フラヴィオは王城騎士団員を目指すそうです。先ほど、次期当主をフィオナにしてほしいと願われました」

「フォルトは許可を出したのですね？」

「ええ。ただ、まだまだ当主を譲るつもりはありませんし、フラヴィオとフィオナの今後の選択を見守りたいと思います。それと、フィオナが成人するまでは、フラヴィオの名を私の元へ残すよう願いました」

妻の青い目が、じっと自分を見る。

「フィオナの当主教育と婿の選定は、いつぐらいからとお考えですか？」

「私としては高等学院以降と考えています。ミネルヴァはどう思いますか？」

「少々遅いかと。才によっては、高等学院で選ぶ科を変えなくてはいけません。次期当主としては文官科が一番ですが、フィオナの魔力値なら魔導科も選べます。そちらの方が高位貴族と交友関係が結べますし。それと、婿になる方の向き不向きによって、相談役と補佐の選定が変わってきます」

「そうですね……」

さらさらと貴族らしい提案をされ、フォルトは少しだけ言い淀む。

自分より年下の妻であるミネルヴァは、伯爵家の出身、彼女の母は侯爵家の出身だ。こういったことにはとても長けている。

足りないのは、当主になることが決まってから、突貫工事で当主教育を受けたフォルトの方だ。

それでもこれに関しては、少し思うところがある。

「進路と婿は、フィオナに選ばせてはいけませんか？」

つい、生徒のような口調で尋ねてしまった。

「もちろん、避けるべき相手は気をつけますが、できるだけ相性の良い相手であればと思うのです。文官科か魔導科も、本人が望む方がやる気が出るのではないかと……」

少しだけ言い訳めいて聞こえるのは、これが甘いとわかっているからだ。

ルイーニ家の最善を考えるならば、フィオナの容姿と魔力値を最大限に活かし、できるだけ相手の家と条件の良い婚姻を早めに組む方がいい。

ただし、その場合、相性が合わずに仮面夫婦になる、跡継ぎ二人が生まれたところで離縁などということもよくある話だ。

できれば、フィオナにもフラヴィオにも、思い合える相手を生涯のパートナーとしてほしい、そう願う。もっとも、家と魔力値を最優先に考える貴族相手には、口が避けても言えぬ話だが。

「あなたがそう望むのでしたら、かまいませんわ」

優雅に微笑んだ妻に、そう答えられた。

これで何度目だろうか。自分が貴族としては甘い希望を述べても、ミネルヴァは許し、きっちり帳尻合わせをしてくれる。自分にはもったいないほどの妻だ。

だから、耳の痛い助言と提案もしっかりと聞くようにしているが——例外はある。

「ただ、そのご希望を考えても、フォルトには早めに第二夫人を考えて頂きたいの」

「その話ですか……」

「ええ。ルイーニ家には必要なことですもの。私は次の子供が望めませんし、後継の安定や協力態勢を考えても、もう一人、妻がいる方がいいでしょう？」

今までに何度も繰り返され、その度に断ってきた。

ミネルヴァは子供の頃から病弱で、今も健康的とは言い難い。細身のせいか、フィオナを生むときは大変な難産で、医師に万が一の覚悟を求められたほどだ。

それでも彼女は第二子を望んでいたが、君を失いたくはないのだとフォルトが懇願し、あきらめてもらった形である。

「私としては必要ないと思うのですが。相談役か補佐を増やす形ではいけませんか？」

「相談役も補佐も、一族の者ではありませんもの。家のことであれば私が、ですが、服飾関係では力不足です。あなたの仕事を支えられる第二夫人が必要だと思いますわ」

どうやら話の一端は、妻の耳にも届いたらしい。フォルトは抑揚を抑えて言葉を返す。

「それについては、ティツィアーノ様にも勧められているところです」

「まあ、ティツィアーノ様が。それなら、候補のご令嬢が？」

ミネルヴァが本当にうれしげに笑う。そこに嫉妬の色は微塵《みじん》もない。

「……ええ、服飾魔導工房の、ファーノ工房長です」

「よかった！　ファーノ工房長でしたら、きっとフォルトの力になってくださいますわね」

両手を胸の前にそろえ、笑みを深める妻に、フォルトは何も言えなくなる。

貴族家当主であれば、家や仕事の関係からの第二夫人、第三夫人もよくあること。妻や夫は名前だけで実際は他にパートナーがいるといったことも少なくない。

フォルト自身、家の仕事は妻と相談役に頼るところが大きい。そうでなければ、服飾ギルド長の職務は果たせないだろう。

「いずれ息子が生まれたら、騎士でも服飾師でも――私、気が早すぎますかしら？」

つい無言になっていた自分に、ミネルヴァが問いかける。

「いえ、ちょっと仕事のことを思い出しまして」

整えきった笑みで返せばそれで終わり。それ以上に聞き返されたことは一度もない。

話に上がっているルチアは、すでに服飾魔導工房長として自分を助けてくれている。

婚姻話は彼女を守るための――いいや、体《てい》よく囲い込むためのもの。

服飾ギルドに、ルイーニ家にとって都合のいいもの。何より、この自分の保身ではないだろうか。

内の迷いを押し隠し、フォルトは羽根ペンを持つ。

「急ぎを思い出しました。もう少し書類を書いていますので、ミネルヴァは先に休んでください」

「わかりました。あまり無理はなさらないでくださいね」

部屋から出ていく妻の背が、少しだけ遠く見えた。

服飾ギルド長の妻と好敵手

「温熱座卓の予約がいっぱいで……家具職人の皆さんが協力してくれているの」

「うちも上掛けと敷布がいっぱい！　今年は宿場街の縫い子さんにも仕事を出すんですって」

午後、ルチアはダリヤと共に、服飾ギルドの応接室で紅茶を飲んでいた。

本日打ち合わせるはずだったフォルトとイヴァーノは部屋にいない。温熱座卓の納品数や倉庫の調整で少し遅れるとのことだ。確かに、製品が仕上がっても置き場がないのでは話にならない。

倉庫や温熱座卓関連のことで話し込んでいると、ノックの音が響いた。

フォルトとイヴァーノが来たのだろう、そう思ったところ、ドアを開けたメイドが、小さく、驚きの声をあげた。

来客が部屋を間違えたのだろうか、そう思ったとき、淡い金髪の女性が入ってきた。

一目で貴族女性とわかる上質な装い――グレーシルクのドレスは、フォルトが着ることの多い灰銀のスーツと同じか、似た糸、おそらく魔蚕《まかいこ》による魔布《まふ》。

ただし、フォルトのような総織込ではなく、一段薄い、それでいて艶《あで》やかな生地である。

ドレスは縫いだけでウエストが絞られており、身体にゆるく沿っていた。その優雅なライン取りは絶妙で、細身の彼女を引き立てている。フォルトの得意なデザインの一つだった。

淡い金色の髪は後ろで結い上げられ、東ノ国《あずまのくに》の白い真珠をあしらった櫛《くし》で飾られている。

白い陶器のような肌に空色の目、薄赤の唇――どこから見ても美しく上品な女性。

フォルトの妻だとすぐにわかった。ルチアはダリヤと共に立ち上がる。

「はじめまして。フォルトゥナート・ルイーニの妻のミネルヴァです。うちの夫が大変お世話になっているようですね」

優雅に微笑《ほほえ》んだミネルヴァに、緊張しつつ営業用の笑みを返す。

「ご挨拶をありがとうございます。服飾魔導工房で工房長を務めさせて頂いております、ルチア・ファーノと申します。ルイーニ様には大変お世話になっております」

「丁寧なご挨拶をありがとうございます。ロセッティ商会のダリヤ・ロセッティと申します。服飾ギルド長には大変お世話になっております」

二人で挨拶をすると、ミネルヴァは浅くうなずいた。

その後は向かいのソファーに座ったミネルヴァと、仕事の話になった。ロセッティ商会の取引、服飾魔導工房の仕事、当たり障りのない内容だ。

ミネルヴァは忙しさをねぎらってくれ、ルチアに向けてきれいに笑む。

「あなたのような有能な方が、夫の隣にいることをうれしく思います。これからも、フォルトの力になってくださいませ」

「光栄です。お仕事に全力を尽くします！」

服飾ギルド長であるフォルトの妻に、服飾魔導工房長、服飾ギルド員としての仕事を認めてもらえた――そのうれしさに、心からの笑顔で応えた。

けれど、その笑顔はすぐに困惑に変わる。

「これから先、末永くフォルトの支えになってもらえればと思っておりますの。個人的にも」

「個人的、ですか？」

意味合いが取れずにいる自分に、彼女は一点の曇りもない笑顔で言った。

「叶《かな》うならば、あなたにフォルトの第二夫人になって頂きたいの」

「はぅ!?」

ありえない話に、素《す》っ頓狂《とんきょう》な声をあげてしまったのは許してもらいたい。

咄嗟《とっさ》に言葉が出ず、あわあわと口を開け閉めしてしまった。けれど、懸命に切り換える。

「私はフォルト様とそういった関係ではありませんので！」

「フォルトがあなたのことをとても気に入っているのは知っています。未婚のあなたに、自分の名前呼びを許しているくらいですから。フォルトは親しい者、敬意を寄せる者にしか愛称を呼ばせませんもの」

『ないわー！　ないわー！』と内で大音量の叫びをあげながら、ルチアは服飾魔導工房でのこれまでを振り返る。

仕事は飛び込みや急ぎが多く、残業がそれなりにあった。急ぎで徹夜となったこともある。もしかすると、そこからあらぬ誤解をされてしまったのかもしれない。

「お気になさらないで。この夏から、屋敷に戻ってくるのは夜中過ぎのことも多いですもの……ファーノさんに婚姻条件でご希望があるのなら、できる限りこちらで沿うつもりです」

『完全完璧な大誤解です！』そう叫びたいのをこらえ、ルチアは膝上の手をきつく握りしめる。

そんなとんでもない疑いを向けないでほしい。自分もフォルトも仲間達も、仕事に懸命だった、職務にまっすぐだった、それ以外ないのだ。

それに婚姻——結婚には確かにいろいろと条件があるかもしれないが、それ以前に、想《おも》い想われるものだ。少なくとも、貴族ではない自分にとっては。

叫び出したくなるのを懸命に止《とど》めていると、横のダリヤがこちらにとても心配そうな目を向けていることに気づいた。

大丈夫、これでも自分は服飾魔導工房長だ。感情任せにこの場で言い返したりはしない。

「ルイーニ夫人、私は本当に、フォルト様とそういったお付き合いはしておりません。神殿契約をして、真偽確認をして頂いてもかまいません」

必死に考えた末、思いついたのは神殿での真偽確認だった。

神殿で嘘《うそ》がつけないという契約をし、その場で話せばいい。金貨は嵩《かさ》むが、誤解を受けて婚姻を勧められるよりはいいだろう、そう思って申し出た。

ミネルヴァに透かすように見られた、そう感じたのは一瞬のこと。彼女はすぐに不透明に笑んだ。

「そうでしたの。私の勘違いで失礼しました。ただ――フォルトはあなたにそういったことを、まだお話ししていないのですか？」

「ありません。お話しするのは、お仕事と服飾関連のことがほとんどです」

「私の方で、もう一度フォルトと話してみますね。この件にかかわらず、どうぞ夫の力になってくださいませ」

「……もったいないお言葉です」

もしかすると、何か行き違いがあったのかもしれない。そう思っていると、今度はダリヤへ整った笑みが向けられた。

「ロセッティ会長が、もしフォルトのことを夫候補としてお考え頂けることがありましたなら、どうぞご連絡をくださいませ。歓迎致しますわ」

「いえ、私は――」

混乱のはっきりわかるダリヤが、とっさに言葉を紡げずにいる。

自分が思わず、『ルイーニ夫人』と呼びかけそうになったとき、薄緋色《うすあけいろ》の唇が開いた。

「もし、フォルトの――うちの一族の力が必要になったときは、どうぞお声をおかけになって。まだお若いのですもの、『この先』が確実に決まっているわけではないでしょう？」

それはダリヤに向けた言葉ではあったが、視線はルチアへと動いた。

その少し薄い青の目には一切の動揺がなく、ただ仕事の取引を進めているかのよう。

ルチアにはどうしても、ミネルヴァの言う意味が理解できなかった。


「もう、訳がわからないわ……」

家に帰っても考えはまとまらず、ルチアは自室のベッドをごろごろと転がる。

「あれが、『貴族的考え方』ってものなのかしら……？」

ミネルヴァの夫は、自分の上司であるフォルトゥナート・ルイーニ。

服飾ギルド長で有能な服飾師、それに加えて、ルイーニ子爵家当主、貴族から他国の要人まで幅広く顔が利き、裕福な商家からの人気も高い。かなりの美丈夫で年齢よりも若々しく見える。明るく優しく、気遣いが細やかで、とても頼れる。

結婚相手としては非の打ちどころがない。ただし、既婚。庶民の自分としては、その時点で『ない』。

貴族は家や仕事のつながりで婚姻を結ぶことが多いという。

そして、ここオルディネ王国では、婚姻に人数も性別もない。貴族や裕福な商家では第二夫人や第二夫は特別なことではないのだ。

もしかしたら、ミネルヴァにとっての第二夫人は、『夫の仕事を手伝ってくれる女性』ぐらいの感覚でしかないのかもしれない——そこまで考えたとき、ノックの音がした。

「ルチア、大丈夫か？」

心配そうな声は、兄であるマッシモのものだ。ルチアはすぐにドアを開ける。

「大丈夫って、なんで？」

「夕飯、半分も食べてなかったから、調子が悪いのかと思って」

「——えっと、昼食が遅かっただけ！」

「お前、ほんと嘘が下手だよな。仕事の愚痴とか、何か話したいなら聞くぞ。聞くだけだけど」

兄の右手には、クッキーののった皿があった。すでにお見通しだったらしい。

ルチアはクッキーを一つつまむと、マッシモを部屋に通した。兄に椅子を勧め、自分はベッドに腰掛け、クッキーをかじる。

無言で一枚をガリガリとかじって飲み込むと、息継ぎなしで言い切った。

「今日フォルト様の奥様から第二夫人にならないかって言われたー！」

「はぁ!?」

マッシモが素っ頓狂な声をあげて固まった。

やはり兄妹らしい、自分とそっくりな反応だ。いや、これが庶民の正しい反応ではないだろうか。

「いや、お前がフォルト様と結婚というか、そういう話も驚くが、なんで奥様から？」

「そうよね。貴族ってわかんないわよね……」

兄に取り繕うことはないので、本音を続ける。

「服飾魔導工房の運営の安定を願ってのことか、ギルドの情報が漏洩《ろうえい》しないようにしたいのかも……」

「まあ、お前に見合いと養子縁組があれだけ来てるんだから、一族に入れて安全にしておきたいっていうのもあるかもな。この前みたいなこともあったわけだし……」

先日、連れ去り未遂に遭ったのは、マッシモと一緒に出かけ、一人になったときだった。

帰宅してから思いきり謝られたが、そもそも兄の責任ではない。

「うーん、安全確保で結婚っていうのがぴんとこないのよね、護衛はつけてもらっているし。庶民だと結婚相手はお互い一人が多いから、他に誰か好きな人とか付き合う人がいたら、浮気って感覚じゃない？」

「そうだな。そもそも浮気で別れたっていう話はよく聞くけど、第二夫人の話はそうそうないもんな。商会持ちの商人とか、財産関係でそういうのがたまにあるくらいで」

「庶民ならむしろ、花街できれいなお姉さんお兄さんと遊んで、まな板や包丁を投げられたとか、そういう話の方が多いわよね」

「いや、そういう怖い話をお前はどこから聞いてくるんだよ？」

自分の言葉に兄が苦笑しつつ、追加のクッキーを渡してきた。

互いにクッキーをかじりつつ、ちょっとだけ間が空く。先にクッキーを飲み込んだのは兄だった。

「ルチア、ルイーニ様のことはどう思ってる？」

「とてもいい上役で、すごい服飾師だと思うわ」

「それはそうなんだが……そうじゃなく……」

兄の言いたい意味は大体わかる。だからルチアは、笑って答える。

「もう断ったもの。それにフォルト様にあたしじゃ、釣り合わないじゃない？　小イカがクラーケンと一緒になるくらい不似合いだもの！」

けれど、マッシモは笑うことはなかった。濃い青の目が、まっすぐ自分を見る。

「ルチア、相手に望まれたなら、釣り合いがとれないとかは考えなくていいだろ。本当に、お前がどうしたいかを考えろよ」

普段は気弱なのに、こんなときだけ兄らしくならないでほしい。けれど、本当に心配されていることだけはわかる。

「わかった」

ルチアは兄に向かい、しっかりとうなずいた。

そのままクッキーを食べきり、兄妹《きょうだい》の夜食の会は終わった。

マッシモが部屋を出ていくと、ルチアは鞄《かばん》を開け、スケッチブックを取り出す。フォルトがくれたそれは、紙質もよく、とても描きやすい。

服飾師として、彼と同じように服をデザインしていること、その近くに在ることに、自分はいつの間にか馴染《なじ》んでいた。

フォルトのことは上司として、先輩服飾師としてとても尊敬している。一緒にいるのも楽しい。

けれど、彼は貴族で、子爵家当主で、服飾ギルド長。本来、ルチアにとっては、雲の上の人と言ってもいいのだ。

自分が本当にどうしたいか、これからどうなりたいか――考えれば考えるほどわからない。

自分に貴族の生活は向いていない。何より、第二夫人という道は自分には無理だ。それにもう断った話だから――まとまらぬ思考を抱えつつ、ベッドをごろごろと転がり続けた。

夜遅く、ルチアはようやく眠りに落ちた。

夢の中では、フォルトと二人、スケッチブックに描かれた服について語り合っていた。

「フォルト様、外で待機致します」

「――ええ、そうしてください」

ロッタにそうささやかれ、フォルトはようやく彼に指示を出していなかったことに気づいた。

自分は思いのほか、緊張しているらしい。

昼食の時間には少しだけ遅いが、ルチアを誘った名目はランチだ。貴族街のレストラン、その最上階に、彼女を伴ってやってきた。

ルチアは白と黒の石造りの建物やその内装を緊張した面持ちで見ていた。その様子に、テーブルにすべての料理をそろえさせ、給仕を下がらせた。そうして、ロッタも隣室へ移ったのが今である。

今日の三つ揃《ぞろ》えは一番上質な黒絹を選んだ。

ルチアは彼女のデザインで、自分がいくつかアドバイスをしたワンピース姿だった。白からアクアブルーへ色を変えていくそれは、とてもよく似合っている。

「ルチア、元気がないようですが？」

「いえ！　こういうところは慣れていないので、ちょっと緊張しているだけです」

気を使ったつもりが、逆に気を使われてしまった気がする。

ワインで乾杯した後、皿にフォークとナイフを進め——初めての二人きりの食事は、互いにどこかぎこちない。それでもなんとか雑談をこなした後、フォルトは紅茶を淹《い》れる。

祖母に教えられ、周囲のご婦人方が喜ぶのでさらに練習し、それなりに上達した。

けれど、今、一級茶葉のそれを飲んでも、味の深さがわからない。ただ、デザートのマロンタルトを食べるルチアは笑んでいて——店に無理を言い、好みの菓子を取り寄せてよかったと思えた。

彼女が紅茶を飲みきるのを見届け、ようやく口を開く。

「昨日は、妻がたいへん失礼しました。まさかミネルヴァが、直接あなたのところへ行くとは思わず……」

言い訳と本音が完全に混ざった。

ティツィアーノからルチアを勧められた話を、ミネルヴァにした。彼女はその翌日、服飾ギルドを訪れ、ルチアへ直接、第二夫人の話を願ったという。

その貴族的行動力を見誤ったのは、夫である自分の責任である。

「私は気にしないので、フォルト様、しっかり誤解は解いてくださいね」

懸命な謝罪は、きっぱりと笑顔で流された。

「それについては――私が妻に話したのです」

「え？」

ルチアに小さく声をあげられた。

フォルトとの婚姻は彼女の頭の中にはなかったようである。

やはりと言うべきか、少々残念に思うべきか、それさえも考えがまとまらない。

「私がルチアと会って、まだ半年ほどです。少々早いかと思ったのですが、妻にあなたのことを話しました。まさかギルドに来て、先にあなたに話をされるとは思いませんでしたが」

ルチアと知り合ってからまだ数ヶ月。上司と部下としてはいい関係だという自負はある。

だが、それ以外にはまったく自信はない。

それでも、彼女を派閥外に取られぬようにという他からの釘刺《くぎ》しは多く、先延ばしもできず――ぐだぐだと内に言い訳を並べたてている自分を、彼女が青い目で見つめていた。

「ルチアと最初に会ったとき、とてもかわいらしいお嬢さんだと思いました。プリンセスラインの素敵なワンピースで。後であなたのオリジナルデザインで、自ら縫ったと聞いて驚きました」

出会いから今日をたどる言葉が、自然、口から出た。

「フォルト様は灰銀のスーツと、白いシャツがとてもお似合いでした。魔糸《まいと》の模様織込で」

ルチアが即座に返してきたのは、初対面のときの自分の服装だ。

「私は服しか覚えて頂けてないようですね」

互いに笑い合い、改めて認識する。

ルチアと過ごす時間は楽しかった。服のデザインを話し合い、共に仕事をし、その夢も聞いた。

彼女が服飾師としてさらに花開くのを見守りたい、そばに置いて守りたい、その役目を誰にも渡したくない――自分はルチアに対し、とうに想いを抱いていた。

二の足を踏んでいたのは、今の関係を壊したくないからだ。

三十をとうに過ぎた貴族男、ギルド長の役職持ちが、心底情けない。

けれど、情けないままでは守れぬのも確かで――フォルトは言葉を探す。

貴族の華やかな世界の裏、昏《くら》い場所にも身を沈めた自分だ。

絵空事の口説き文句なら山と知っている。美辞麗句ならいくらでも言える。

服飾師として良い条件を山と重ねることも、逃げ切れぬようルチアの実家に先に申し入れをする手もあった。

だが、どうしてもそれをしたくなかった。

だから、ルチアを前に、ただ本心を口にする。

「ルチアと一緒に仕事をしていて、本当に腕のいい、有能な服飾師だとわかりました。そして、とてもセンスが良く、ひらめきもあることに感心しました。夜中まで一緒に仕事をしても、次の日、またあなたと会って仕事をするのが楽しみでした」

「フォルト様……？」

青い目が丸くなって自分を見る。その澄んだ色合いが美しい。

「気がついたら、一緒に仕事をするだけではなく、ずっと共に歩みたいと、そう思うようになりました」

フォルトは立ち上がり、彼女の前で片膝をつく。自分の心臓の音が、ひどくうるさい。

「ルチア、私の妻となって頂けませんか？　あなたを守らせてほしいのです。私が砂に還《かえ》る、その日まで」

差し出す手のひらに、愛を乞う。

「……っ！」

息を呑《の》んだ彼女の返事を、黙して待つ。

互いに動けぬままの数秒、それがひどく長く感じられた。

「――私は、フォルト様の第二夫人にはなれません」

小さな、けれどはっきりとした拒絶の声が響いた。

「ごめんね、ダリヤ。急に押しかけちゃって」

「いいのよ、ルチア。ちょうどハンバーグを食べたかったし」

友人の家、緑の塔の居間には、肉の焼けた香ばしい匂いが漂っている。

テーブルで向かい合わせに座るダリヤは、自分に優しい笑顔を向けていた。

本日のメニューは玉ネギハンバーグ。学生時代から、辛《つら》いことや嫌なことがあったとき、彼女と共に大量の玉ネギを刻んでよく作っていた。

先ほど玉ネギを刻みながら、ルチアは今日のことを話した。

「ダリヤー、今日ねー、フォルト様本人に求婚されたー」

彼女は驚いていたけれど、自分の話を静かに聞いてくれた。

包容力があると言えばいいのか、生まれ月は違うが一応は同じ年。それなのにダリヤは自分よりお姉さんのような気がする。

だからつい、その優しさに安心しすぎて、自分の口から本音がこぼれた。

「もし、フォルト様が庶民の服飾師で独身だったら――ほんのちょっとは考えたかもしれないけど」

言葉にして納得した。

彼に恋をしてはいけない、心のどこかでそう思ってきた。

フォルトは、貴族で、子爵家当主で、服飾ギルド長で、自分の上司で、尊敬する服飾師だ。

自分が口にした『もし』は、ただの夢。彼の隣、第二夫人となって生きる道は自分にはない。

それでも玉ネギが目にしみたのは、きっと多く刻みすぎたからだ。

「ちょっと塩がきつかったかしら？」

「ううん、ダリヤのチーズソースは絶品よ！」

少しだけ黙ってしまった自分を気遣う友に、ルチアは精いっぱいの笑顔を向けた。

チーズソースをたっぷりかけられたハンバーグをナイフで大きめに切り、ぱくりと食べる。

確かに、ほんのちょっとだけ、塩がきつい気がした。

けれど、中型二個のハンバーグに付け合わせの野菜、パンまで、そろってしっかり完食した。

その後は二人で後片付けをし、勧められて先に浴室を使わせてもらった。

ルチアが入浴する間、ダリヤが冷凍庫にストックしてあったというクッキー生地を出して焼いてくれていた。その上にイチゴジャムをたっぷりとのせ、ミルクティーで乾杯する。

「まさか自分がコーディネイトした客室で、最初のお客さんが自分だなんて……」

移動した先は塔の四階、先日、模様替えをしたばかりの客間だ。

若草色のカーテンに、アイボリーとグリーンの寝具、枕にもなるクッションは明度違いのグリーン。二人そろって眠れるよう、毛布と冬掛けも大きめサイズで二つ。これらを選びそろえたのがルチアである。

「ちょうどよかったわ」

心からそう思っているであろうダリヤに、思わず言ってしまう。

「最初は絶対、ヴォルフ様が泊まると思ったのに……」

「ヴォルフは毎回ちゃんと帰るわ！」

強めの声で否定された。

けれど、毎回というあたり、ダリヤは親しい男友達としっかり絆を深めているらしい。

イチゴジャムのせのクッキーを食べ終えた後は、着せ替え大会となった。

ダリヤの部屋に移動し、ベッドにクローゼットの中身を全部出し、いろいろな組み合わせを試す。

ルチアも服を借りて、こっちのコーディネイト、あっちの組み合わせと鏡の前で騒いだ。

楽しくも驚いたのは、ダリヤの変わりようである。

クローゼットには以前よりずっと多く、彩り豊かな服がみっちりと並んでいた。

それが我がことのようにうれしい。

以前よりりきれいになったのはもちろんだが、自分に似合う服や、コーディネイトにも興味を持ってくれるようになっていた。

「このセーターとこのスカートの組み合わせで、長靴下はこの色が合うわ！　デートとかお出かけにぴったり！」

「お出かけにぴったり……」

その表情に、誰のことを思い浮かべているのか手に取るようにわかった。

彼女には春からとても親しくなった男友達がいる。

ルチアから見ると、それでどうして恋人に発展しないのか謎の距離感の男性――伯爵家の末っ子であり、魔物討伐部隊の騎士、ヴォルフレード・スカルファロット。

ルチアもたまに顔を合わせることがあるが、『王都の美青年』の呼び名の通り、大変な美形だ。しかし、服に関しては無頓着らしく、ほとんどは騎士服か、庶民向けの簡易な服である。大変に残念だ。

ここはダリヤがお洒落《しゃれ》になったのに合わせ、なんとかペアルックにできないものか、いや、いっそ婚約パーティあたりの服装をプレゼントさせてはくれないものか、そんな妄想をしてしまう。

「寒くなったら、こないだ買った赤茶のコートがいいわね。靴もあの日に買った赤いのがきっと似合うわ！」

「赤は慣れていないから、ちょっと気合いが要りそう……」

「ダリヤの髪は赤なんだもの、むしろ馴染むわよ。好感度アップにいいくらい」

「好感度アップ……」

小さくつぶやいたのは見逃さない。そこからはかわいい系、きれい系、ちょっとだけセクシー系のコーディネイトを作っては着せていく。

「ねえ、ルチア、このシャツが気に入っているんだけど、どう合わせればいい？」

「こっちのフレアパンツにして、シャツのボタンを三つ開けるといいわよ。ほら！」

「ルチア、ボタン三つは開けすぎだと思うの……」

クローゼットの扉の裏、鏡を見るダリヤの眉間に皺《しわ》が寄る。

「塔の中ならいいでしょ！　胸が見えるほどじゃないし。この方がすらっと見えるわよ」

「すらっと……そうかも……でも変じゃない？」

「いいえ、かっこよく決まってるわよ！」

困惑の表情をしつつも、ダリヤはスケッチブックにコーディネイトをしっかりメモしていた。

前のページまで魔導具だけだったそれに服が描かれていくのは、ルチアとしてはとてもうれしい。

お洒落が面倒くさそうであったダリヤが、自分らしく似合う服を選んでいること、そして、自分のためだけではなく、誰かのために装おうとしていること――それはとても素敵だと思うのだ。

おかわりのミルクティーを飲み、サンドイッチを追加し、翌日の太陽が高く昇るまで、着せ替え大会は続いた。結局、模様替えをした客間にルチアが眠ることはなかった。

窓からの陽光に眠い目をこすりつつ、すべての洋服と小物をしまう。

今回、ダリヤに付き合ってもらったお礼は、香りのいい一級防虫剤にしようと誓った。

「ダリヤ、長い時間付き合わせてごめんなさい。本当にありがとう！」

「ううん、私も楽しかったし、勉強になったわ、ルチア」

ダリヤのスケッチブックにも様々なコーディネイトが描かれた。

それは似合いの組み合わせばかりだけれど、彼女にはもう一つ、勧めたいものがある。

自分はおそらくは着ることのない、貴族向けの最上の装い。

「ねえ、ダリヤ。いつか結婚するときには、あたしに花嫁衣装を作らせて、お祝いに！」

「そんな日が来るとは思えないんだけど……」

「来たらでいいわよ」

「わかったわ。万が一、その日が来たらお願いね」

「万が一って何なのよ？」

結婚を天災か事故のように言わないでほしい。

あと、案外近いのではないかと思うのだが、ダリヤにその認識はないらしい。

「ルチアも、いつか結婚するときは……」

言いかけたダリヤが声を止める。昨日のフォルトのプロポーズ話を思い出したのだろう。

けれど、彼女が気にすることは何一つないのだ。

自分が終わったことを愚痴りに来て、着せ替え大会に付き合ってもらって、それで終わり。

おかげで自分はきっちり、前を向ける。

「ええ、お祝いは魔導具でお願いね！　最新の冷蔵庫か小型魔導コンロで！」

「両方作るわ。それまでに、もっと腕を上げておくわね」

友は魔導具師の顔で笑った。

「……どこだ……？」

目を開ければ、見知らぬ天井が見えた。

フォルトは起き上がろうとして、ガンガンと痛む頭と妙なほどの喉の渇きに気づく。

どうやら酔い覚ましの薬もなしに、かなりの量を飲んだらしい。

昨日の夕暮れ、フォルトは馬車の中で浅いため息をついていた。ルチアにプロポーズを断られたことを、残念だとも、わかっていたとも思える、そんな微妙な感覚に陥っていたからだ。

これに関しては、別に誰かへ報告しなくてもいい。ミネルヴァには話しておく方がいいだろうが、急ぐわけでもない。

ただ、屋敷に戻る前に誰かと飲みたいと思えた。

もっとも、今の自分には、腹を割って飲める友達が少ない。

騎士を目指している頃にいた友人達の多くは、服飾ギルドに入った頃から疎遠になった。

服飾ギルド就職以降の友人達――華やかな貴族の者達は頼りにはなるが、下手な話のできる相手ではない。かといって、服飾ギルドの部下と飲むのも違う気がした。

一人で行きつけの店にでも――そう思ったとき、思い出した者がいた。

『もしフォルト様に他で愚痴れないことがあれば声をかけてください。聞いたらその日で忘れますから』、ロセッティ商会の副会長イヴァーノは、自分にそう言った。

急な呼びかけにもかかわらず、彼は自分の家へ招いてくれた。夕食と酒をそろえ、フォルトの話に付き合ってくれた。

一対一の飲みは久しぶりだ。ルチアに断られて終わったことだと思うのに、酒で未練が再燃した。どうにかならないものか、そう口にしたとき、イヴァーノは自分に教えてくれた。

「夫婦は一対一で想い合う、それが『庶民の流儀』ですよ」

ルチアと自分は服飾師。服に対する入れ込み具合は似ていて、共に仕事をするのが楽しかった。だから見落とした。彼女は、条件だけで婚姻を考えない。

ルチアが相手に望むのは、仕事に専念できる環境でも、素材が買える金貨でも、一族の繁栄でもない。自分だけを想ってくれ、彼女自身も同じように想えることだ。

理解すれば簡単な話だ。自分の道化っぷりに笑えもしない。

グラスを干しながら話す中、イヴァーノに言われた。

「彼女の夢も意志も全部呑んで、これからもいい上司、いい仲間であり続ければいいじゃないですか。それなら、たとえルチアさんが他の人と一緒になっても、フォルト様が守り、助けることはできますよ」

その提案は、自分には少しばかり酷だが、納得もできた。

ルチアがルチアらしくいられるよう、守る方法を探さなくては――そう思った自分に、紺藍の目がまっすぐに向いた。

「うまくやれば、フォルト様は生涯、『ルチアの騎士』でいられるんじゃないですか?」

その言葉を前に、自分がどんな表情《かお》をしていたのかはわからない。

ああ、そうだとも、自分は騎士になりたかった。

服飾師になれたのだからいい。服飾ギルド長になれたのだからいい。子爵家当主になれたのだからいい。そう自分に言い聞かせ、あきらめたつもりでいた。

それでも、子供の頃から騎士を目指した自分は、内であがいていたらしい。

『ルチアの騎士』、響きは悪くない。

男女や貴族のしがらみではなく、一人の服飾師を守りたい――それでいいではないか。

イヴァーノと、とても苦い酒を酌み交わしながら、そう決めた。

そのまま家に泊めてもらうことになり、朝まで雑談をしながら、テーブルに突っ伏すまで飲んだ。

記憶があるのはそこまでだ。

ロッタにベッドに運ばれたか、自分でたどり着いたかはわからない。見知らぬ天井の朝である。

外された金の腕輪と、袖のカフスボタンはテーブルのハンカチの上。自分は第三ボタンまで開けた皺だらけのシャツで眠っていた。初めて酒を飲んだような有様に、苦笑するしかない。

頭痛の辛さにこめかみを指で押していると、ドアが少し開いた。

「おはようございます、フォルト様」

自分が起きているのを確認し、イヴァーノが入ってくる。その腕に、タオルとハンガーにかけた着替え一式を持っていた。どこをどう見ても自分の服である。

「こちらをどうぞ。ロッタさんに頼みました。服飾ギルドの置き服だそうです」

「そうでしたか。今、ロッタは？」

「朝食を食べて頂いています。フォルト様、こちらが酔い覚ましの薬です。薬が効いてから、浴室へご案内しますので」

「何から何まで、ありがとうございます、イヴァーノ」

素直に酔い覚ましの薬を口に含み、グラスの水で流し込む。

昨日からとことん世話になりっぱなしである。いずれきっちりとお礼をしなければならない。

手始めに、忘れられた約束の念を押しておく。

「それと——私のことは『フォルト』と、敬称はなしで。この先、どこの誰に聞かれてもかまいませんよ、そう言ったはずですが？」

イヴァーノは、ちょっとだけ口角を上げて答えてくる。

「聞いたら、その日で忘れるつもりだったんですが……」

「『友人』相手にひどいですね」

抗議を込めて微笑むと、彼は思いきり苦笑した。

イヴァーノは庶民の商人だ。貴族とのやりとりに慣れてはいない。

二人で話すようになってから、自分は彼に貴族の流儀を、その考え方や対応を教えてきた。

けれど、昨日は逆に、庶民の流儀を教えられた。自分の内であがく騎士も見透かされた。

だから、フォルトは彼に自分の名前を呼び捨てにすることを許し、友人になることを願った。

子爵家当主が、庶民に呼び捨てを許すことは少ない。まして、プライベートの場だけではなく、どこでもというのはまずない。

だからこそ、対等な友であるという証明になる。

少しは、イヴァーノ・メルカダンテの安全と知名度に貢献できるだろう。

「その顔色だと、頭痛がまだありそうですね」

「それよりも、胸の痛みかもしれませんが」

「未練がありますか、『フォルト』？」

「――振り切りますよ。すがるのは醜いでしょう？」

これでも服飾ギルド長で貴族家当主だ。無様《ぶざま》を切り捨て、顔を作るのは当たり前のこと。

気合いを入れる自分の前、微妙な声の質問がきた。

「あの、もしかして、ふられたのが初めてとか……？」

「ええ。ここまでふられるような付き合いをしたことがありませんでした。妻を除き、仕事に絡んだお付き合いがほとんどでしたから」

「なら、いい経験をしたって言いたいところですが、俺はふられたことが何回かあるので、痛いのと苦いのはよーくわかりますよ」

なんとも実感のこもった声と表情なのだが、それはここでしていい話なのか。

「イヴァーノ、それは奥様には聞かれたくない話では？」

「当たり前でしょう、フォルト。そういうのは酒を飲みながら、友達に愚痴るもんですよ」

失恋はしたが、いい友人はできたらしい。

黄色がかった陽光が、目にしみるほどに眩《まぶ》しかった。

フォルトと食事をした翌々日、ファーノ家にはいつものように迎えの馬車が訪れていた。

ルチアは昨日休み、一日空けての出勤である。

「チーフ、おはよう」

もしかしてフォルトが乗っているかと身構えたが、降りてきたのはヘスティアだった。

「フォルト様は打ち合わせがあるからって、昨日の夕方、頼まれたの」

「そうだったの。ありがとう、ヘスティア」

つとめて声を明るくし、彼女と共に馬車に乗り込んだ。

「ねえ、何かあったわよね、ルチア？」

友人の顔で、チーフではなく、ルチアと名呼びになった彼女に、どこまで話していいのか迷う。

フォルトに結婚を申し込まれたとは言いづらい。その名誉に関わっては大変だ。

「ええと、いろいろあったんだけど——ごめんなさい、言いづらいの」

「ルチアは正直ね。ミネルヴァ様がギルドでルチアと話したのは、ルイーニ家からの婚姻話でしょう？」

濁して答えたものの、ヘスティアにはお見通しだったらしい。

彼女も貴族の生まれだ、予測できるほどには、よくあることなのかもしれない。

「ええと、内緒にしてもらえればと……」

「表立って言う人はいないと思うわ。昨日のお休みは、『チーフはこのところの忙しさで疲れが出ていたから、家の人に止められたんでしょう』って言っておいたから。でも、本当に大丈夫？」

「ありがとう。ちょっと疲れてたのは本当。でも、友達と着せ替え大会をしたりして、もう吹っ切れてるから平気！」

そう答えると、彼女は青みのある薄紫の目で、じっと自分を見た。

「ねえ、ルチア、どうして受けなかったのか、聞いてもいいかしら？」

「とてもありがたいお話なんだろうし、フォルト様は素敵な方だけれど、あたしに子爵夫人は無理、第二夫人も無理」

とことん考えて出した答えは、きっぱりと口にできた。

けれど、そんなルチアの前、ヘスティアがおずおずと切り出す。

「私のせいで、第二夫人に嫌悪感を持たせてしまったんじゃないかしら？　貴族ではおかしいことではないし、フォルト様なら幸せにしてくださると思うわ」

「ヘスティアのせいじゃないわよ。私は庶民だし、無理なものは無理ってだけだから」

「それを言ったら私も庶民よ」

貴族の実家を離籍したヘスティアも、確かに庶民である。けれど、子供の頃から培ったものは大きく違う。

「貴族といっても、ルチアは特別なことはしなくてもいいと思うわ。ルチアが望めば、貴族的なことは代理人だって立てられるし、フォルト様がきっと気遣ってくれると――」

「そうじゃないの、ヘスティア」

口角をきっちりと上げ、笑顔を作る。

「あたし、強欲なの」

「強欲？」

「ええ。恋愛は自分だけを好きでいてほしいし、相手だけを好きでいたいの、全力で！　だから第二夫人は無理だし、今は服飾師の仕事が一番だから」

「ルチア……」

友はそれ以上の言葉を紡がなかった。ただとても心配そうに自分を見つめる。

「大丈夫。また仕事をがんばるだけだから」

ルチアはヘスティアに向け、精いっぱいの作り笑顔を返した。


気持ちが落ち着こうが落ち着くまいが仕事時間は過ぎる。

午後、ルチアは服飾魔導工房から服飾ギルドへ来ていた。ギルド長のフォルトへ、定例報告をするためだ。

いつもなら一緒に来るダンテは、仕事が詰まっているからと服飾魔導工房に残った。

執務室の前、ルチアは一度だけ深呼吸をした。ノックをして了承を得ると、中へ進む。

「失礼します」

フォルトは以前と同じ表情で、執務机を前にしていた。

そこからはローテーブルをはさみ、書類を並べて定例報告をする。

納品数、在庫、人員の振り分けについて説明すると、いくつかの質問を受ける。温熱座卓と温熱卓用の布物の忙しさはそれなりに続いているが、人員が増えた分、余力もできた。

工房員に無理をさせぬよう、現状のペースでということでまとまった。

これで報告は終わり、あとは定型の挨拶をし、服飾魔導工房に戻るだけ――そう内心ほっとしたルチアに、フォルトが声をかける。

「ルチア、ここから少々、二人で話す時間を頂きたいのですが。もちろん、ロッタは同室していますよ」

「――はい、かまいません」

肩に力が入ってしまったが、懸命に表情《かお》を整える。

「あなたには、気まずい思いをさせていますね……」

「い、いえ！」

答える声は、どうしても上ずってしまう。

だが、フォルトは気づかぬふりで言葉を続けてくれた。

「ルチア、今後、私が無理に申し込むような真似はしません。あなたに対し、私がこれまでと態度を変えることもありません。ただ、私、フォルトゥナート・ルイーニが、服飾師ルチア・ファーノを守る、それだけは許してください」

「フォルト様……」

本当にかっこいい人だと、つくづく思う。

婚姻を断ってしまった以上、服飾魔導工房長役を下りることになってもおかしくはない。話せば気まずくなるかもしれない。今後の仕事に差し支えるかもしれない。そんな諸々《もろもろ》の悩みは四散した。

フォルトが変わらないと言ってくれた以上、迷うことはないではないか。

自分も変わらずにいよう。少しでもいい部下であろう。そう内に誓う。

「お心遣いを、ありがとうございます」

礼を述べると、見慣れた優雅な笑みが返ってきた。

「では、今月末から、あなたの護衛としてロッタを付けます。他の護衛も何人か当たってはみたのですが、少々物足りなかったので」

「フォルト様の護衛は、どうなさるんですか？」

唐突な申し入れに、思わず聞き返してしまった。

「腕の確かな方が付きますから、心配はいりませんよ」

大ありである。自分より、服飾ギルド長であり子爵家当主のフォルトの方が、絶対に腕のある護衛が必要ではないか。

「ですが、私よりフォルト様の方がしっかり守られないと――」

「私の心の安泰のためですので、折れて頂けませんか、ルチア？」

少しだけ顔を傾け、憂いをにじませた表情《かお》で願われた。これはずるいと思う。

「……わ、わかりました」

そう答えると、フォルトの斜め後ろにいたロッタが気配を濃くし、自分に向けて一礼する。

そして、再び水に溶けるかのように存在感を薄くしていった。

フォルトは彼に向けて浅くうなずくと、視線を自分へ戻す。

「ルチア、気が変わったらいつでも言ってください。ないとは思いますが」

これまでのことはすべて歌劇の一幕であったよう、それはそれは優雅に微笑まれた。

ああ、やはり彼は貴族なのだ、そう思えてしまった。

庶民の自分とは、間に高い壁がある。それは超えづらく、崩すのも難しい。

つい目を伏せそうになったとき、続く声が落ちた。

「ルチア、今後は、上司と部下で、服飾師仲間で――」

その青い目が、自分を貫くように見つめた。

「あなたは、私の、好敵手です」

「私が、好敵手、ですか？」

「ええ。服飾師としての好敵手です。服飾師である限り、どこまでも競い合いましょう、ルチア」

好敵手――フォルトにそう呼ばれることがあるとは思わなかった。

服飾師として顧客の多さや売上を競うのなら、彼に自分がかなうことはない。

けれど、そういう意味で言っているのではないのだと、なぜかわかった。

服飾師として、自分の服づくりを貫いていくこと、とでも言えばいいだろうか。勝敗はおそらくない。

それでもこのフォルトと、服飾ギルドの上司と部下で、服飾師仲間で、その好敵手であろうとするならば――自分は服飾師として、彼とまっすぐ向き合える。

「それは、とてもやり甲斐《がい》がありそうです。フォルト様の好敵手であれるよう、全力を尽くします」

ルチアは心から笑んで答えた。

自分の目の前、フォルトが満足げにうなずく。

「ルチア、私の一番新しいスケッチブックです。持っていきますか？」

「ぜひお借りしたいです、フォルト様！」

手渡されたスケッチブックを手に、ルチアは挨拶をし、笑顔で部屋を出た。

そのまま廊下にいた護衛に馬場まで送ってもらい、服飾魔導工房の馬車に乗り込む。

窓の景色が流れだすと、ルチアは小さくつぶやいた。

「好敵手、か……」

とても現金なことだが、素直にうれしい。

フォルトと変わらずに話せたこと、ちゃんと向き合えたこと、そしてまたスケッチブックを貸してもらえたこと――忘れることはできなくても、忘れたふりはできる。

自分はフォルトの妻にはなれないが、できる限りいい部下であり、服飾魔導工房長でありたい。

そして何より――服飾師としての好敵手でありたい。

同じ服飾師として、互いに意見を述べあい、いろいろな服に携わっていければそれでいい。

「今度のデザインは、どんな感じかしら？」

フォルトの服のデザインは、とても幅が広い。

先日借りたスケッチブックは、格式高い貴族男性のスーツ、そこに様々な刺繍《ししゅう》と飾り襟、タイなどの組み合わせ、もう一冊は、貴族女性の舞踏会向けドレスのデザインだった。

そのデザインはどれも上品で、それでいて華やかで――特に男性のスーツでは、流行《はや》りの花柄を裏地にするだけではなく、タイや襟に少しだけ持ってくる、袖口の裏に入れるなどのあしらいで、見るほどにぐっときた。

心を浮き立たせつつ、借りたスケッチブックを開くと、貴族女性向けのドレスが見えた。おそらくは若めの世代の日常着だろう。

フォルトにしては珍しく、リボンとフリルが多めの服だ。かわいく、それでいて品がある。

フリルの量やドレープの位置、リボンの形状と長さ、自然なようでとても考えられていた。

服を着ている人型はすべて同じだ。少し華奢《きゃしゃ》で、背が低めで、それでも踵《かかと》の高い靴を履いていて——顔が描かれていなくても、髪に緑が塗られていなくても、それが誰なのか、わかった。

「これって……あたしだ……」

この一冊はすべて、フォルトが自分に似合うと思って描いた服だ。

じわりと胸の奥が痛む。けれど、涙は全力で止めた。

この恋は始めぬうちに終わった。それでいい。

代わりにここからは、彼の好敵手となるべく、全力で前へ進むのだ。

切れた糸と絡む糸

「これで負けるなら本望ですよ……」

「いいえ、これなら勝てるでしょう。これ以上はない——」

真顔のジーロに対し、フォルトが感嘆の声を返した。

服飾ギルドの作業室、フォルトや疲労のにじむ縫い子の面々が、そろって一方向を見つめていた。

視線の先に並ぶのは、服飾ギルドの温熱座卓・温熱卓、それぞれ一式。急ぎに急いで制作し、ようやくできあがった。

服飾ギルドの温熱座卓——天板は透明度高き水晶の一枚板を黒曜石で囲んだもの。その下の濃紺の上掛けは、特級品の魔蚕《まかいこ》の二重織に総刺繍《ししゅう》。

絵柄は夜空に現れた月の女神だ。少し伏せた顔に憂いを帯びた目、今にも睫毛《まつげ》を震わせてこちらに目を向けそうな繊細な表情、その女神を囲み、本来並ぶことのなき星座と、様々な色の星々がそろってきらめく。

『届かぬ夜空を手に収めた温熱座卓』、フォルトがそんな宣伝文句をスケッチブックにメモしていた。

そして、服飾魔導工房の温熱卓——足が可変式で、座卓にも椅子に座ってのテーブル形式にもできる、温熱座卓兼温熱卓である。こちらはテーブル式になったときを考慮し、服飾ギルドの温熱座卓のものよりも上掛けが長く大きい。

天板は澄んだ水晶の一枚板。その下には貴重な世界樹の染料を惜しげもなく使った、たとえようもない薄青の魔布《まふ》。外周は、純白の角兎《ホーンラビット》の毛皮でふわふわと縁飾りがなされていた。

その中央には純白の一角獣《ユニコーン》を膝に眠らせる金髪の乙女。優しい海色の目を一角獣《ユニコーン》に向け、白く細い指でたてがみを撫《な》でている。その髪が風になびく様は、いつ動き出してもおかしくない。

そしてその四方、長く伸びた魔布《まふ》に描かれるのは、緑艶《あで》やかな森の景色だ。四方向共に絵柄が違う。

林の中の泉、森に咲く野薔薇《のばら》、小さな花が咲き乱れる細い道、緑の中、こちらをじっと見つめる鹿——幻想的なそれらは、人の行けぬ妖精達の森に踏み込んだように、見学者の時間を止めさせる。

『妖精の森を持ち帰った温熱卓』、そう呼ぶのにふさわしい。

「本当にきれい……」

惚《ほ》れ惚《ぼ》れとする出来映えである。芸術品である。服飾技術の結晶である。

これなら特級品の銀狐《シルバーフォックス》や紅狐《クリムゾンフォックス》でできた上掛けに勝るとも劣らないだろう。なにせこちらには、服飾技術をめいっぱい詰め込んだのだ。

これ以上の出来のものは、少なくとも、ここオルディネにはないはずだ。

「絶対大丈夫です！　これならどこにも負けません！」

「そうですよ！　貴族女性のドレスより凝ってるんですから！」

拳を作って言う縫い子達に納得する。

なお、服飾魔導工房長として、かかった経費の書類をフォルトに見せてもらったが、豪華な貴族向けドレスが何枚も買える数字だった。経費面では絶対に負けていないだろう。

「さて、明日からはギルド内で展示ですね。私も気合いを入れなくてはいけません」

フォルトの肩に力が入ったのがわかる。

縫い子達の仕事は完了したが、服飾ギルド長の仕事はここからだ。

高位貴族の方々を服飾ギルドにお招きし、ちょっとお茶を――この温熱座卓・温熱卓でして頂く。

あわよくば購入を、そうでなくても茶会や夜会の話の種にしてもらうためだ。

もっとも、これに関してはフォルトの右に出る者はないと聞く。特に年齢が高めの貴族女性に絶大な人気を誇るので、売り込む前に売れるかもしれない、そうジーロが言っていた。

フォルトには遠く及ばないが、自分も作業の合間にこれまでの顧客や貴族関係者へ手紙を出し、話題の一つにと願うつもりだ。実際に来て試してもらえればさらにいいのだが、ルチアの腕はそこまで長くはない。

あとは、ただただ服飾ギルドの温熱座卓・温熱卓の高評価を祈るばかりである。

「では、私は本日の夜会でヒバリのように囀《さえず》ってきますので」

そう言った上司が、指先で乱れてもいないタイを整えた。

「ええと——話が開くよう、お祈り申し上げます！」

目上の方に『がんばってください』とは言わぬよう教わったので、必死に教わっている貴族向けの言葉を使う。

「ご武運を！」

ジーロが騎士を送り出すように言う。同じ言葉をルチアも言われたことがあるが、ちょっとだけあせった。

「ええ。派手に咲かせてきますとも」

フォルトは自分達へ、完璧に整った笑みで応えてくれた。絹糸一本の心配もいらないようだ。

優雅に部屋を出る服飾ギルド長を、全員で見送った。


フォルトが自ら宣伝した服飾ギルドの温熱座卓・温熱卓は、この秋以降、王都の上流階級の話題を最もさらうことになる。

美しく、技術高く、芸術性に優れた二つは、さすが服飾ギルドの制作品だと、高い評価を受けた。

それと共に、その制作指揮をとった服飾ギルド長、フォルトゥナート・ルイーニへの賞賛も一気に高くなっていく。

それが服飾ギルドに類を見ない発注数と、さらなる忙しさを引き連れてやってくるのだが——この場の誰も予想することではなかった。


「目がーっ！」

服飾魔導工房で、縫い子の一人が悲鳴に似た声をあげる。

なお、縫い針はちゃんと裁縫箱に戻し、布から離れ後ろに下がってからだ、危険性はない。

「目薬注《さ》して、しばらく目、閉じてろ。それでも駄目なら濡《ぬ》れタオルを当てて休め」

ジーロはそう言いながら、視線を外さず手を動かし続けている。

服飾ギルドでは、温熱座卓と温熱卓の上掛け制作が進んでいるが、こちら服飾魔導工房の第二作業室でも、温熱卓の上掛けの制作が行われている。

服飾ギルドが忙しく、一部の上掛けの刺繍を手伝うことになったためだ。

幸い、五本指靴下・乾燥中敷きは、冬の大量発注は少なく、在庫もそれなりにある。なので、刺繍のできる者が交代しつつ縫っている。

ロセッティ商会が来ると、残業と割り増し手当が雨と降る——以前、服飾魔導工房の飲み会でそう笑っていた者がいた。今回もそれは正しく実証されたらしい。

貴族も庶民も関係なしの大量発注。服飾ギルドでは追加の縫い子を募集しつつ、各所の刺繍工房と職人に外注を出せるものは出している、しかし、予約の方が増えるばかりだと聞く。

本日、服飾魔導工房で縫っているのは、特注品で大変に面倒、いや、細かなご指定がある品だ。

作業台を白い布で巻き、その上に純白の上掛けを置く。その周囲で椅子に座り、ひたすらに縫い続けているが、縫い子達の表情《かお》が怖い。

「もう！　このデザイン考えたのどなたですかー!?」

「この布と糸選びも、どなたですかー!?」

縫い子達が悲痛な叫びを重ねる。声を出していない者達も、うんうんとうなずいている。

「私じゃないわよ！　ご依頼主様の指定だから！」

声高く返しつつ、ルチアもちくちくと刺繍針を進める。

しかし、皆の気持ちはよくわかる。手にしているのは温熱卓の上掛け――純白の魔絹《まけん》である。

そして、刺繍糸は東ノ国《あずまのくに》にしかいないという月光蜘蛛《ムーンライトスパイダー》の糸を加工したもの。こちらは青銀の光を帯びるが、やはり白強めの白銀である。

絶対に汚さないために白手袋をし、純白の魔絹《まけん》に白銀の糸で、小さな氷の結晶模様を無数に刺繍する――結果、ものすごく目にくる。

ルチアも目薬を注し、瞬《まばた》き多く作業をしていた。

本当に、どうしてこの布、この糸、このデザインなのかを伺いたい。

「皆様、午後のお茶が入りました！」

休憩を知らせる声に、皆が一気に脱力した。それぞれ針を裁縫箱に戻し、椅子から立ち上がる。

ルチアが入り口近くで腕をぶんぶんと振っていると、大きな木箱がドアをくぐってきた。

「天板が届いたぜ！　って、ああ、ちょうどお茶の時間か」

ダンテが他の工房員と運んできたその箱の中身は、布にくるまれた天板だ。

「あの浅彫り、うまくできてきた？」

「ああ、見事に仕上がってる」

ダンテが布を外すと、白い大理石の天板が現れた。

表は艶やかな白、裏には薔薇の上に巨大な網を張る蜘蛛《くも》が浅く彫られている。とてもきれいではあるのだが、迫力満点でちょっぴり怖い。

納品先はスカルファロット伯爵家。水と氷の魔石を扱うので有名だ。

あの家であれば、氷の意匠は納得だし、貴族に薔薇模様はよく好まれる。

しかし、蜘蛛に関しては屋敷の女性が嫌がったりはしないものか、いや、天板裏なので見えないから、何かのお守りなのかも――首を傾《かし》げていると、ダンテに声をかけられた。

「ボス、どうかしたか？」

「ううん、天板の表じゃなくて、裏に模様って、見えないのに凝ってるなって思っただけ」

「あー、スカルファロット家だからな……」

大変に財力があるのだろう。スカルファロット家からは、ありがたいことに複数枚の高級上掛けのご依頼を頂いている。

だが、他の天板に関しては、どれも蜘蛛の意匠はなかったはずだ。

「スカルファロット家からの受注って、蜘蛛の意匠は天板のこれだけよね？　何か意味があるの？」

疑問のままに尋ねると、ダンテが遠い目になった。

「そうだな……強いて言うなら、奥様のお守《まも》りかな……」

「奥様の？」

そう聞き返すと、ジーロが耳元でささやく。

「チーフ、これ、次期ご当主の奥様用。奥様の二つ名は『氷の薔薇』。次期ご当主の二つ名は『氷蜘蛛《アイススパイダー》』」

凍った薔薇を守る氷蜘蛛《アイススパイダー》——そう考えると、なかなかロマンチックな絵だ。白に白を重ねるのも純粋な想《おも》いの表れなのかもしれない。

愛深きデザイン——そう考えたら俄然《がぜん》、やる気が出てきた。

「そうなんだ。妻を守りたい夫っていう、素敵な意味合いだったのね。それなら、ここからもがんばって刺さないと！」

気合いを入れていると、ヘスティアと縫い子に声をかけられる。

「チーフ！　まずは休憩よ」

「チーフ、レモンマドレーヌとオレンジマドレーヌ、どっちがいいです？　両方ともかわいい砂糖飾りがついてます！」

「見に行くー！」

意識は天板から本日のお茶菓子に移る。ルチアは弾むようにそちらへ歩んでいった。


上司の背から白い天板の裏面に視線を戻し、ダンテはちょっとだけ目を細くする。

温熱座卓・温熱卓では、飾り天板も多い。しかし、これは別格である。

咲き誇る薔薇、その手前一面に巣を張り、こちらを威嚇しているように見える蜘蛛——絵として美しく、彫刻を施した者の技術も高いのは重々わかる。

だが、妙な迫力というか、温熱卓用なのに冷えを感じるのは気のせいか。

天板の浅彫りの原画は持ち込み、上掛けの純白の魔絹《まけん》、月光蜘蛛《ムーンライトスパイダー》の青銀の光付き白銀糸で氷の結晶模様、敷布の深い青まで一式が、次期ご当主様のご指定だったりする。

以前お目にかかった彼《か》の人の、青みを帯びた銀髪に白い肌、深い青の目を思い出し、ダンテは深く納得した。

次期ご当主様はきっととても愛妻家なのだろう。温熱卓にすら、その妻の身を素直に任せたくないほどに。

なお、スカルファロット邸に招かれ、デザインの聞き取りをしてきたというフォルトに、ちょっと同情を覚えたのは内緒である。

「妻を守る夫、ねぇ……」

ついつぶやくと、隣のジーロが口元に指を当てた。

「チーフの素直さがうらやましいな。ひねた俺には、蜘蛛が薔薇に何人《なんぴと》たりとも近づかせないよう、がちがちに網張ってるように見えてな……」

「奇遇だな、ジーロ。俺もだよ」

ダンテは唇を極力動かさぬまま、深くうなずいた。

部屋の奥では、レモンマドレーヌを手にするルチアが見える。妻を守りたい夫の浪漫《ロマン》について、ヘスティアと盛り上がっているようだが——受け取り方はそれぞれだ。

菓子のように甘い話は、そっとしておくことにした。

「残念だわ。縁がなかったのは……」

ミネルヴァは自室の机の前、そう小さくつぶやいた。

フォルトがファーノ工房長に求婚したものの、色よい返事はもらえなかった。

あの晩、フォルトはロセッティ商会の副会長であるイヴァーノ・メルカダンテのところへ行き、そのまま泊まったと、ロッタからの連絡で知った。

会長であるダリヤ・ロセッティは、水の魔石で名高いスカルファロット家と関係が深くなりつつある。機会があれば縁を結びたいところだったが、あの様子ではそろそろ引いた方がいいだろう。

代わりに、フォルトが副会長のイヴァーノと友人関係を結んだのであれば、それでよしとしよう。

それに、今回のことで安堵《あんど》したことが一つある。

「フォルトがようやく第二夫人のことを考えてくれて、よかった……」

それは妻として、心からの言葉だった。


ミネルヴァは伯爵家の末娘として生まれた。

早産で生まれ、身体は小さかったと聞いている。育ってからも健康ではなかった。

淡い金色の髪とガラス玉のような青い目。白を通り越して青白い顔、細く折れそうな身体。

人形のように美しく儚《はかな》げなご令嬢と称されたが、実際は虚弱なだけである。

動きすぎると熱を出す。馬車に長く乗れば目眩《めまい》に襲われ、風邪をひけば七日以上寝込むことも珍しくない。

家族で虚弱なのは自分だけ。それ故に家族にはいつも心配され、守られていた。

高等学院に入っても、選べる進路は狭かった。

兄姉達《きょうだい》のように騎士や魔導師を目指す体力や才はない。貴族の婚姻で重んじられる魔力の値もそれほど高くない。虚弱なため、丈夫な子供を産めないかもしれない。

婚姻の打診はあるにはあったが、儚げな見た目のせいで庇護《ひご》しなければならないと思われるのか、第二夫人以降か、父世代以上の声がけが多かった。

家のためであればそれでもいい、そう言った自分に対し、父と兄はそろって言った。

「ミネルヴァはこのまま、ずっと家にいてもいい。私達が守るから、何の心配もいらないよ」

それに対し、言い返したのは母だった。

「それはミネルヴァの望みですか？　ミネルヴァは守られるだけの子ではなく、一人前の淑女となりたいのではないですか？」

一人前の淑女——自分になれるものだろうかと、初めて思った。

それから母は、進路についていろいろなことを教えてくれた。

貴族夫人でも商家でも、夫人が家を仕切ることが多いこと、その家の仕事を手伝う場合もあること、家をつなぐために名目だけの結婚も可能なこと、結婚するしないは別にして、商会や教育関係などで働く道もあること。

自分ができることといえば、国語と隣国エリルキアの言語、計算などだ。身体を少しでも丈夫にしながら、文書翻訳や経理関連を目指してみよう――未来を決めたら、視界が晴れた。

己の心も、ようやく見えた。

ミネルヴァはずっと、守ってもらう令嬢ではなく、この足で立つ淑女になりたかった。

高等学院の文官科では、隣国エリルキアとその先のイシュラナの言語、数学と経理を選択した。

卒業後は家の商会へ入る形で、実務向けの通訳と翻訳、経理を学んだ。専門用語や国独特の言い回しなど、覚えることは山とあった。

貴族の同年代は次々と婚約や結婚をしていたが、ミネルヴァは特に気にすることもなかった。

そんな自分に、突然、好条件の縁談が舞い込んだ。

相手は子爵家当主である、フォルトゥナート・ルイーニ。

服飾ギルドに勤め、本人も有能な服飾師。彼にドレスを作ってもらいたいという女性が列を成すと言われるほどの美丈夫。その有能さに兄が当主の座を譲ったという話もある。

そんな彼の第一夫人にと願われたのである。正直、胡散臭《うさんくさ》いと思った。

ミネルヴァは確かに伯爵家の一員、家の商会では布も扱っている。家の縁をつなぐためか、それとも飾り物的な第一夫人か、そんなことを考えつつも、顔合わせをすることとなった。

ルイーニ子爵との顔合わせは、紹介者であるアリオスト伯爵家の屋敷で行われた。

そこでミネルヴァを待っていたのは、物語の騎士がそのまま現実となったように麗しい男性――それがフォルトゥナートだった。

金髪は陽《ひ》の光を反射し、青い目はまるで深い海を思わせる。その様に思わず声なく見惚《みと》れてしまった。それが一目惚れというものだと理解するのは、後々のことだ。

縁談は、ミネルヴァに確認されることもなくまとまった。

そこから会って話を重ね、フォルト——そう呼ぶように願った彼に、自分が勧められた理由もわかった。

家同士のつながり、語学と経理に堪能で、ルイーニ家を取り回せること。そして、希望して兄の長男を次期当主として養子に迎えていること。

ならば形だけの結婚かと思ったが、自分達の子が生まれれば第二子とし、差別は一切しない、書類も準備すると説明され、内で安堵した。

それと共に、フォルトからは謝罪もされた。服飾師として、舞踏会のエスコート、晩餐《ばんさん》会の歓談、その後のお付き合いも、顧客に命じられるがままにしてきたと。

そうしなければ、十代の青年が傾いたルイーニ家を立て直すことなどできなかっただろうに、彼はそれを言い訳にも理由にもしなかった。

「あなたからすれば、騎士道から外れた、恥ずべき男かもしれません。それでも、生涯不自由はさせません。できる限り、その望みも叶《かな》えられるように尽力します」

見た目はとても華やかなのに、自分に向ける言葉は誠実で、まるで騎士のよう。

それが貴族男性の演技であるなら、喜んで騙《だま》されよう。

「いいえ、フォルト様は家を守られた騎士ですわ。ここからは、私が家を守れるように学びます」

この騎士の隣、恥ずかしくない妻となろう——ミネルヴァはそう決めた。

そうして、子爵家当主夫人としての覚悟を胸に嫁いだが、フォルトの準備は完璧だった。

家の取り回しの相談役に秘書、専用のメイドに護衛騎士、ミネルヴァの虚弱さも考慮されており、常駐の治癒魔導師までが付けられた。

ルイーニ家の者達は、まだ若い自分にも礼儀正しかった。

代々、騎士の家柄だからだろう、そう思っていたが、時間を経るにしたがってわかった。

この家は、フォルトが犠牲になって立て直したもの――皆がそう受け取り、彼を尊敬しつつ、どこかで罪悪感を抱き、距離をとっていた。

服飾師となっても、フォルトは騎士の心を持ち続けている。

彼はあきらめたのではなく、選んだのだ――そう思っても、口にすることはできなかった。

そして、口にできないことはもう一つ。

できることならば、フォルトの血を引く子供に、このルイーニ家を継がせたい。

一族で最も努力し、その力を手にした夫の子に。

フォルトの子は自分が産んだ娘のフィオナだけ。難産で生死の境をさまよい、二人目は夫に止められてしまった。

ミネルヴァ自身、健康には気をつけてはいるが、いまだ丈夫な方ではない。もしものことを考えれば、手を取り合える弟妹がいた方がいい。それが第二夫人、第三夫人の子でもかまわない。

何より、夫であるフォルトを支える腕を増やしたい。

なかなかうなずかぬフォルトに、第二夫人を娶《めと》るよう勧めてくれないかとティツィアーノへ願ったのは、この自分だ。

他にも名前が挙がった商会長や、他のギルドの関係者もいた。

だが、服飾魔導工房長であれば、最もフォルトの力になってもらえるだろう。

これまでも夫との話で時折挙がっていた『ルチア』の名。彼女を気に入っていることなど、言われずともわかった。

だから、できる限り条件を、金銭でも、別邸でも、実家の工房の拡充でも、彼女の望む通りにそろえよう。代わりに、フォルトを支えてくれるようにと願おう、そう思っていた。

けれど、ルチアには婚姻を断られた。

周囲から聞く限り、フォルトとの相性は悪くないように思えたが、仕事の他は駄目だったか、表に出ていない恋愛相手がいるのか、しがらみ多い貴族社会に入りたくないという考えか――机上に載る彼女の調査書を読み込んでもわからない。

けれど、服飾魔導工房長として有能である以上、このまま夫の隣で働いてもらいたい。

調査書の一枚、ルチアとそれなりに交流がある相手の名を見ながら、ミネルヴァは目を細める。

「ダンテ・カッシーニ副工房長、ロッタ……」

カッシーニ子爵家のダンテは、フォルトに恩義を感じている。ルチアとは話も合うようだ。

この二人の関係が深まれば、そろって長く仕事をしてくれるかもしれない。

そして、ロッタ。フォルト直属の護衛。魔付き故に忌避する者もいるが、護衛としては有能で、主《あるじ》にはどこまでも忠実だ。

ルチアは護衛のロッタに対し、同席での食事を誘うほどには気遣っている。

あのまっすぐさに絆《ほだ》されてくれる可能性があるのならと、彼をルチアの護衛にするよう、フォルトに勧めた。今後も狙われる可能性のある服飾魔導工房長だ、それなりに力がある護衛の方がいいと理由をつけて。

夫は少しだけ迷っていたが、ルチアの護衛候補達と自ら戦って決断した。強さで考えれば、やはりロッタの方が上だからだ。

フォルトの次の護衛はその候補達ではなく、別に貴族関係者で力ある者へ依頼してある。

幸い、ルイーニ家は右肩上がりに栄えており、費用を気にすることもない。

服飾ギルドで布と糸を扱うのが夫の仕事なら、ルイーニ家で金銭と人に絡む糸を扱うのが妻の仕事だ。

人と人に絡む糸をほどき編み、布のごとく織りなそう。

布は鋼《はがね》に劣るとも、重ねれば鎧《よろい》に負けぬ強さとなる。

それを命ある限りくり返し、ルイーニ家を、フォルトを守るのだ。

「また、第二夫人の候補を探さなくては……」

ミネルヴァは金色の結婚腕輪に指を添えながら、静かにつぶやいた。

服飾魔導工房の仕事が終わった夕方、ルチアは応接室へ急いだ。

部屋のソファーには、すでにロッタが姿勢良く座って待っていた。時間をとってくれるようにルチアから願い、フォルトが服飾ギルド内にいる間に、こちらへ来てもらった形である。

「はい、ロッタ、これが前に約束した寝間着です」

目立たぬ灰色の布袋に入れて持ってきたのは、紺色のパジャマである。

「ありがとうございます」

彼はうやうやしく両手で受け取った。声は平らだが、濃灰の目、その瞳が、一瞬だけ長く横になった。驚いているのか、喜んでいるのか、ルチアにはまだ判断がつかない。

「サイズを確認したいので、隣で着替えてください」

「はい、そうさせて頂きます」

この応接室は隣に続きの間がある。顧客がそちらで着替えたり、身繕いや化粧をしたりができるようになっているのだ。

一気に縫い上げたのは、ロッタのパジャマだ。

何もしていないと埒《らち》もないことばかり考えてしまう。余計なことを考えまいと懸命に針を動かしていたら、思ったよりも早く完成した。それで、今日、ロッタに渡すために呼んだ。

「戻りました……」

隣室で着替えた彼は、パジャマに革靴というちょっとアンバランスな出《い》で立ちで戻ってきた。スリッパの準備はしていなかったので仕方ない。

けれど、パジャマ自体は彼によく似合っていた。

退色しづらい紺は、青みが強めのいい色合いで、黒髪と濃灰の目を持つロッタにぴったりだ。サイズ感も問題ない。

「お似合いです！　着心地はどうですか？」

「とてもいいと思います……」

彼はちょっとだけ小さい声で答える。

ルチアは内で手を叩《たた》く。いろいろと工夫した甲斐《かい》があった。

つるつるした絹はあまり好きではないらしい彼に合わせ、上質な綿の生地を準備し、洗いをかけた。パジャマの上着は襟無しのVネックで、前合わせのボタン留め。

首回りで襟が動くのが苦手と聞き、すっきりと、首にまとわりつくことのないデザインにした。

そして、二角獣《バイコーン》の魔付きである彼のための仕様にもこだわった。

ズボンは後ろ部分、ウエストの少し下から尻尾のあたりまで長い縦スリット、尾はそこを通して自由に出し入れができるようにした。ウエストの調整は前の紐《ひも》でできるので、多少サイズが変わっても問題ない。

上着の背、その下側にも大きめの縦スリットを入れた。彼の尻尾に上着がひっかからないようにするためだ。

なお、パジャマのまま自分の部屋から出るときは、尻尾をズボンの内側に入れ、上着の縦スリット部分の隠しボタンで見えなくすることも可能だ。

これなら、見た目は普通の者達と何も変わらなくなる。部屋からちょっと出るぐらいなら、着替える必要はないだろう。

「ロッタ、ちょっとそこのソファーでごろごろしてみてください。どこか合わないところがあれば直しますので」

本当はベッドで転がってみてもらいたいのだが、応接室にはないので仕方がない。

ロッタは靴を脱ぐと、三人掛けのソファーにそっと体を横たえる。その後、仰向《あおむ》けになったり横を向いたりと、姿勢をくり返し変えていた。

こちらに背を向けたとき、その短く細めの尾が見えた。髪の毛と同じ色の尻尾の長さは裁縫定規の半分ちょっと、馬の尻尾を小さく細くし、軽く毛刈りした感じだ。

思ったよりコンパクトで、普段は腰に巻いてウエスト部分に隠せるという話に納得した。

だが、ふぁさふぁさとゆっくり動くそれを見ると、確かに普通のパジャマでは寝づらそうだ。

「合わないところはないです。柔らかくて、身体に馴染《なじ》みます。尾が邪魔にならないので、よく眠れそうです……」

ゆっくりと起き上がったロッタに、そう答えられた。

その口元が綻《ほころ》んでいるのに、ルチアもつられてしまう。

「気になるところがあれば、遠慮なく本音でおっしゃってくださいね。こう、生地の希望とか、袖丈とか、肩回りやウエストがゆるめの方がいいとかがあれば……」

そう告げると、濃い灰色の目がじっと自分を見た。

「できるなら、着る服をすべてこれにしたいところなのですが、それでは護衛役は無理かと思いますので」

「そうですね。パジャマでは難しいですよね……」

パジャマで護衛役は無理だろう。あと、スーツの場合でも、魔付きの尻尾が見えたら目を引いてしまう。

けれど、ロッタがとても気に入ってくれたのはわかった。

「ロッタ、洗い替えにもう一枚あった方がいいですか？」

「はい。お作り頂き、ありがとうございました。二着目は購入致しますので、正規の価格でお願いします」

一着目はお世話になった礼としても、二着目からはただで受け取るつもりはないらしい。

ルチアは、二着目を仕事として受けることにする。

「ありがとうございます。制作をお受け致します。なるべく早く作りますね」

「いえ、お急ぎになりませんよう。その――指が赤いです」

ロッタの視線が自分の右手に移る。確かに人差し指の先がちょっと赤い。それに初めて気づいた。

「これは温熱座卓関連の縫いのせいですよ。パジャマは家で時間のあるときにしか縫っていませんでしたから」

ひらひらと手を振って答えると、ロッタがその目を細める。

「――なぜ、フォルト様のお話を断られたのですか？」

「え？」

質問自体より、彼にそれを尋ねられたことに驚いた。ロッタ本人も唇を拳で押さえている。

「申し訳ありません。私がお尋ねすることではありませんでした」

珍しく声の抑揚大きく謝られた。つい聞いてしまったのだろう。

ロッタが知っていることに驚きはない。プロポーズのあの日も、ドアの手前で護衛をしていたし、馬車でも一緒だったのだから。

そもそもフォルトの屋敷に住んでいるのだし、雇い主からそういったことを聞いていてもおかしくはない。

庶民が貴族に嫁いで大団円というのは、恋愛小説によくある話だ。

ロッタも好条件なのにもったいないと思ったのかもしれない。

「いえ、かまいません。ええと――私とフォルト様では釣り合いません。私がルイーニ子爵家に入って、第二夫人として生活するのは無理ですから」

「屋敷を別にすればいいのではないでしょうか？　フォルト様なら可能かと」

ロッタも貴族思考らしい。ルチア一人のために別の屋敷を準備すればいいと、さらりと言う。

ルチアは、さらに言葉を足して答える。

「それと、フォルト様には、奥様もお子様もいらっしゃいます。庶民の自分としては、こう、夫は一人、妻は一人というのが馴染んでいて……いいえ、そうではないですね。フォルト様はとても素敵な方ですが、私は妻になれないと思った、それだけです」

もし、フォルトが独り身だったなら、庶民の服飾師だったなら――その仮定は、ただの夢だ。

今後も自分は、フォルトを職場の上司として、服飾師として尊敬する、そう決めた。

「私は……いえ、失礼しました」

ロッタが口を開きかけ、そのまま閉じた。

何か言いたいことがあるのだろう。けれど、友人もいないと言っていた彼だ、告げていいのかの判断がつかないのかもしれない。

「ええと、ロッタにはこれからお世話になるので。言いたいことがあるなら遠慮なくどうぞ！」

この先、自分の護衛をしてもらうことになるのだ。できれば腹を割って話したい。そう考えて言い切った。

ロッタは少し間を空け、つぶやくように言った。

「お二人で笑っているのが、とてもきれいだったので……」

ちくり、胸に痛むものがあった。けれど、ルチアは笑顔で返す。

「きっとそれは――服飾師仲間だからです。服飾魔導工房でも、私は皆と笑っていますし。今後はロッタも一緒ですからね！」

笑んだまま巻き込み宣言をすると、ロッタは神妙な表情《かお》でうなずいた。

気詰まりな沈黙に陥る前に、ルチアは話を変えることにする。

「ところでロッタ、二着目のパジャマは何色がいいですか？」

「今まで選んだことがなく――ルチア工房長のお勧めの色はありますか？」

「黒はかっこよく決まりそうだし、ロッタなら明るい青も似合いそうです。あと、リラックスしたいなら緑、元気になりたいならオレンジや黄色。ストライプも新鮮な感じでいいかも！」

そう提案すると、眉間に深く皺《しわ》を寄せられた。かなり悩んでいるようだ。

しばし後、視線を上げて自分を見ると、眩《まぶ》しげに目を細める。そして、ようやく口を開いた。

「緑でお願いします」

ロッタはリラックスを希望するらしい。

緑色の幅は広い。まずは明るい緑から落ち着いた緑まで、布見本を探さねば――そう思いつつ、彼には隣室で元の服に着替えてもらう。

そうして、パジャマの包みを大事そうに持つロッタと共に、応接室を出た。

「ああ、ボス、この階にいたのか。温熱卓のカバーの件なんだけど」

廊下を歩んでいると、階段を下りてきたダンテと会う。どうやらルチアを捜していたらしい。

「食堂向けの防水布タイプの話ね。明日、ギルドの方から防水布担当の魔導師さんが持ってきてくださるそうよ」

「ならよかった――ロッタは、届け物に？」

ルチアの後ろにいる彼に、ダンテがようやく気づいたらしい。

「いえ、パジャマを受け取りにあがりました」

「パジャマ……？」

「ええ、私が縫ったの！　ロッタ仕様で」

「ロッタ仕様？」

ダンテがオウム返しをくり返す。

「はい。ルチア工房長にお作り頂きました。おかげさまで、眠るときに尾の位置に迷わずに済みそうです」

尻尾の件があるので、周囲に言わずにいたが、ロッタ自身、隠すつもりはないらしい。

「今日は熟睡できるといいですね」

「はい。ルチア工房長、近日中に服飾師の茶代をお持ちします」

言われて思い出す。ロッタもおそらく貴族的思考回路の持ち主である。護衛のお礼として素直に受け取ってくれたと思ったが、おそらく服飾師の茶代――心付けにして支払う気だ。

かといって、気持ちを断りたくはないので、こちらから提案する。

「今回のはお礼と試作なので、服飾師の茶代じゃなく、お菓子で！」

「わかりました。明日にでもお届けします。では、本日は失礼します」

ロッタはそう答えると、廊下を足音もなく進んでいった。

なんとなくその背を見送っていると、ダンテに小声で問われる。

「ボス、ロッタ仕様のパジャマって、尾が出せるタイプ？」

「ええ。尻尾が出るパジャマって市販品にないし、服飾師でも、上司のフォルト様にはお願いしづらいかと思って」

「確かに。尻尾があると寝づらそうだな……」

魔付きの服に関わったこともあるというダンテだ。納得は早かった。

「ええ、だから専用にしたの。これ、デザイン図、こっちが型紙計算。どう思う？」

「なるほど、縦スリットで尻尾の出し入れができるわけか。着替えも簡単そうだし、よく考えたな……うわ、ロッタ、足長っ！」

ダンテはズボンの型紙の股下数値に目がいったらしい。じつは自分もそう思った。

ロッタは身長があり、手足もすらりと長めだ。パジャマ姿もかっこいいわけである。

「あー、そういや、俺もパジャマをそろそろ買わないといけないいんだっけ……」

「ダンテは自分で縫わないの？」

「縫うなら今は女物かな。ヴォランドリ家のご令嬢のドレスを縫ったとき、フリルが甘いってジーロに言われたから、薄物で練習しておきたい」

勉強家の服飾師らしいお言葉である。

そのダンテが、不意に視線の向きを変える。そのアイスグリーンの目に、自分が映った。

「ボス、きっちり支払うので、依頼してもいいか？　今までとちょっと違うのが着てみたい」

「あ、それなら新しいデザインでパジャマを作らない？　ダンテが女物であたしが男物！　あとヘスティアにも聞いて！」

服飾師同士でパジャマを作り合い、新デザインに挑戦する――そう考えただけでわくわくする。お洒落《しゃれ》な部屋着タイプに、薄物でシックなタイプ、ここからはだんだん寒くなるから、もこもこかわいい素材を使うのもいいかもしれない。

「――ああ、そう言うと思ったとも。了解！」

ダンテも楽しみになったのだろう。笑いながら快諾《かいだく》してくれた。


「で、上着の背中の下の方、ここに隠しボタンがあるの！」

上機嫌なルチアが、ダンテの前、ロッタのパジャマについて解説してくれている。

ルチアはフォルトとの婚姻話を断ったようだが、服飾魔導工房を辞めることはなさそうだ。

服に関していつもの調子の彼女に安堵した。それと同時、恩人ともいえるフォルトが関わることなのにと、薄い罪悪感が湧いてしまった。

二人のことを素直に応援していたとは言い難い。ただ、絶対に邪魔はすまいと思ってきた。

その枷《かせ》は消えたわけだが――無邪気な笑顔に踏み込めないものを感じる。

それにしても、このパジャマはなかなか考えられたデザインだ。これなら尾を持つ他の魔付きの方にも勧められるかもしれない。

各所の工夫に感心していると、二着目のパジャマについて、布の相談を受けた。

「ロッタは緑がいいってことなんだけど、緑ってすごく幅が広いでしょ？　落ち着く感じなら少し濃いめかなって思うんだけど、気分を変えるなら明るいのも捨てがたいし。ロッタの好みがわからないから、一度、布見本を見てもらった方がいいかなって思って」

「そうだな。選んでもらった方がいいだろうな……」

賛同しつつも、ロッタの選ぶ緑は、目の前にいる上司、その髪の色と似たものであるような気がひしひしとする。

「試着してソファーに寝てもらったんだけど、いい感じだった！」

「そりゃよかった。ロッタは今日、きっと熟睡できるな」

別室で着替えさせたとしても、二人きりの応接室、ソファーに男を横にならせるご令嬢がどこにいるのか。いや、ここにいるわけだが。

そして、勧め通りに従うロッタもロッタである。

恋愛に縁はなさそうで、発情しないと言い切った彼だが、好き嫌いはあるだろう。

先ほどルチアといるとき、その表情がやわらいでいるように見えた。それが妙に気になる。

今月末からは彼がルチアの護衛になる。腕は確かだと聞いているので、安全になっていいだろう。けれど、それだけ距離も近く、共に過ごす時間も長くなるわけで——ざらりと内に感じたものを、ダンテは全力で振り払う。

貴族が寝間着を贈るのは、家族か婚約者か恋人、あるいは大変に親密な間柄、もしくはそうなりたい相手である。

そう説明をしたところで、ルチアは庶民で服飾師の自分には該当しないと主張するだろう。

ならば、自分が彼女とパジャマ交換をするのも問題ないではないか。

それが思い出になるか、胸に絡む赤い糸になるかはわからないが——そう思って切り出してみれば、あっさりとヘスティアの名前も出された。

我らがボスは、本当に、心から部下思いである。

ただし、男心などというものは一欠片《ひとかけら》もご存じではない、きっと。

「ボスのパジャマは、やっぱりフリルとレースは必須だよな！」

「ええ、誰に見せなくても自分が見るから！」

ここに試着姿を見るかもしれぬ者がいるわけだが、数には入れられていないらしい。

できあがったときにさりげなく言うべきか——いや、それは今考えることではないだろう。

ダンテは笑顔のルチアと共に、廊下を歩きだした。

送りの衣装と服飾師

夕暮れ時、ルチアは服飾ギルドを訪れていた。

急ぎとのことで、そのまま向かうのはフォルトの執務室である。

ローテーブルをはさんだ向かい、上司は表情を整えているが暗いのがわかる。

服飾魔導工房の制作品に対するクレームがあったか、それとも、いよいよ工房長交代の話か——

そう身構えたとき、彼が口を開いた。

「ルチア、先に言っておきますが、あなたの気が向かないなら断っていい案件です。少々難しい装いの相談がありまして……」

彼がここまで言いづらそうなのは珍しい。よほどのことだろうと判断し、ルチアは先を促した。

「どのようなものでしょうか、フォルト様？」

「――若くして亡くなった貴族女性の、『送りの衣装』の相談が入りました」

「『送りの衣装』、ですか？」

思わず聞き返してしまった。

『送りの衣装』とは、人が亡くなり、棺《ひつぎ》に入れる際に着せる衣装のことだ。正装か、普段気に入って着ていた服であることが多い。

だが、貴族であれば、家のお抱えや、これまでの服を担当してきた服飾師がいるはずだ。そういった親交のある者しか、送りの衣装は作れないと聞いている。これまでに接点のまったくない自分でいいものか――その迷いを口に出す前に、フォルトが言葉を続けた。

「体調が良かった頃の服は、私がデザインしたものも販売品もあります。ご令嬢の父君から、私ではなく女性の服飾師にしてもらえないかと言われまして……」

服飾師であっても、亡くなった娘を男性に触れさせたくはないのだろう。その思いはわかる気がする。

「今、ご遺体は地下室に氷の魔石を使って安置されていますが、葬儀もありますし、数日後には神殿に搬送しなければなりません」

王都では死者が不死者《アンデッド》にならぬよう、七日以内に火葬するという決まりがある。

亡くなった者は花と共に棺に入れられ、家族や友人が別れを告げた後、神殿へ、そこで火魔法によって灰となり、墓で眠りにつくこととなるのだ。しかし、そうなると残る時間は厳しそうだ。

「私が同行することは叶《かな》いませんが、デザインや素材の相談には乗れます。ただ、人の死が関わることです。気が進まないのであれば断って頂いてかまいません。なかなかデリケートな問題もありますから……」

言い淀《よど》むフォルトに対し、ルチアは心配されていることを察した。

だが、自分は祖母の葬儀の際、その洋服を選んでいる。

お気に入りの糊《のり》の効いた白いブラウスに、鮮やかな青のスカーフ、紺色のふわりとしたロングスカート——祖母らしい装いで棺に入れ、色とりどりの花を重ねて見送った。

死は誰にでも訪れるものだ。人生の最期の装い、自分が手伝えるのであれば引き受けたい。

「お受けしたいと思いますが、送りの衣装に貴族的な決まりはありますか？」

「特にありません。正装か本人が好んでいた服を着せることがほとんどです。あとは、貴族だからというわけではありませんが、火葬となりますので、棺に金属はなるべく入れないよう、ボタンは木のものに替えたり、留め金具は外して糸で縫うことが多いです」

ルチアも祖母を見送ったのでそのあたりは知っている。このへんに大きな違いはないらしい。

「時間的に一からは厳しいでしょう。服飾ギルド、私の店の販売品はそのまま使っても、土台にしてもかまいません。一度、依頼者と話して頂ければと思います。もし、その後に断ることになっても、私が責任を取りますので」

「大丈夫です、フォルト様。私も家族の見送りは経験しておりますので」

「そうでしたか。本来であれば私が引き受けたいのですが、男には任せられないし、病でやつれた娘を見せたくはないと……依頼主は、私の高等学院からの友人なのです」

その青い目が、悲しみに曇る。

フォルトはもしかすると、亡くなった娘さんと親しかったのかもしれない、そう思えた。


その昼過ぎ、ルチアはヘスティアと共に、サイフォス伯爵家の別邸を訪れていた。

王都の東、それなりに閑静な地区である。屋敷は別邸らしくこぢんまりしていたが、小道脇の花壇にはかわいらしい花々が咲きそろっていた。

従僕に丁寧な案内を受けながらも、ルチアは屋敷の静けさと暗さを感じた。

ここに来るまでに、馬車の中でヘスティアから聞いたことを思い出す。

サイフォス伯爵家は、王都の衛兵学校の運営に携わる家の一つとして有名。一族からは多くの王城騎士と衛兵が出ている。

そのサイフォス伯爵家は当主が代替わりしたばかり。亡くなったのは現当主の娘だという。

「こちらのお部屋となります」

従僕が客間のドアを開けてくれた。

ソファーから立ち上がったのは、黒いスーツを着た茶髪の男性だ。がっしりとした肩と太い首から、一目で騎士だとわかる。

フォルトより年上に見えるのは、空蝙蝠《スカイバット》の粉などで加齢対策をしていないせいだろう。

何より、その顔には悲しみが濃い。

「エフィージオ・サイフォスです。急なご依頼にお応え頂き、御礼《おんれい》申し上げます」

「服飾魔導工房長のルチア・ファーノと申します。この度は心からお悔やみ申し上げます」

緊張でどうしても声は硬くなる。

ヘスティアには本日、従者代わりの付き添いをしてもらっている。挨拶はできず、斜め後ろに控える形だ。自分だけがソファーに腰を下ろすのを少し申し訳なく感じつつも、ルチアはエフィージオと向き合った。

出された紅茶からは湯気が立ち上っているが、緊張で香りがわからない。

「先に申し上げておきますが、娘を神殿に送るまであまり時間がなく——明後日には葬儀、その夜に火葬のため、神殿に運ばなくてはなりません。私もこちらに付き添っていることはできませんので、送りの服に関しては、ほぼお任せになるかと思います」

「わかりました。精いっぱい務めさせて頂きます」

責任重大である。肩が一気に重くなった。

「娘のエンリーカが亡くなったのは三日前です。今はこの屋敷の地下室に眠っています。氷の魔石を置いておりますので、室内はかなり低温です」

すでにフォルトから聞いていたことを、確認する思いで聞く。

「——死後硬直が進んでおりますので、着替えは難しいでしょう。見える部分だけでも、娘らしい服装にしてもらえればと思います」

静かに話してもらっているはずなのに、耳が痛い。

「サイフォス様は、どのような送りの服をご希望でしょうか？」

「それが……わからないのです。病気のため、寝間着姿でいることの多い子でしたし、私も家族も、本人の好みを知らず――ひどい話でしょう？」

本人は作り笑いをしたつもりなのだろう。けれど、それは表情筋を無理に動かしただけ。

相手は伯爵家当主、ルチアは失礼になりえるのを承知で、逆に願う。

「よろしければ、お嬢様のこれまでをご紹介くださいませ」

「紹介……ええ、そうですね、そうさせてください」

そうして、エフィージオはとつとつと話しだした。

彼の娘のエンリーカは、生まれた時から胸の病を抱えていた。激しい運動はできないが、本を読んだり、庭を散歩したりするのが好きな、明るい子だった。

初等学院には三分の一も通えなかったが、ベッドの上でも勉強に励んでいた。

いつか、いい薬が見つかって元気になれたら、高等学院に行きたい――それが彼女の希望だった。

けれど、今年の春からベッドにいることが多くなり、数日前に容態が急変、儚《はかな》くなった。

「私はこれまで週に一度こちらに来ていましたが、当主の代替わり後にかまけ、こちらへ来ることができなかった日に――」

声はそこで止まる。咳《せ》き込んだ彼に、メイドが命じられていないのに、湯気のない紅茶を並べた。

それを飲んで声を戻した彼が、言葉を続ける。

「エンリーカはまだ十三歳でした。デビュタントの衣装もありません。けれど、気に入っていたとはいえ、寝間着で送り出したくはないのです。ここしばらくは、ドレスは本人が起き上がれるようになってからでいいとなかなか作らず、好んで袖を通したものもなく……本来であれば母親か姉妹に選んでもらうべきなのでしょうが、エンリーカの母は亡くなっており、姉妹はおらず——情けないことに、私も選べません」

彼は口角を歪《ゆが》め、笑むふりをする。けれど、その目は泣いているようにしか見えなかった。

「最期ぐらいは娘らしい装いをと思いまして、フォルトに依頼を。ただ、眠る娘に触れることになりますから、女性の服飾師をと希望したのです」

「そうだったのですか……」

病気で横になっていることの多い少女には、重く動きづらいドレスは体力的に厳しいと思われたのだろう。かといって、家族はエンリーカが急に亡くなるとは考えていなかったに違いない。

ここは少女らしいかわいく華やかな装いで送るべきか——そう考えつつ言葉を返す。

「わかりました。そうなりますと、デビュタントの装い、もしくはそれに準じたドレスがよろしいでしょうか？」

「そうですね。できるなら本人が好む服を着せたいのですが……それはもう叶いませんので」

いや、待ってほしい。本人の好きな色と最低限の好みぐらいはわかるはずだ。

「あの！　好きな色などはおありかと思いますので、エンリーカ様のお世話をしていた方とお話しさせて頂けませんか？　それと、今までの服を——寝間着も含めて拝見させて頂きたいのです」

「わかりました。メイドの方へ話をしておきます」

そこまで話したとき、ノックの音がした。

足音もなく進んだ従僕が、エフィージオにささやく。次の予定がある彼と、挨拶をして別れた。

その後、客室にメイドが二人やってきた。エンリーカの世話係であったそうだ。緊張しきっている彼女達にソファーに座ってもらい、話を伺うことにする。

ルチアは送りの服に携わることを説明し、二人に願う。

「エンリーカ様がどんな方だったかをお伺いしたいのです。お伺いしたことは外部で話すことはございません。必要であれば書面に致します」

口調を固めてそう言うと、二人共にうなずかれた。

隣に来たヘスティアが、テーブルの上、見えるようにスケッチブックを広げる。そこにエンリーカについてのことをメモするためだ。残される内容がわかれば、話す方も少しは安心できるだろう。

「エンリーカ様は、読書とお庭の散策を好まれる方でした。元気であった頃は本邸の庭をよく楽しまれていらっしゃいました」

「別邸に移られてからも、窓から庭を眺めるのがお好きでした」

メイド達の目は真っ赤だった。エンリーカはきっと慕われていたのだろう。

その後も、彼女達からエンリーカの好きな色や花を聞いていく。

一番好きな花はスミレ、色もスミレ色だったと聞いて、なんとなく納得した。この屋敷のかわいらしい花々は、エンリーカの好みだったのだろう。

話の一つに、彼女が別邸に移った時期を聞いてみた。

「昨年の夏です。サイフォス家は騎士が多いため、窓を開けておくと鍛錬の音がよく通り、エンリーカ様がこちらにと希望なさいました……」

昨年から不調が強く出ていたのだろうか、そう思いつつ、ルチアは聞き取りを続ける。

「読書は、どのような本を好まれていましたか？」

「お嬢様は、幅広く――いえ、ここ一年は冒険譚《たん》、騎士物がほとんどでした」

「最後に姫を助けて、という恋愛関連のものでしょうか？」

「いいえ、艱難辛苦《かんなんしんく》を乗り越えて騎士になる話や、世界を冒険し、魔物を倒す話がお好きでした」

病弱で大人しげ、読書と草花を愛《め》でるご令嬢のイメージに、疑問符が灯《とも》った。

「エンリーカ様は、大人になったらなりたいものがあるとおっしゃったことはありませんか？」

「それは――」

メイドが言いかけた言葉を、ルチアはじっと待つ。

描けるものならば、白いスケッチブックに、その夢を描きたい。

「以前のエンリーカ様はお父上や兄上に憧れておられました。昔は、病気が治ったら、『たくさん鍛えて、たくさん勉強して、いつか誰かを守るかっこいい騎士になるの』と……けれど、昨年からはそうおっしゃることは減りました。おっしゃるときも、『剣を持ってみたかった』、そう、過去形で……」

その説明で、腑《ふ》に落ちた。

「エンリーカ様は、自分は鍛錬に参加できない、そう思われたから、こちらに引っ越されたのですか？」

メイドは一瞬、固まった後、顔を覆ってうなずいた。

エンリーカはまだ少女、家族のそばを望むのが普通だ。まして、病気で心細かったはずだ。

それなのに、彼女は一人、別邸に移ることを希望した。騎士の多いサイフォス家、窓から聞こえてくる鍛錬の音を理由にして。

騎士の物語や冒険譚を好み、父や兄のように騎士になることを夢見ていた彼女が、鍛錬の音を嫌うはずがない。

エンリーカが本邸を出た理由は別だ。身体の不調に、自分がこの先、騎士の夢を追うことも、家の鍛錬に加われることもない、そう理解してしまったからだ。

それでも、愚痴も泣き言もこぼさず、周囲に気づかせることもなく、別邸に移ることで、彼女は矜持《きょうじ》を守りきったのだろう。そう思えたが、涙をこぼすメイドの前、それ以上は言えなかった。

メイド達が落ち着いてから、彼女の衣装部屋を見せてもらった。

並ぶほとんどは普段着か寝間着だ。舞踏会向けのドレスもあったが、妖精のように可憐《かれん》なデザインの子供向けばかり。エンリーカはもう数年でデビュタントだったはずだが、立ち居振る舞いの練習用の白いドレスすらなかった。

衣装部屋を案内していたメイドが、そっと目を伏せる。

「しばらく新しいものはいらないとおっしゃって、ルイーニ様にお会いすることもなく……」

「新しいお洋服を作らなかったのは、ご不調だったからでしょうか？」

「はい。もう少し育ってからでないと、恥ずかしくてルイーニ様にお会いできないと……」

成長途中の子供は、服を作るのにこまめな採寸がいる。その数値が増えていなければ、フォルトはエンリーカの不調に気づいただろう。

彼女はフォルトに自分の具合の悪さを気づかせまいと、新しい服を作らなかった。

「以前はドレスを作る際、ルイーニ様とお茶を共にするのを、とても楽しみになさっていたのですが……」

メイドのつぶやきのような言葉に理解した。

エンリーカは、フォルトにこそ、不調の自分を見られたくなかったのだろう。

憧れか、ほのかに想《おも》う相手だったかはわからない。けれど、フォルトに覚えていてもらうのは、元気な頃の自分でありたかったのではないか、そんな気がした。

「とても、気高い方だったのですね……」

こらえきれなかったのだろう。同じく理解したであろうヘスティアが、ハンカチを目に、声を振り絞った。

メイド達は堰《せき》を切ったように涙を流し、主《あるじ》について語り続けた。

「この夏から具合が悪くなられ、部屋から私どもを隣室に下げることも多くなられました。ここしばらくは、最低限しか呼ばれず……窓から、空をよくご覧になっておられました。お嬢様はおそらく、自分の死を悟っていらっしゃいました」

「それでも、最期に眠られるまで弱音を吐くこともなく……本当に気高く、強いお方でした」

その後に続いたのは、止め切れぬ嗚咽《おえつ》だけだった。

ルチアは潤む目を全力で耐えた。ここから送りの服を作る自分が泣くわけにはいかない。

エンリーカ・サイフォスは、最期まで誇り高い貴族だったのだ、そう思えた。

話を終えると、ルチアは別室に移って服装を整える。

冬のコートを羽織り、一番上までボタンを留めた。下は冬用ブーツ、中には毛の靴下を履く。それだけの防寒対策をしても、案内された地下室はとても寒かった。大量の氷の魔石のおかげで、吐く息が白くなるほどだ。

壁際には魔導ランタンが二つ灯り、その淡いオレンジが部屋を照らしていた。

中央の白木のベッドの上、少女が二度と醒《さ》めぬ眠りについている。

青白い顔に細い手首、明るい茶の髪は艶《つや》が少ない。細身の身体はフリルの多い白いネグリジェに包まれ、その周囲には多くの白い花々が飾られている。覚悟はしていたが、怖さは感じなかった。

「失礼します」

メイドと共に地下室へ入ったのは、エンリーカの採寸のためだ。その身体はもう冷えきって硬い。動かさぬようそっと巻き尺を通しながら、その細さに愕然《がくぜん》とした。

その手首はルチアの片手の指でつかみきれるほど、薄い肩は抱きしめれば折れそうだ。

だが、ここでかわいそうだと嘆くのは服飾師として失格だ。自分はこのエンリーカをあちらに送る、最高の一着を作りに来たのだ。

ルチアは奥歯を噛《か》みしめて耐えると、凍える指でスケッチブックに数値を綴《つづ》っていく。

「失礼ながら――ファーノ工房長は、送りの服として、どのようなものをお考えでしょうか？」

採寸が終わったとき、案内のメイドに小声で尋ねられた。

「騎士服にするつもりです」

「え、騎士服ですか？」

潤みと赤さの残る目を、まん丸にして聞き返された。

伯爵令嬢に対し、とんでもない服装であることはわかる。父親のエフィージオも、妖精のようなかわいい服か、姫君のような美しいドレスを考えているかもしれない。

けれど、それはこの少女、いや、エンリーカ・サイフォスの望む姿ではないだろう。

「エンリーカ様が成人後に目指していらしたのは、騎士ですよね。それなら、騎士服以外にありませんから」

「ですが、お嬢様は学院の騎士科にも行かれておりませんし……」

エンリーカは騎士見習いの役も得ておらず、騎士団に籍があるわけでもない。特定の騎士服を勝手に着せるわけにはいかない。高等学院の騎士科の訓練着みたいなものもだめだ。

だったら、やることは一つである。

「エンリーカ様専用の、かっこよくてきれいな騎士服を作ります」

「ですが、あと二日では――」

「大丈夫です、私は服飾ギルドの服飾師ですから！」

ルチアは全力で笑顔を浮かべた。

「助っ人のダンテが来ましたー！」

「あなたのジーロが参りました！」

「そこの二人、おかしなこと言ってないで、さっさとこの紐《ひも》を縫って！」

服飾魔導工房の小さな作業室に、ルチアとヘスティアはいた。そこに飛び込んできたのが、ダンテとジーロ、命じているのがヘスティアである。

通常業務を終わらせてから手伝ってもらえないか、そう願ったところ、彼らは超特急で本日分を終わらせてきた。まだ午後のお茶の時間なのに、だ。

なお、本日は件《くだん》の大先輩方がお茶を飲みに来て、そのまま指導を兼ね、温熱座卓の上掛けを縫ってくれている。

今回は白地に青糸で刺繍《ししゅう》とのことで、工房員達がとても刺しやすいと喜んでいるそうだ。白地に白銀の糸を刺し続けた後遺症らしい。

「送りの服に、この騎士服か。よくもまあ、一日でここまでやったもんだ、チーフ」

「まだできてないから褒めないで、ジーロ！」

昨日、徹夜で騎士服のデザイン画を描きまくり、朝までに基本を決めた。

ゼロから作る時間はないので、使えそうな上着を服飾ギルドとフォルトの店で探し、布も準備した。すべてエンリーカの好きだったというスミレ色だ。

袖も通さぬうちに服の解体をして作り替えるのは元の服飾師――これらはすべてフォルトのデザインだが――に対し、失礼で申し訳ないことだが許して頂きたい。

そして、騎士服のズボンは白布。こちらはサイズの近いものを見つけて解体しているところだ。

エンリーカは動かせないので、着るというよりパーツにして合わせる形になる。

加えて、あの地下室にジーロ達、縫い子は連れていけない。着せ替えの際、細かな縫い作業ができるのはルチアだけなので、できるだけ紐などで止められるように加工している最中である。

ズボンはなんとかなりそうだが、騎士服の襟回りが難航していた。

そのデザインは、首までぴっちり詰まったものではなく、ゆるやかな流線型の合わせ襟に、丸く平たい白銀ボタン、左右に分かれた裾は後ろに流れるライン、燕尾服《えんびふく》の裾を思わせるように少し長め。

薄紫の上着の服を分解し、前身頃に襟布を足すことにした。が、襟と本体合わせのカーブが違うので、どうもうまくいかない。

「チーフ、襟の合わせ縫いは任せてくれ。コツは今度教えるから」

「お願い、ジーロ！」

「ボタンは木のこれか。ちょっと染色かけてくる」

ダンテが木のボタンが入った小箱を持った。火葬なので金属のボタンは使えない。デザインに近く、金属っぽい色をつけてもらうことにした。

そして、ルチアが懸命に縫っているのは騎士用戦闘靴——のようなデザインの布の靴。ゆるい靴下のように作って後ろから留める形を考えているが、どうしても靴底を付けたい。

棺に入れたら、上から花も入るのだ。すぐ見えなくなるし、大体でいいのでは？　徹夜明けの頭でそんなことも思ってしまったが、それでも指はひたすら縫い続けていた。

黙々と作業をし、夕食は部屋の端のテーブルでサンドイッチをコーヒーで流し込む。

「ボス、最終確認が要るから先に寝てきてくれ。針目が粗くなってきてる」

靴を縫い続けていると、騎士服のアンダーシャツを縫い終えたダンテに言われた。

確かに、目がしょぼしょぼしている。徹夜明けで縫うのは効率が悪い。しかし、もう一つ作りたいものがあるのだ。

すぐ目の前、アイスグリーンの目が、命令を待つかのようにルチアを見ていた。

「ダンテ、まだ余力ってある？」

「余力も若さも体力もやる気もある部下ですが、ご希望は、ボス？」

「艶のある白い布で、剣を作ってほしいの！　持ち手もつけて」

スケッチブックの別ページを開くと、ダンテは即座にうなずく。

「直線縫いがほとんどだ。ボスに聞くまでもない。寝とけ」

その言葉に甘え、仮眠室で数時間、横にならせてもらうことにした。

仮眠後は、顔を洗って作業室へ駆け戻ってきた。

「フォルト様？」

いつ来たのか、フォルトがスミレ色の騎士服を手に、ボタン付けをしていた。

それは、こちらでできる最後の作業だったらしい。ダンテが仕上げのアイロンをかけ、騎士服、アンダーシャツ、ズボン、そして布の靴をまとめて白い布に包んでくれた。

「ルチア、私は最期の挨拶ができないかと思いますので、エンリーカ嬢に――『おやすみなさい』と伝えてください」

「わかりました」

いつもより少しだけ低い声の伝言を、ルチアは静かな思いで受け取った。

身繕いを終えると、ダンテに荷物を持ってもらい、朝焼けの中、サイフォス家の別邸へ向かう。

男性のダンテは玄関手前までだ。服の包みはメイドが代わって運んでくれた。

そこからは、地下室でのエンリーカの着せ替えと縫い作業である。

エンリーカの身体は大きくは動かせないので、分割した服を身体に当て、なるべく自然に見えるよう、背中側から結び紐で調整する。それでも浮いて見える部分があるので、横や背側から隠し縫いをする必要がある。

針目がよく見えないので、サイドテーブルを借り、魔導ランタンを追加で並べる。

エンリーカ付きのメイドが手伝いを申し出てくれたので、二人に交代で地下に来てもらった。手足を持ち上げてもらったり、布を押さえてもらったりしたので、作業はしやすくなった。

だが、地下室は遺体が傷まぬほどの低温だ。冬用のコートを着ていても、針を持つ素手の指は冷える。無理して続けると、肘の動きが鈍くなる。そして、足の爪先が冷え、膝が笑う。

針が進まなくなるほど冷えると、上の階に行き、メイドに熱い紅茶を淹《い》れてもらった。舌が火傷《やけど》しそうなそれを懸命に飲むと、その場で屈伸したり跳ねたりをくり返す。

手足が動くようになったら地下室に戻り、ひたすらに縫った。

途中、メイド達に唇が紫になっていると止められたが、化粧が落ちただけで、もとの血色がよくないのだと濁した。

風邪をひく心配もされたが、今日だけなのだから問題ないと説明し、そのまま作業を続けた。

最後の方では結構な回数、指に針を刺したが、生涯一度の服である、適当な仕事は絶対にしない、そう決めて縫いきった。

急ぎに急いだ結果、正午ちょうどに、エンリーカ・サイフォスはスミレ色の騎士服に身を包んだ。

あちらで騎士になれますように――ルチアはそう願いながら、棺に入った彼女の右手へ、布の剣を添えた。


「ありがとうございます……似合っています、とても……」

エフィージオは、ようやくそう言葉にした。取り繕いの効かぬほど、声は震えていた。

スミレ色の騎士服は、目を閉じた娘にあつらえたようにぴったりだった。

白いシャツの上、スミレ色の騎士服とよく駆け回れそうな白いズボンに、黒い布のロングブーツ。

右手から左肩に向けて置かれているのは、白い剣。艶《つや》やかな布でできたそれは、本当に刀身のように見えた。

エンリーカの頬《ほお》と唇に紅がのせられ、いつもより元気そうに見える。

白い棺に横たわっていなければ、ゆすって起こしてしまいそうだった。

『ファーノ工房長は、送りの服を騎士服となさりたいそうです』、メイドからそう聞いたときは、どんな冗談だと思った。そして、騎士の多い我が家への配慮かと考えた。

けれど、それが娘、エンリーカの望んだものだった。

かわいい娘だ。なんとか病を治したいと、医師も薬も治癒魔導師も神殿も頼った。東ノ国《あずまのくに》の薬草、イシュラナの祈りにも願った。

けれど、どうにもならなかった。

安全に静かに暮らさせてやるのが一番だと、慰めだけを告げられた。

ドレスで美しく装わせ、華やかな舞踏会に送り出してやりたかった。いつか花嫁衣装に身を包ませ、信頼できる相手と添わせてやりたかった。

それこそが娘が手にするべき幸せであろうと、自分はずっと思い込んでいた。

だが昨夜、娘の送りの服が騎士服だと知った。娘の横、一体なぜと考えていると、娘付きのメイド達が教えてくれた。

エンリーカは自分や兄達のような騎士に憧れていたのだと、よく庭に出ていたのは、草花を愛でるためではなく、鍛錬を見ていたのだと。

娘は別邸に移りたいと言ったとき、鍛錬の音がにぎやかで眠りが浅くなる、そう笑っていた。

憧れと、羨望《せんぼう》と、自分がその道に進めぬ辛《つら》さと——けれど、それを口にしなかった。

娘に口止めされていたメイド達も、今日まで口にできなかった。

けれど、緑髪の服飾師は、エンリーカが別邸へ移動を希望したこと、騎士と冒険の本を読んでいたこと、その二つを聞いただけで理解した。

そうしてメイド達に、エンリーカが本当になりたかったものを聞き出した。

娘は、自分と同じ、騎士になる夢を持っていた。

父であり、騎士である自分は一切気づかなかった。愚か者にも程がある。

エンリーカは、週に一度こちらに来る自分には再婚を、兄達二人にはそれぞれ結婚を、笑って勧めていた。まるで自らがいなくなるのを見越していたかのように。

死は恐ろしく、病は辛かったはずだ。

それでもエンリーカは弱音を吐くことなく、一人戦ってあちらへ渡った。まったく、どれだけ貴族の矜持高く、勇気ある、強き子であったことか！

辛いと言ってほしかった、悲しいと伝えてほしかった、この腕で泣いてほしかった。そう思ってしまう自分の方が、ずっとずっと弱い。

「エフィージオ様……」

ささやくような声に、涙を手の甲で拭《ぬぐ》う。目の前の服飾師の表情《かお》が、ぼやけてわからない。

「エンリーカ様がフォルト様に会わずにいたのは、ドレスを作りたくなかったからではないと思います。騎士を目指されていたので、女の子らしい細い腕が恥ずかしいと思われたのかもしれません」

「エンリーカが……」

体調のいい頃は袖を通す機会が少なくても新しい服を作っていた。娘は前日から、フォルトが来るのを楽しみにしていた。

それが、別邸に移ってからは自分が新しいドレスを勧めても、もう少し背が伸びてからでいいと断られた。

フォルトに会うのも、着替えなくてはいけないし、気を使うから、調子が良くなってからでいい、そう言っていた娘。

フォルトの名を口にするときは、少しだけその目を伏せていて——そんなことに今さら気づく。

後悔が身を焼こうとしたとき、凜《りん》とした声が響いた。

「でも、これほどに格好良い騎士姿であれば、エンリーカ様はきっと、フォルト様にお会いになられたと思います」

青い目がまっすぐに自分を見る。

フォルトと会わせてやってほしい、そう願われたように思えた。

長く担当服飾師を引き受けてくれていたフォルトは、娘が知る、数少ない家の外の男性である。

うとい自分もようやくわかった。

病にやつれた自分を見せぬため、フォルトと会いたくても会わなかったのであろうエンリーカ。

それが貴族の矜持であり——恋する乙女の意地であったのかもしれない。

「……ええ、きっとそうですね」

エフィージオはファーノ工房長に向け、しっかりとうなずいた。

この騎士服のエンリーカであれば、フォルトに見せたいから屋敷へ招いてほしいと言っただろう。

いいや、自分から馬を駆り、彼に会いに行ったかもしれない。

スミレ色の騎士服をまとった娘が、わずかに笑んでいるように見えた。

エフィージオは背後の従僕に振り返る。

「フォルトに早馬を——送りの服を着た娘に会ってもらえないかと伝えてくれ」


「クシュン！　クシュン！」

「もう、冷え切ってるじゃない！」

ヘスティアは悲鳴のように言うと、ルチアに毛布をぐるぐると巻きつける。正直、その暖かさにほっとした。

「大丈夫！　ちょっと冷えただけ」

「ちょっとじゃないわ！　こんなに冷えきって！　風邪をひいたらどうするの？」

ルチアの頬に手を当てて叫ぶ彼女に、過保護すぎると言いかけ、その目の潤みっぷりに黙った。

本当に心配させてしまったらしい。

今は馬車の中。ルチアはこのままファーノ家にまっすぐ帰ることになっている。

完成に安堵《あんど》したらクシャミが続き、迎えに来たヘスティアに風邪を心配されまくっているためだ。

ここからエンリーカの棺を本邸に運んで、皆でお別れをし、夜に神殿へ運ぶそうだ。

「フォルト様とは、もう会えたかな……」

窓の外の青空に、ついつぶやいてしまった。

「チーフ……彼女はきっと、笑顔であちらに行けたと思うわ。あの騎士服、かっこよかったもの」

ヘスティアが懸命に明るい声で言ってくれた。

「そうね。向こうで馬に乗って、お祖父《じい》様とか曾《ひい》お祖父様から剣を教わっているかも」

いや、本当に風邪かもしれない。鼻の奥がちょっと痛い。

ぐずりと鼻をすすると、ヘスティアがハンカチを広げ、唐突にルチアの顔に当てた。

「もういいのよ、ルチア。もう、お仕事は終わったの……」

ぎゅっと抱きしめられ、思わず息を吐いてしまう。

「ベズディアー……」

情けない声が喉から漏れた。そしてようやく――ルチアは泣けた。

ここまで我慢してきたのに、一度こぼれはじめた涙が止まらない。ハンカチを押さえ、ぐずぐずと鼻を鳴らす。

服を合わせながら、縫いながら、エンリーカの冷たさと硬さを何度も感じた。

誰にも命の長さはわからず、ときに人は儚い。けれど、あまりに早すぎはしないか。

「もうー、元気になって騎士科を目指してもらって、それでかわいい騎士服を作りたかったー！」

「ええ、そうね」

「ドレスはフォルト様だったろうから、パンツスタイルとか、走れるくらい楽なスカートとか、きっとエンリーカ様に似合いそうなものがいっぱいあったのにー！」

「ええ、そうね……」

友の腕の中、ルチアは気が済むまで愚痴り泣いた。

帰宅したら、家族一同に泣き顔を心配されまくり、その後にヘスティアの誇張表現で冷えの心配をされまくった。

結果、帰ってすぐと寝る前の二度、しっかりお風呂で温まることになってしまった。

なお、長く入りすぎ、のぼせたのは黙っておく。

「ルチア、今日はこれを飲んで寝なさい、あとはベッドから出ない、いいわね？　絶対よ？」

「はーい」

母に二度、念を押され、大人しく蜂蜜入りのホットミルクを受け取る。この状況だと、廊下に一歩出た時点で、家族の誰かが飛んでくるだろう。

ベッドの上でホットミルクのカップを持ちながら、ルチアはつい考え込んでしまった。

今頃は神殿で白い灰になっているのだろうか。明日になれば、その灰は墓の下に安置される。

エンリーカは、あちらへ騎士見習いとして旅立つだろう、そうであってほしいと祈るばかりだ。

今回も夢中で服を作り、なんとか仕上げることができた。

けれど、彼女の父からお礼を言われたが、いつものようにうれしいとは思えなかった。

懸命にやったつもりでも、動かぬ身体にまとわせた騎士服は、やはり浮く部分があって、後ろ姿はきれいにできなかった。

無理だとわかっていても、生きている彼女に、かっこよくかわいい騎士服を着てもらいたかった。

「あたしがいつか向こうに行ったら、ちゃんとした、かっこいい騎士服を作らせてもらおう！　きっとサイズも増えているだろうし！」

わざと声にして、区切りをつけようとする。けれど、しばらくはこの思いが消えないのもわかる。

送りの服は、やはり難しいものだ。


エンリーカの騎士服を作り終え、ふと思ったことがある。

自分が死ぬとき、どんな装いで逝きたいか——ルチアには、その一着が思い浮かばない。

いつも着ている服はまだまだ改良したい。新しいデザインも素材も色も気になる。

自分の送りの服が決まるのは、まだまだ先になりそうだ。

でも、自分は何者として逝きたいか？　そう聞かれたなら迷うことはない。

人生の最後の日まで、服飾師でありたい。手が動く限り、服をデザインし、作る者でありたい。

「結局、あたしは服が好きなのよね……」

今はとことん恵まれている。好きな仕事で金銭を得て、毎日勉強できているのだ。

良い上司に良い仲間、いい環境、これまでにない毎日に感謝しかない。

いずれ服飾魔導工房長を誰かに代わるとしても、それまではきっちり仕事をこなしていこう。

服はただのモノではない。自分を伝える看板にも、誰かを守る鎧《よろい》にもなる。

その人生を彩る、大切な思い出の一つにもなるのだ。

自分が送りの服を着るその日まで、誰かの望む一着を届けられる服飾師でありたい——そう思った。

風色のレインコート

「俺に、レインコートで指名ですか？」

フォルトの執務室に呼ばれたダンテは、つい手を顎《あご》に当ててしまった。

自分は確かに服飾ギルドの服飾師でもある。服飾魔導工房の副長ではあるが、指名の制作依頼があれば受ける。だが、服飾魔導工房に移ってからは断ることが多く、指名そのものも減っていた。

それにレインコート関連であれば、服飾ギルドで防水布関連を担当する職員がいる。自分がわざわざ指名される意味がわからない。

あまり考えたくないこととしては、実家の子爵家つながりだが、久々にそれかもしれない。

「受けるか受けないかはあなた次第です、ダンテ」

フォルトが少しだけ低い声で言った。

どうやら面倒な相手らしい。身構えると、一通の手紙がテーブルを滑ってきた。

「取引先は隣国エリルキアのフォーゲル商会、担当は副会長のジェシカ・フォーゲル夫人です」

ジェシカ――その名前は聞き慣れている上に、呼び慣れている。フォーゲルという苗字《みょうじ》の方は、ちょっと不似合いな気がするが。そう思えてしまう彼女は、自分の元恋人である。

そして、フォルトに受けるかどうかを聞かれたことに納得した。

自分はなんだかんだと言っても服飾魔導工房の副長、服飾ギルドの役持ちである。

これまで誰と付き合っていたかなど、おおよその交友関係を把握されていてもおかしくない。

特に、現在は隣国関係者となっている者との接触は、警戒されて当然だ。

「俺にそういった気遣いは不要ですよ、フォルト様」

自分を見る青をまっすぐに見返し、言葉を続ける。

「それとも、未練で流されるのをご心配頂きましたか？」

服飾ギルドの情報を流すことなど絶対ない――言下にそう込めた自分に、上司は首を横に振った。

「ダンテ、あなたに限ってそれはありえません」

「そりゃまた、ずいぶんと買って頂いているようですが？」

「昔、まぶしい金の髪のご婦人がおっしゃったでしょう。あなたは『誠意を尽くす人』だと」

「違いますよ。あれは『誠意を尽くす子』です。完全に子供扱いでしたよ」

ダンテがまだ若造――服飾ギルドの新人だった頃、大失敗を犯した。

とある公爵家のご婦人、その来季のドレスのデザインを外部の人間に漏らしてしまったのだ。友人だと思っていた者と店に飲みに行き、強めの自白剤を盛られてべらべら話した上、簡単なデザイン画まで描いて渡してしまった。

気づいたのは薬の抜けた翌朝だ。ダンテは迷うことなく公爵家に向かい、門番に自分の失態を告げ、ご婦人に伝えてほしいと頭を下げた。

なんと公爵家のそのご婦人は、一服飾師の自分に、そのまま面会を許してくれた。

ダンテはドレスのデザインを部外者に漏らしてしまったことを詫《わ》び、両膝をついて謝罪した。責はすべて自分にあると、服飾ギルドにも上司のフォルトにもないと、ただ必死に言い続けた。

詳細を聞かれたので、酒の席で一服盛られたこと、それらも一切隠さずに話した。

何年かかってもドレス代を弁償すると申し出たが、彼女は断り代わりに黒い扇を軽く横に振っただけ。そして、自分のそばに来ると、わざわざ手を取って立ち上がらせてくれた。

「あなたは誠意を尽くす子ね。これからは、付き合う相手はよく選びなさい」

甘やかな声でそう言われ、それはそれは優雅に微笑《ほほえ》まれた。

子供扱いされたから許された――ダンテはそう理解した。一人前の服飾師であれば、きっと責任を追及されただろう。

「フォルトに伝えてちょうだい、新しいデザインを楽しみにしていると」

そこから服飾ギルドに直行したダンテは、今度はフォルトの前に両膝をついて謝罪することとなった。彼に見捨てられることも覚悟したが、青い顔での注意だけで終わった。

何度思い出しても、情けない上に申し訳ない。

「――正直、俺はあの時ほど、人生が終わったと思ったことはないですよ」

「ダンテは新人のうちに貴重な体験をしましたね」

物は言いようである。いい話のようにまとめられた。

だが、あのように胃が痛い思いはくり返したくないものだ、二度と。

「私は費用を頂いた礼状を書いた日に、ペンダント用の石がまとめて届いて、死ぬほどあせりましたよ……」

同じく記憶をたどったらしい。片手で顔を覆ったフォルトに、いろいろと察した。

その公爵家のご婦人は次シーズンのドレスを別デザインにした上、前制作のものと新制作のもの、すべて費用を持ってくれた。

だが、それで終わりではなかった。

防毒・防混乱・防媚の三重付与の魔導具であるペンダントトップが四十ほど、ギルド長ではなく、フォルトゥナート・ルイーニ宛に届いた。

三重付与の魔導具はそれなりにお高いと聞く。それを四十とは太っ腹にも程がある。いや、そのご婦人は完璧なスタイルだったが。

当時のフォルトはまだ服飾ギルド長ではなかったのだが、あれが後押しになったと言う者もいる。

偶然か、それともご婦人に先見の明があったのか、単にお気に入りであったのかはわからない。

フォルトは過去最年少で服飾ギルドの筆頭――服飾ギルド長となった。

なお、その後、予定していたドレスとそっくりなものを身にまとったご婦人がいたが、今、貴族一覧にその家の名はない。

「俺も考えもしませんでした。石はホントにありがたかったですが……」

ダンテもつい遠い目になる。

今、シャツの下、銀鎖の先に鮮やかなエメラルドグリーンの丸石がある。その色は、あのご婦人の目の色と同じ。自分の過ちを忘れぬためにその色を選んだ。

今の自分は、一人前の服飾師だ。

元恋人だろうが、旧敵だろうが、服を作るのに揺らぐつもりはない。

「じゃ、お話を進めたいと思いますので、失礼しますっと」

ダンテはテーブルの手紙を持ち上げ、目を走らせる。そこには以前と変わらぬ読みやすい字が並んでいた。デザインは任せる旨と、なかなかの予算が記されていた。

「隣国向けの高級レインコート、ですか」

「ええ、打ち合わせは希望されていますが、基本、デザインから試作までお任せで。試作をエリルキアへ持っていき、評価される形になります」

続けて出されたのは、先々代服飾ギルド長、ティツィアーノ・アリオストからの紹介状。自分の指名を勧めたのは彼らしい。

そもそも、先々代服飾ギルド長のこの紹介状がある時点で、フォルトとしては断るのはまずいだろう。それを教えないのだから、ダンテによほど気を使ってくれたらしい。

服飾師としては自由度高く楽しげな仕事、服飾ギルドとしても隣国への宣伝になるやもしれぬ良い仕事。断る理由はない。

「お受けします」

「――できれば、ルチアにも声をかけてもらえますか？」

一拍《いっぱく》、間があったのは気づかぬふりをする。

「ええ、レインコートといえば防水布、防水布といえばボスのご友人の開発品ですからね。隣国向けなら服飾魔導工房長が噛《か》んだ方が、役の重さもあっていいでしょう」

そう言い切ると、ダンテはようやく出されていた紅茶を口にする。すでにぬるかった。


フォルトの執務室を出て馬場に向かっていると、思い出が浮かび上がってきた。

服のことを長々と語っても、いつも笑って話を聞いてくれていたジェシカ。自分も彼女の商売のことを、わからないながらも楽しく聞いていた。

けれど一年ちょっと前、『服のことばかりでついていけない』と、突然、手紙で別れを告げられた。

そのときに思った。きっと彼女に無理をさせていたのだ、と。

服にそれほど興味はないのに、恋人だからと我慢して聞いてくれたのだろう。あちらは商家の娘、こちらは一応、伯爵の子息。そんなことからも気を使われたのかもしれない。

未練はあったが、追いすがるような真似はすまいと思った。

そして、その数ヶ月後、彼女が隣国の商人と結婚したと聞いた。あちらの商会と彼女の実家の商会が提携し、両家にとってこれほどに良い婚姻はないと言われているそうだ。

腹も立たなかった。商人である彼女は、最善を選んだのだろう。

ただ、気がつけば恋愛が面倒になっていた。正確には、相手に自分をわかってもらう、それ自体が面倒になった。

それでいて恋愛を完全にしたくないというわけではないのだから、難儀な性格である。

「いい加減、切り換えなきゃな」

足踏みをしている情けなさを振り切るように、ダンテは足を速めた。


「ボス、ちょっといいか？」

「何、ダンテ？」

服飾魔導工房の執務室に来ると、紙束を手にしたルチアが暗い顔を上げた。

現在、決算書の正しい見方を覚えようと必死の彼女は、正直、苦手科目の追試を回避しようとしている学生にしか見えない。

決算書は経理にお任せでも問題ないはずだが、役職上、ある程度は読めるようになりたいと、写しが黒くなるほどメモを書き込んでいる。

上司の鑑《かがみ》だとは思うが、人には向き不向きがある。向いている方に引っ張り込むことにした。

「忙しいところ悪いが、隣国の商会からの依頼で、高級レインコートを引き受けた。特急なんで一緒にやってもらえないか？　それぞれにデザインして、いいとこどりって形で」

「いいわ！　楽しそうだもの」

ルチアは即、笑顔で受けてくれた。

温熱座卓と温熱卓の上掛けは服飾ギルドの職人の他、あちこちの服飾工房や刺繍《ししゅう》職人に声をかけている。

フォルトは引退していた縫い子達にも、冬の仕事にどうかと声をかけた。引き受けてくれるなら、料金割り増し、温熱座卓・温熱卓の優先予約券を渡すという条件で。結果、引き受けてくださる方が大変多かったと聞く。

なお、通常販売での納期はすでに年をまたいでいる。一年待ちになるのも冗談ではなさそうだ。

「今回、納期は短いがあくまでデザインの仮制作、気に入られたら正式品、その後でうまくいけば量産だ」

ルチアに仕様書を見せると、首を傾《かし》げられた。

「これ、ずいぶん高めの額に思えるんだけど、隣国向けだと、妥当？」

「一着も気に入られなくて流れても、黒字になるぐらい」

「それって普通なの？」

「いや、あまりない。向こうの先行投資的な感じだろうな、覚悟付きの」

「責任重大ね。でも楽しそう！　あ、レインコートの基本仕様を確認させて。二人で方向性がずれたら困るもの」

じつに話が早く理解度高い上司である。

実際、機能優先か、見た目優先か、高級感優先か、このあたりを間違うと取り返しがつかない。

二人そろってスケッチブックを開いた。

「まず防水性を阻害しないことだな。一級の防水布を使うのと、内側に縫いを寄せて――隣国のエリルキアはオルディネより山が多く、厳しい天候だって聞くから、耐久性も重要だ」

「だと、縫製はしっかり、縫い目から水が入らないように加工がいるわね」

「仕上げで縫い目にシーリングだろうな。高級レインコートで内側水濡《ぬ》れとかありえないから」

ここは服飾ギルドの専門職人に頼むべきだろう。それも二人同時にスケッチブックに書いていた。

「あとはやっぱり長袖で、着丈もいるわよね？　身体を覆う部分は十分な大きさがないと風が吹いたときとかに困るし。山が多いなら風の強いところも多そうだもの」

「だと、フードも全部に付ける、っと」

「フードは紐《ひも》で調節できたら便利よね」

「スタイリッシュに決めるなら、同色隠し紐だな。予算はあるんだから、そこはかけてもいいだろ」

基本機能は気候によってほぼ決まった。ようやくこれでデザインの話ができる。

「男女共に使えるようなデザインがいいかしら？　それとも男女別？」

「そこは高級レインコートって指定なんだ、男女別で何パターンかあってもいいかもしれないな。あとは貴族らしく、格式のある感じのレインコートも欲しいところだな。そのまま挨拶をしてもおかしくないような、スーツっぽい感じもありか？」

「いいと思うわ。あとは、模様入りの布に防水加工をしているものがあるから、サンプルを見に行きましょ！」

確かに見た方が早い。本日これから服飾ギルドの防水布見本を見まくり、家に帰ってスケッチブックをめくり、新作レインコートのデザインに楽しく悩みたいところだ。

「そういや、この前、染色師が防水布で出せる色が増えたって言ってたな。どうしても、だめなのもあるとは聞いたが」

「何色がダメなの？」

「白。白を目指して混色すればするほど濁りが出るらしい。染色師と魔導具師がのたうってた」

絵の具でも白を作るのが難しいのと同じだろう。とはいえ、白布の用途は最も広い。

「でも純白のレインコートって必要？　近衛騎士とか？」

「いや、そっちはさすがに王城でどうにかするだろ。うちにきてる相談は、白い防水布を冬用の防寒具の外側に使って、雪の中の狩りで着たい猟師の皆様。けど、なかなかうまくいかなくて、今年分は表面に白い布、裏に防水布になった。その方が安いしな」

「ええ、経済性も大事よね！」

ルチアが強い声になって納得していた。

「じゃ、決算書は延期にして、服飾ギルドの防水布見本を見に行こうぜ」

「ええ！」

そろってスケッチブックを閉じると、服飾ギルドへ向かうために立ち上がった。


翌日、フォーゲル商会の副会長であるジェシカ夫人が、服飾魔導工房へ挨拶に来た。

先触れ後、時間がそれほどなかったので、ルチアは急いで準備をする。

「はじめまして、フォーゲル商会、副会長を務めております、ジェシカ・フォーゲルです」

応接室に現れたのは、ダークブロンドの髪を持つ、背が高めの美女だった。大きめのカールのついた髪は胸まであり、きりりとした茶の目が印象的だ。

ジャケットは深みのある緑、袖口にレース、横と後ろにスリットがあり、下に着たワンピースのシャンパンベージュの色合いがよく映える。

ワンピースの裾はぐるりと美しい草花柄で飾られている。エリルキアの腕のいい絵師が絵付けをしたものだろう。緑多めに入ったそれは、上のジャケットとの相性がとてもいい。

ルチアはつい見惚《みと》れそうになりながら、ダンテと共に定型の挨拶を返す。

「本日は急なご挨拶をお受け頂き、ありがとうございます。ご挨拶代わりにお納めください」

机に置かれたのは縦長の銀の箱だ。フォーゲル副会長自身がゆっくりと開けてくれた。

窓からの陽光にきらりと光ったのは、一本の巻き布。黒い絹——一瞬そう見えたが、その布の表面の魔力に、隣のダンテと同時に身を乗り出した。

「魔羊《まよう》の織物ですか？」

「一級、いや、特級品でしょうか？」

「はい、エリルキアの魔羊《まよう》牧場のもので、特級品です。黒い魔羊《まよう》で染色はしておりません」

まったく同時に尋ねた自分達に笑み、フォーゲル副会長が説明してくれる。新設の牧場で、魔力が高く黒い魔羊《まよう》を集め、併設の工房で羊毛の処理から織りまでを一貫して行っているそうだ。

布に触れさせてもらったが、絹と並べる滑らかな手触りである。ダンテと共に感心した。

「今後は牧場の拡充も検討しております。こちらをお試し頂き、お使いになれるようでしたらお声がけください」

黒い色落ちなしの布、この艶《つや》、この手触り。個人的に今すぐ注文したくなったのは内緒である。

そこからは黒い魔羊《まよう》の話になり、レインコートについてはさらりと確認するだけで終わった。

フォーゲル副会長が応接室を出ても、ルチアとダンテはまだ残っていた。話に夢中で紅茶を一口も飲んでいなかったからだ。

みみっちいと言わないで頂きたい。お客様用はお高い一級茶葉なのだ。もったいない。

冷めた紅茶を大事に飲んでいると、ダンテが眉間に皺《しわ》を寄せていた。

「なあ、ボス。これって、高級レインコートの依頼より、黒い魔羊《まよう》の売り込みだと思わないか？」

「別にいいんじゃない。量とお値段が合えばとてもいい布だもの」

品質も艶も織りも申し分ない。何より、最初から黒なので色落ちの心配がない。

心躍りまくる布なのだが、彼は難しい表情をしている。

「ダンテ、指名されたのに売り込みをかけられたと思えて、気分が良くないの？」

「――まあ、そんなところかもな」

「でも、それはそれ、これはこれでしょ？　高級レインコートは仕上げる、黒い魔羊《まよう》はフォルト様と相談して仕入れる、いいものは楽しいもの！」

「いいものは楽しいもの……まっ、そうだな」

復唱したダンテは切り換えたらしい。カップの紅茶を一息に干すと、レインコートのデザインについて話しはじめた。


服飾魔導工房の業務を工房員達に任せ、これからは高級レインコートのデザインに専念する。

人員はフォルトが回してくれているので、トラブルがない限りは専念できそうだ。

スケッチブックを開くのは会議室。執務室ではないのは、テーブルにたくさんのデザイン画を同時に載せられるからである。

「防水布らしい半透明の青、赤茶に、黒、裏レース……まあ、これから冬だし、このあたりならいけるだろ」

「でも、防水布があそこまで温熱座卓に流れてるとは思わなかったわ……」

ルチアとしてはちょっとだけ残念だった。お目当てのパステルカラーが入手できなかったからだ。

昨日見に行った服飾ギルドの防水布は、見本はよかったのだが、在庫が少なかった。

理由は至極簡単で、温熱座卓と温熱卓の上掛け、その汚れ防止カバーとして需要が高くなっているからだ。もはや、掛けられるなら何色でもいいという顧客もいたようで、慌てていくつかの一級品を確保した。

今回はサンプルだ。『色合いは自由に、模様も入れられます』と口では言えるが、持っていくレインコートに魅力がなければ、続く制作の道は途切れて終わりである。

売り込み先はエリルキアの商会、そして、その先は口の早い商人と貴族。オルディネ王国の服飾ギルドの名にかけて、なんとしても魅力的なものにしなくてはならない。

「さて、デザインを叩《たた》こうぜ！」

「ええ！」

二人で気合いを入れ、デザイン画を描きつつ、話し合いをしていく。

使う防水布が決まっているおかげで、デザインはすでに絞れている。

しかし、ベルトや裾などの細部で迷いまくり、それぞれにスケッチブックをにらむ時間が続いた。

「……あっ！」

インク壺《つぼ》に金属ペンを入れて考え込んでいたダンテが、壺口にひっかけて倒した。

テーブルに広がる黒インクは没案《ボツ》の紙で止め、ルチアはハンカチをダンテに差し出す。

「使って、ダンテ！　ズボンの膝に一滴落ちてる！」

「いや、たいしたことない。ハンカチの方がもったいないだろ」

「今日のそれ、綿でしょ、落ちにくいじゃない！」

彼が手を伸ばさないので、その膝に投げた。薄茶の綿ズボンに黒いインクは、絶対に落ちづらい。

「すまない、ありがとう。どうもいろいろ余計なことを考えちまってて……」

ハンカチに薄く黒インクが吸われた。糊《のり》が効いているので、軽いしみ抜きでなんとかなりそうだ。

なんともならないのは、ダンテの妙な暗さである。明るい表情《かお》と声ではあるが、共に仕事をしていればなんとなくはわかる。それがいつからかも、ルチアにはわかっていた。

「ねえ、ダンテ、答えられるならでいいけど、フォーゲル様って知り合い？」

ぴくり、肩が揺れた。笑っているような、怒っているような、なんとも言えない表情《かお》が自分に向く。今まで見たことのないダンテだ。

「あー、元カノの一人」

そんな重いことを呆気《あっけ》なく言わないでもらいたい。ごまかしてもらってもよかったのだ。

けれど、装われた声の軽さに合わせることにする。

「そうなんだ。きれいな人だし、商売が上手そう」

「そうだな。いい商売人だ。いつか自分の船が持ちたいって言ってて、よく仕事でデートを延期されたもんだ」

「それって、ダンテもでしょ？」

「まあな。お互い、仕事の方が大事だったから。今は旦那さんの商会を取り回して活躍しているんだろうし。落ち着くところに落ち着いたんだろう」

未練はまったくなさげなのに、その目はテーブル端のデザイン画に向いている。

緑のレインコート。ダンテが無意識にデザインしたか、それとも未練からかはわからない。

ただわかるのは、それがとてもきれいで――きっと彼女、フォーゲル副会長に似合うこと。

「ダンテ、一着サービスしましょうよ」

「は？　誰に？」

「フォーゲル様！　エリルキアで高級レインコートの広告になってもらうの！」

緑目の部下に、あんぐりと口を開けられた。

納品前日の夜、トルソーにレインコートを着せ終えたダンテは、長く息を吐いた。

ルチアと共にレインコートのデザインを決め、型紙づくり、裁断、縫いと進んだ。

服飾ギルドの防水布担当者達も縫い子も手伝ってくれたので、進みはスムーズだった。

隣国に持っていくレインコートだと告げたところ、皆がオルディネの服飾ギルドとして気合いを入れてくれたため、仕上がりも間違いなく一級である。

高級レインコートの試作品は四着。

一着目は薄水色のレインコート。冬のコートと似た形だが、大きな襟とポケットがついている。

Aラインで足さばきがよく、袖をまくって止められるよう、袖留めのベルトをつけた。防水布らしい透明度があり、内側が少し見えるので、下に着る服によってイメージが変えられるだろう。

二着目は赤茶色で、一見、革っぽい防水布を使用した。形はスタンダードなストレートコートに似せた。腰のベルトは長めで取り外し自由。きりりと結んでウエストマークをするもよし、ゆったりとアクセントにするもよし、外してまっすぐなラインを強調するのもありである。

革コートがオルディネより普及しているエリルキアだ。こちらの方が馴染《なじ》むかもしれない。

三着目のレインコートは黒。だが、革とは違う、てらりとした独特な質感だ。これは貴族向けのオーバーコートで、ダブルの合わせでボタン留めし、長めの丈で歩くと後ろに流れるような裾加工をした。

一応男性向けだが、ボタンを留めずにワンピースの上などに羽織れば、ドレッシーな感じになるので、女性にも勧められる一着だ。

そして、四着目は透明度高い薄青の防水布に、濃灰の総レースを内側に合わせた一枚地、それで作ったレインコートだ。防水布の制作者が泣いたというだけあって、内側のレースに一切の歪《ゆが》みがない。

なお、その後のレースの柄合わせで、裁断師と縫い子も泣いた逸品である。もちろんそこにはダンテも含まれる。

こちらはスタンダードなラインだが、下に何色を着るかで、イメージが変わる。レースから透けるのが黒であれば落ち着いて上品、白であればスタイリッシュ、赤であれば艶《あで》やかになるだろう。

あと一着、サービス用の緑のレインコートは、ここには置いていない。ダンテの縫いが終わっていないからだ。

ジェシカのことをルチアに聞かれ、『元カノの一人』、そう馬鹿正直に答えてしまった。

もっとも、そう答えたところで我がボスは一切気になさらず、広告になってもらえるよう、ジェシカにサービスでレインコートを作ろうと言いだした。

それはどうなのかと思ったが、断って未練があると取られるのが嫌で、つい了承してしまった。

デザインは二人で決めるのかと思いきや、ルチアは迷わず自分のスケッチブックの一点を――緑のレインコートを指差した。

何も言わないのにわかられた、そう思った。そのもとは、ジェシカのためのデザインだった。

彼女と付き合っていた頃、冬のプレゼントにコートを縫おうと思い、デザインしたもの。それをレインコートに描き換えたのは、ラインに自信があったから。彼女をいまだ思っているわけではない、そんな言い訳をしそうになってやめた。上司に話すことではないだろう。

結局、デザイン上のこだわりがあると理由をつけ、自分が縫っている最中だ。

もっともこれに関しては本当のところもある。着る者を知っている方が、作った服は絶対に映える、それがダンテの持論である。

ジェシカが高級レインコートの広告に――いいや、ジェシカ・フォーゲルが最高に格好良く見えるレインコートを提供したい。

それで思い出を区切ろうとしている自分は、結局、未練がましいのかもしれないが。

「気に入ってもらえればいいんだが……」

デザインされたレインコートが四着並ぶ様は、なかなかに壮観だ。

これらは今の自分の、いいや、自分とルチアの代表作だと言っていい。健闘を称《たた》え合いたいところだが、ルチアはヘスティアと共に、夜食後の歯磨きに行っている。工房内で菓子を食べることが多いので、最近、虫歯が気になるらしい。

「お疲れ。この仕上がりなら高位貴族も欲しがるぞ」

ノック一回で追加のコーヒーを持ってきたのは、ジーロである。礼を言って受け取ると、その距離のままで続けられた。

「ダンテ、フォーゲル夫人のことで話しておきたいんだが、いいか？」

ジーロは自分とジェシカとの付き合いを知っている。隠すまでもないので、浅くうなずいた。

「どうぞ。今は大事な取引先だ」

「実家の商会、あんまり売上が良くなくて、エリルキアのフォーゲル商会と兄弟提携を結んだそうだ。それでフォーゲル商会長の長男、今の商会長と結婚した。勧めたのがエリルキアの貴族、魔羊《まよう》の大牧場がある領地持ちだ。オルディネへの販路開拓が目的だろう」

表情《かお》は作れたが、視線は伏せてしまった。

ジェシカにとって、おそらくは選択の余地などなかっただろう。自分は一言も相談されず――いや、されてもできることなどなかったが。

「――大体知ってた。まあ、別れてからの話だ」

半分嘯《うそぶ》き、だから俺には関係ない、そう言おうとして言えなかった。

ジーロの赤琥珀《あかこはく》の目が、じっと自分を見ていたからだ。

「終わったことだと言えるんなら、次にいってもいいんじゃないか」

「次ねえ……ジーロのように劇的な出会いでもあれば考えるんだが」

「そうか？　お前さんの場合、案外、身近なところに転がってそうだが」

不意のからかいに、手が揺れてしまった。コーヒーがこぼれかけ、ダンテはカップを持ち直す。

まったく、冗談とはいえ、性質《たち》が悪い。

「おい、ジーロ、『職場に色ごとは持ち込むな』、そう俺に教えたのは、あんただろ？」

「ああ、あれな。撤回しとく」

先輩が後輩に対し、簡単に前言を翻《ひるがえ》さないでほしい。

「チーフに当たるつもりなら早めがいいんじゃないか。フォルト様への遠慮もいらなくなったんだし、先延ばししてると囲い込まれそうだ」

容赦なく個人指定で、ときた。デリカシーがなさすぎる。

だが、貴族であれば囲い込みは当然のこと。有能な者は手元に置くか、一族に取り込もうとするものだ。婚姻、養子、金銭、誘惑、脅し――方法はいくらでもある。

もっとも、貴族生まれでも家を離れ、服飾の道に進んでいる自分には関係がない、そう思ってきた話だ。ここにきていろいろと考えることが増えたが、いまだ答えが出ない。

「ご忠告はありがたく受け取っとく。けど、ボスは――」

廊下をパタパタと足音が戻ってくる。話はここで打ち切りとなった。

「ファーノ工房長、良いお取引ができたことに深く感謝申し上げます」

服飾魔導工房の応接室で、ジェシカは工房長に礼を述べる。

彼女は青い目を輝かせ、明るく挨拶を返してくれた。

新デザインのレインコートは、どれもとても素敵な仕上がりだった。性能の説明も受けたが、希望以上だ。エリルキアに持っていけば、間違いなく高値がつく上に、追加発注や色違いの希望が入るだろう、そう確信できた。

今、荷造りしてもらっているそれらは、明日、自分と同じ船でエリルキアに向かう。

ジェシカはそれに心が沸き立ち――同時に少し沈んでもいた。

ルチア・ファーノという庶民の女性が、服飾魔導工房長に就任した。それは服飾関係者にはそれなりの驚きを与えた。若い女性がお飾りで就いた、服飾ギルド長フォルトのお気に入りだ、いいや、腹違いの兄妹《きょうだい》らしい、そんな噂《うわさ》もあった。

けれど、自分はダンテ・カッシーニが服飾魔導工房の副長になったという方が驚いた。

ダンテは服飾ギルド長であるフォルトゥナート・ルイーニを深く尊敬している。だから、ずっとその近くで働き続けるのだろうと思っていたからだ。

引き受けるにしてもなぜ彼が副長なのだ？　服飾ギルドは貴族と縁深い業種だ。庶民では風当たりも強い。伯爵家出身のダンテの方が工房長にふさわしいだろうに、それなりの裏事情があるに違いない、そう思えてならなかった。

それが間違いだと気づいたのは、今回のレインコートの件で、隣り合う二人を見たからだ。

ルチアとダンテは工房長と副工房長というより、息の合った兄妹のようだった。

「あの、本日、カッシーニ副工房長は――？」

「申し訳ありません。今、急ぎの服の仕上げにかかっていて……」

会ってから初めて、歯切れ悪く答えられた。

エリルキアに帰国する前に、ダンテにも挨拶をしておきたいと思ったが、彼にしてみれば急ぎの仕事の方が優先だろう。

そこでルチアに紅茶を出され、エリルキアの服と羊、魔羊《まよう》の話になり――それなりの時間、お茶を飲んだ。

彼女に次の仕事の知らせがあったことで、型通りの挨拶をして別れた。


廊下に出ると、自分を待ち構えるようにダンテが立っていた。

「ジェシカ様、馬場までお送り致します」

副長が客人の送り専用要員なのかと言いたくなったが、その悪戯《いたずら》っぽい目に付き合うことにした。

「お忙しいところをありがとうございます。カッシーニ副工房長」

思いきり丁寧に言うと、ダンテがふるふると肩を震わせる。ここでけたけた笑わないだけ、鍛えられたらしい。

そのまま二人で歩みを進め、工房の外に出た。

「思ったより時間がかかりまして――ちょっと、今だけ昔の喋《しゃべ》りに戻していいか、ジェシカ？」

昔と同じ口調に戻ったダンテに、ひどく安心する。自分もそれに続くことにした。

「もう戻してるじゃない。ダンテが私に丁寧に喋るのも、なかなか貴重な体験だったけど」

「そうか？　会ってしばらくは丁寧に話してた記憶があるんだが」

「三回目のデートまでね」

簡単に記憶がたどれてしまった自分に驚いた。けれど、目の前でダンテがうなずく。

「ああ、そうだった。トマトパスタの取り分けで敬語がとれたんだっけ」

「ええ、私は一人前って言ってるのに二人で四束も茹《ゆ》でた人がいて」

「結局二人で食べただろ、全部」

少し早い口調、続く笑い声が、胸にしみるほどなつかしい。

二人で声をあげて笑い合うと、昔に戻った気さえする。

「これ。たぶん似合うと思うんだ」

ダンテはそう言うと、左腕にひっかけていた緑の布を広げた。どうやらレインコートのようだ。

「何？　追加の売り込み？」

「ジェシカ専用レインコート。とりあえず着ろ」

「え？　なんで？」

突然のことに思いきり混乱していると、その場でレインコートを肩にかけられ、さっさと着せられてしまった。まったく、この男は着せるのも脱がすのも早い。

袖を通すと、あつらえたかのようにぴったりだった。

ただすとんと落ちるまっすぐなラインではなく、ウエストで引き絞られ、その下でふわりと歩きやすく広がったフレアータイプ。腕回りはすっきりと細め、けれど肩を動かしやすいゆとりはある。そして、ブルースライムを感じさせない、さわやかな新緑の色合い――繊細なデザイン、動きやすさ、好みの色彩、すべてが完璧だ。

これがダンテのデザインであることなど、聞かずともわかる。

「お前は華やかで目立つから、これを着てもらえれば広告になって助かる。ああ、じつは太ったとかあったら言ってくれ、内緒で縫い直すから」

「ちょっと、この姿を見なさいよ！　維持してるわよ、きっちり！」

思わずそう言うと、けたけたと笑われた。以前とまったく変わらぬ笑い方だった。

「まったく――最高だわ、ダンテ」

「お褒めにあずかり光栄です。ジェシカ様」

いきなり丁寧に話すからかいも、昔と同じである。

「ダンテは本当に、服飾師ね」

「褒め言葉をありがとう。ジェシカも本当に、商人だよな」

「――ええ、そうね」

なんとかうなずいて返し、言えなかった詫びを口にしようとする。

「ダンテ、ごめんなさい。最後の手紙で――」

「謝らなくていい。俺はどこまでも服飾師だし、ジェシカはどこまでも商人だ。それでいい」

さらりと言い切った彼が、鮮やかに笑う。すでに全部知っているのだと、言われずともわかった。

「ここからは服飾師として、友達として、応援してる」

「……っ！」

ああ、そうだ。ダンテという男は、本当に呆気なくこういうことを言うのだ。

自分の表情筋を突然に試さないでほしい。ジェシカは喉の震えを抑えつけ、全力で笑みを作る。

「ありがとう、ダンテ。いつか自分専用の船が持てるぐらい、儲《もう》けてみせるわ！」

「そしたら、エリルキアから服飾関連品の輸入を多めでよろしく！」

「わかったわ。じゃあ、ダンテは服飾師として腕と名を上げておいて。こっちも服の買い付けに来るわ。ついでに、友達として応援しておくから」

「ついでかよ！」

笑い合いながらも連絡先を交わすことはない。

今後は服飾ギルドと商会での取引になる。次に会うときは、自分の隣には夫か部下がいる。

そして、ダンテの隣には、あの緑の髪の工房長がいるのだろう。

ジェシカは精いっぱい、笑顔で言った。

「またね、ダンテ」

「ああ、またな、ジェシカ」

昔と同じ言葉で締めくくる。そうして、互いに背を向けて歩きだした。

ジェシカは馬場を通り過ぎ、中央区を先へ歩く。心が落ち着くまで、各店のショーウィンドウでも見ようと思った。

歩みを進めていると、ぱらぱらと雨が降りはじめた。ありがたいことに贈られたばかりのレインコートがすぐに役立ちそうだ。

小雨の通りを歩きながら、ダンテと過ごした日々が思い出された。

出会いは友人の結婚パーティだった。ダンテは貴族の肩書きも服飾師の肩書きも確かに魅力的だったが、何よりかっこよかった。話も合い、翌週にはデートをすることになった。

初デートに気合いを入れて緑のワンピースを着ていったら、服のラインを褒められた。

喜びかけたところ、どこで買った、いくらだったと身も蓋《ふた》もないことを聞かれた。その上、色合いはもう一段明るい方が合うと言われ、袖のボタンの糸がゆるんでいると、その場で付け直された。

なんという男だと思った。

一緒に食事に行くと、所作はきれいなのに大盛りを平らげた。品良く小食を装おうとした自分の前、容赦なく追加の皿を置かれた。

この男といると太ってしまうと思った。

自分より衣装持ちで、アパートの一室を衣装部屋にしていた。それなのに同じ服が四着あるのが疑問だった。尋ねたら、襟が違う、色がちょっと違うなど、やたらうるさかった。

この男といると服代がかさむと思った。

気合いを入れて料理を作ってあげようとしたら、ダンテの方がずっとうまかった。慣れた手つきでパスタが茹でられ、茹で具合も具の炒めも完璧だった。それで簡単な料理だと主張された。

なんでそんなに器用なのかと、酔って絡んでしまったけれど、彼は『試行錯誤あるのみ』とただ笑っていた。

街を歩いていても、服が先に目に入る人だった。服のことになると饒舌《じょうぜつ》になり、仕事が忙しくなると会えなくなった。もっとも、それは商売が好きな自分も同じだったが。

最後に会ったのは雨の日だった。

「またね、ダンテ！」

「ああ、またな、ジェシカ！」

次に会えることを疑いもせず、互いに手を振って別れた。

仕事がとても忙しく、次に会ったら話そうと思うことが溜《た》まり、出せなかった手紙が溜まり――そのうちに実家の商会が少しばかり傾き、隣国の商会から融資と兄弟提携の話があった。

商会二つを結ぶため、自分とあちらの商会の長男との結婚話が条件の一つだった。

父には頭を下げられ、受けてくれと願われた。

商会に長くいる者――自分を子供の頃から知る者達の多くは止めてくれた。ジェシカ様が犠牲になる必要はない、そうも言われた。

他の商会員達は迷いつつ、口を開けずにいた。皆、それぞれの生活があった。

大商会とは言えないけれど、それなりの人数がいる商会だ。小さい頃から世話になった者達も、希望を持って入ってくれた若手達も、路頭に迷わせたくはない。

商人として考えるなら、あちらの商会との提携はいい話だ。商会長の長男とも面識がある。

商人同士、ここまでそれなりに話は合った。それぞれに背負うものもある、愛し合えずとも、悪い関係にはならないだろう。

受けることを決めて、ダンテに別れを告げようとしたが、会うことができなかった。

『服のことばかりでついていけない』、そう手紙に綴《つづ》り、一方的に振る形で連絡を絶った。最低な女だと恨んでくれればいいと、その後で他の人の元へ行ってもらえばいいと、そんな馬鹿なことを考えた。それが一番いい気がした。

いや、それは嘘《うそ》だ。忘れられたくなかったのだ。

恨まれても、嫌われてもいい。ダンテの心のどこかに残りたかった。その未練になりたかった。

未練がましいのは自分の方。なんて愚かで、なんて身勝手で、なんてどうしようもない——

鼻の奥がつんとして、思わず空を向く。空から降る雨が一粒、目に入り込んできた。

「あ……」

目の前の景色が、半分だけにじむ。涙があふれかけ、ジェシカは足を止めた。

けれど、雨は身体を濡らすことはない。まとわりつこうとする雨粒は真新しいレインコートに当たった後、ころころとした滴《しずく》となり、街路に落ちていく。

『着やすくてその人に似合う服を作りたい』、そう言っていたダンテ。

確かに、このレインコートは、とても着心地が良く、形もきれいだ。彼らしい服だと思えた。

先日の服飾魔導工房で、工房長のルチアと隣にそろったダンテは、よく似た表情《かお》をしていた。

自分があのまま付き合っていたとしても、きっとあんなふうに似ることはなかった、そうはっきりわかるぐらいに。

ダンテは変わった。きっといい方へ、自分が望む方へ。

できるものならば、自分もそうありたいけれど、理想はぼんやりとしていて、つかみどころがなく——

このレインコートが本当に似合う人になりたい、不意にそう思った。

家の商会以外の商会に入った、商人の妻となった、エリルキア人となった。

だからなんだというのだ？　予想外の道を進むことになったけれど、ここからだって、なりたい自分にはなれるだろう。

このレインコートがよく似合う、金貨の雨を降らせる商人を目指すのもいいかもしれない。

「またね、カッシーニ副工房長」

雨粒のような未練はすべて弾《はじ》き流し、風を切り裂いて進もう。

ジェシカは、ただ前を向いて歩きだした。

トマトパスタと服飾師のお部屋見学

服飾魔導工房の作業室、ルチアは午後のお茶を飲みつつ、バタークッキーをかじっていた。

服飾の作業――裁断に縫い物、編み物といったものは、どうしても前のめりの姿勢になったり、一点を集中して見つめたりすることで疲労が溜《た》まりやすい。

工房員達は各自、お茶を飲みながら、腕を回したり伸びをしたりしている。

自分の隣では、ダンテがクッキーを咀嚼《そしゃく》しつつ、両の手のひらを閉じたり開いたりしている。縫い針をずっと持っていたので、指の筋肉が固まる感じがするのだろう。

なお、ルチアはお茶のカップを持つ前に、腕をぶんぶんと振りまくっている。

「チーフ、バタークッキーがまだありますから、追加はいかがですか？」

「ありがとう！」

ルチアは工房員の勧めをありがたく受けた。

「ダンテさんは、いかがですか？」

「あー、俺はいいかな」

ダンテの口には合わなかったらしい。彼には少し甘すぎるのだろう。

砂糖無しの紅茶を飲んでいるダンテを何の気なしに見ると、視線を返された。

「どうかしたか、ボス？」

「ううん、夕食までお腹すかないのかなと思って」

「育ち盛りは一応終わったので。あと、昼はしっかり食べてるから」

確かにダンテのランチはいつも二人前である。とはいえ、重量のある布や糸をよく運んでいるので、それぐらいは必要だろう。

あと、自分も一応育ち盛りは終わったはずなのだが、食欲に関してはまだ続いているらしい。この調子であと指一本分でも、身長が伸びないものだろうか？　そんなことを考えていると、ダンテに話を振られた。

「ボスって、料理はする方？」

「ときどき。でも、最近はあまり作ってないの。家では手が一番空いている人が夕食を作るから」

ファーノの家は家族運営の工房だ、そうしないと回らない。

服飾ギルドで働くようになってから、帰宅が遅いので、料理をする機会は減っていた。

なお、ファーノ家では、料理を褒めても、けなすのは禁止である。食べられない場合は残してよし、料理が足りない場合、パンは追加で食べてもいいことになっている。

そういったことを説明すると、ダンテがこくこくとうなずいた。

「だと、ボスの家は、家族全員料理ができるわけだ」

「ええ、たぶん、あたしが一番下手だけど。ダンテは？」

「自分が食べる向けに、それなりには」

余裕のお言葉が返ってきた。

「じゃあ、結構できるってことね」

「なんでだよ？」

「それなりって言える人は結構うまい人ばっかりじゃない。そうじゃない人は下手とか苦手とか、仕方なくって言うわよ」

経験則で語ると、ダンテが苦笑する。

「そこまでのもんじゃない。店みたいには到底作れないし、自分向けって言ったろ？　仕事で遅くなって外食って面倒だからやるだけで」

「どんな料理を作るの？」

「パスタを茹《ゆ》で、買い置きのベーコンとか野菜とか適当にあるものを具にし、買い置きのトマトソースあたりを合わせ、炭酸水にオレンジでも搾って、一食だな」

「ダンテはなんでそんなおいしそうなことをお洒落《しゃれ》にさらっと言うの？」

息継ぎなく一気に言ってしまった。

今、バタークッキーをしっかり食べているのに、空腹を感じてしまったではないか。

自分の有様に、ダンテはいつものごとく、けたけたと笑っている。

「あー、ボスが遊びに来る機会でもあったら作るさ」

「ダンテのお部屋見学ツアー？」

「ボス、俺の部屋は観光地じゃないからな。特別なもんは何にもないぞ」

冗談を交わしつつ、午後のお茶の時間を終えた。


「お腹すいた……」

つぶやきが口からこぼれ落ちる。

ルチアは服飾魔導工房長の執務室で、日報を書き終えたところだ。

本日はちょっとの残業で終わり、明日は休みである。いつもより早い時間のはずなのに空腹感が強い。その感覚を後押しするように、きゅるると小さくお腹が鳴いた。

ローテーブルで書類を確認していたダンテが、こちらに顔を向ける。

「育ち盛りのボス殿、帰りに食事でも行くか？」

「今日はトマトパスタの気分！　午後のお茶の時間からずっと！」

「ぷっ！　そこまでか？」

心からの叫びで答えたら、ダンテに思いきり噴き出された。原因なのにひどい。

「あー、なんなら作るか？」

「え、いいの!?」

「――別にかまわない。ああ、俺の舌に合わせたトマトパスタだけだからな？　お洒落な副菜があると思うなよ」

「ええ！　お願いします！」

めいっぱいの笑顔になっていると、ノックの後、ヘスティアが入ってきた。

「ああ、ちょうどよかった。ヘスティア、ちょっと時間をくれ」

「何、ダンテ？　急ぎの作業かしら？」

書類を持った彼女が身構える。ここまで急ぎの仕事が多かったせいか、警戒させてしまったらしい。そんなヘスティアに、ダンテは真顔で言う。

「俺の家で俺がトマトパスタ作るのをボスが食いに来る、だからお前も来い」

「もちろん行くわ！　絶対に同行するわ！」

拳を握って答えられた。なぜ、そんなに気合いを入れるのか不思議だ。

もしかすると、ヘスティアもトマトパスタの気分だったのかもしれない。

結局、ダンテのアパートへ、ヘスティアと共に行くことになった。


馬車で移動した先は中央寄りの南区、結構な大きさの三階建てである。

一階中央に玄関は一つだけ。その前には警備員が立っていた。安全管理の行き届いたアパートらしい。ダンテの姿を見た警備員が、挨拶をしつつ通してくれた。

廊下を進む中、ヘスティアがそっと尋ねる。

「ダンテ、ここって、ペアかファミリー用のアパートでしょう？」

「ペアやファミリー『向け』アパートな。別に一人で住んでもいいところだ。俺は服飾道具があるからここにしたが、広いってほど広くないぞ」

ダンテはそう言うと、二人を案内する。建物の中の階段を上ること二度、部屋は最上階だった。

「言っておくが、片付けてないからな」

ドアの鍵は上下に二ヶ所、それを開けてようやく部屋に入る。

「どこが、片付けてないのよ……」

ルチアは思わず言ってしまった。

ドアを過ぎた廊下には無駄な物も塵《ちり》もない。壁は真っ白でつい最近塗ったと言われても驚かない。奥に見えるのは濃茶の六人掛けのテーブル、古いけれど磨き抜かれたアンティーク、その周囲に無造作に並べられた椅子が四つ。その下には黒にグレーの模様が入ったスタイリッシュな絨毯《じゅうたん》――じつに服飾師らしいかっこいい部屋だと思った。

なお、自分の部屋に関しては一切振り返らないでおく。

「砂入れたくないんで、室内履きでよろしく」

ダンテは内履き派らしい。深くうなずいて、スリッパタイプのそれに履き替えた。

彼は上着を脱ぐと、手を洗い、椅子にかけてあった黒いエプロンをつける。慣れた仕草に、よく料理をしているのだと思えた。

「パスタを茹でるが、何束いける？」

「一束半」

「一束かしら……」

「じゃ、六束だな」

計算がおかしい気がする。どう見ても三人前とは思えぬ乾燥パスタが、調理台に山と積まれた。

ダンテは大きな寸胴《ずんどう》鍋を魔導コンロにかけると、まな板に向かう。ベーコンの塊と玉ネギ、ニンニクを慣れた手つきでざくざくと刻み、フライパンに順に入れていった。

彼はそれらを炒めながら、ルチア達に指示を出す。

「ボス、屋台で買ってきたサラダ、そこの棚の適当な皿に三等分で。ヘスティア、カトラリーはこっちの引き出し、適当によろしく。先に終わった方がパスタ入れる大皿頼む」

「わかった！」

馬車の移動途中、一度止まってもらい、グリーンサラダとオレンジを買ってきた。夕食をご馳走《ちそう》になるので、ルチアの差し入れ代わりである。

「どれもきれいなお皿ね」

ヘスティアがパスタを盛る予定の大皿に見入っている。

大皿はどれもカラフルな花や植物の絵付きで、模様も形もそれぞれだった。一枚ごとに布をはさんでいるのを見ると、高級品なのかもしれない。

「これ、割ったら大変そう……」

「心配ない。港の陶器市で安く買ってるから。ただ、バラ買いだから形と高さがそろわなくて、重ねるときに崩れることがあるんだ。手間だが、布をはさまなきゃいけない」

ダンテは普段の態度と違い、そういったところはマメらしい。

彼が手際よく茹でたパスタは、炒めた具、トマトソースをからめられ、三枚の大皿にたっぷりと盛られた。ボリュームがあって、とても食べ応えがありそうだ。

ヘスティアが炭酸水をグラスに注いだので、ルチアは半分に切ったオレンジを両手で搾る。

しかし、ぽたぽたと滴《したた》るだけで出が悪い。いっそ四つ切りにして沈めようか、そう思ったらダンテがひょいと取り上げ、片手でしゅっと搾る。

橙《だいだい》の線になって流れたオレンジ、その香りが部屋に流れた。やはり身体強化の魔法は便利である。

「さて、冷めないうちにどうぞ。あ、二人とも、ナプキン外すなよ。このトマトソースは二度洗いでも落ちないからな」

シェフに素直に従い、ナプキンを胸元に、トマトパスタを食べはじめる。

塩がちょっと足りないかも、口に入れて最初に思ったのはそれだった。

だが、すぐにがつんと広がるニンニクの風味、ざく切りベーコンを噛《か》んだときの塩みと肉の味わいが追いついてくる。パスタの茹で具合はやや硬め、けれど具と合わせて噛むにはちょうどいい。

隣のヘスティアとともに黙々とおいしさを堪能した。

山盛りにしてもらったのに、ちょっと足りない気さえしてくるから現金なものだ、そう思いつつサラダを食べていると、ダンテが立ち上がり、再びフライパンを火にかける。

温め直されたトマトパスタは、尋ねられることもなく三人の皿に山と足された。

「ありがとう、ダンテ！」

追加のパスタは味がよく馴染《なじ》んでいて、さらにおいしかった。

しっかり食べ切って幸福感に満たされる中、皿を洗って片付ける。

ダンテには後で俺がすると言われたが、ご馳走になっておいてそれはない。

皿を布巾で拭きあげていると、ふと思い出したことがあった。

「ダンテ、服飾道具ってたくさんあるの？」

ルチアも自室に裁縫道具や布のストックなどが多少はある。

だが、ダンテは貴族の装いも手がける服飾ギルドの先輩だ。何より、他の服飾師の部屋というのは気になるものだ。

「それなり。一応、魔布《まふ》なんかも少しある。ああ、『裁断師泣かせ』もあるぞ」

「え、『裁断師泣かせ』って、水魔馬《ケルピー》のホースヘアクロス!?　あるの？」

ヘスティアが食いつくように言った。ルチアもすぐに聞き返す。

「水魔馬《ケルピー》のホースヘアクロスって？」

「ホースヘアクロスは馬の尾で作った布。縦糸が綿糸で、横糸に馬の尾毛《びもう》を使うことが多い。それが馬じゃなくて魔物の水魔馬《ケルピー》。数は出ないし、硬い上に癖があって、ハサミや裁縫ナイフが滑りやすい。けど、騎士服の補強にいいんだ」

「ミスリルの裁縫ナイフなら、問題なく切れるでしょう？」

仕事の表情《かお》で尋ねる裁断師に対し、ダンテは少しだけ顔を傾ける。

「切れるんだが癖がある。こう、刃が斜めに入って滑る感じというか……少し分けるから工房でやってみるといい。間違っても家でやるなよ。うっかりすると指がさっくりだ。ポーションのあるところでやれ」

「ありがとう、挑戦してみたいからお願いね」

ヘスティアは目をきらきらさせている。

ミスリルの裁縫ナイフを手にしてから、裁断師の彼女は仕事がさらに速くなった。

初日は布の下のマットもきれいに型紙のカーブに切れていたのは笑ってしまったが。うれしさに力が入ってしまったのだそうだ。

「さて、お嬢様方、こちらの部屋へどうぞ」

案内されたのは居間から続く一室だ。

ドアを開け、先に入ったダンテが、壁際の魔導ランタン二つを灯《とも》す。

「うわぁ！」

明るくなった部屋で、思わず感嘆の叫びをあげてしまった。

それなりに広い部屋、そこが丸ごと服と服飾関連品で埋まっていた。

正面と右側の壁全面は天井から床まで棚、そこに燕尾服《えんびふく》にスーツ、シャツが店のようにハンガーにかけられ、ずらりと並んでいる。

奥の一段はブラウスやワンピースらしい、白から鮮やかな色合いまでがそろっている。

棚の下段には磨き込まれた革靴、同じ型のものがそれぞれ数足ずつあるのは、ダンテのこだわりなのかもしれない。

左の壁も棚になっており、一段ごとにそれなりに大きな紙包みが置かれている。紙包みは端が切られており、カラフルな布がほんの少しだけ見えるようになっていた。

こちらの下段は、糸や芯素材、型紙と服飾関連品がきっちり分類されて並んでいる。

棚の一つは扉そのものが大きな鏡になっており、ここで着た服を確認するらしい。全身チェックが捗《はかど》りそうだ。

そして一番目をひかれるのは三体のトルソー。縫い途中のビジネスジャケットと、ピンが刺されて形を与えられつつあるアイスグリーンのワンピース、薄紫のドレスがかかっていた。

もうここで独立して服飾店をやっていると言われても驚かない。

「私の服よりずっと多いわ……」

ヘスティアがため息をつくように言うと、ダンテが苦笑する。

「いや、俺が全部着てるわけじゃないからな。服飾学校の頃の制作品や試作なんかもあるんだよ。女物もそれなりにあるし」

「これならもう、お店開けるわよね！」

「何言ってるんだよ、ボス。フォルト様の屋敷の服飾部屋、この五倍はあるからな」

「ご、五倍っ？」

「服だけの話な。魔物素材は別部屋だし、倉庫もあるって聞いてる。あ、フォルト様と奥様の衣装部屋はまた別な」

さすが服飾ギルド長である。先日のいろいろさえなければ、ぜひ拝見しに行きたかったが――今のルチアには願える気がしない。じわり、ほんの少しだけ胸が痛む。

「いつか、三人そろって見せてもらおうぜ」

「そうね。三人で見せてもらって、服と布のことをたくさん教えてもらわなくちゃ」

二人に気を使われているのがわかる。だからルチアは、作り笑顔でも精いっぱい明るく返す。

「ええ、そうね！」

それにしても、とても贅沢《ぜいたく》で素敵で楽しい空間である。

「ここなら一日着せ替えできそう……」

「着たいのがあるならどうぞ。糸止めは避けてほしいが、ピン止めと内側に折り込むのはいいから」

「ホントに!?」

ダンテの腕をつかんで聞いてしまった。

「ああ。なんなら男物もいいぞ。ただし、一番手前のその引き出しだけはやめてくれ」

「ありがとう、ダンテ！　お気に入りは絶対触らないから！」

「そうしてくれ。さすがに俺の下着は勧めたくない」

絶対にその引き出しは開けないでおこう、ヘスティアと目で言い合った。

「これとこれ、着てみたい！」

「私はこれが気になるわ」

ヘスティアと共に服を手に取ると、ダンテがうなずく。

「わかった。隣の部屋で着替えるといい。内鍵がかかるから」

ダンテにのぞかれる心配などしない。いや、その前に、服飾師は顧客の性別問わず、許しを得られれば採寸で下着姿を見ることもあるが——そう考えて思い直す。

ヘスティアは友人の父にまでそういった目で見られ、傷ついたことがあるのだ。

ダンテはそういったことも気遣ってくれているのかもしれない。

「どうぞ、お嬢様方。内鍵はドアノブの下のツマミを回すだけだから」

移動した先はダンテの書斎らしかった。

棚にはスケッチブックが並べられ、壁際のデスクにはスケッチブックが開かれ、金属ペン、インク壺《つぼ》が複数置かれている。

ゴミ箱にはデザインの描き損じがあふれかかっていたが、他はとことんきれいである。

お洒落な部屋なのだが、ルチアとしては、ものすごく気になることが一つある。

部屋の奥にはとても大きくて広いベッド、そして枕は二つ。

「あの、ダンテ……本日のことで、恋人さんに誤解されるようなことはない？」

「ボス、お気遣い頂いてなんだが、前にも言った通り、俺は今、フリーだ。あと、ベッドが大きいのは寝相が悪くて落っこちるせいだし、枕が二つなのは硬いのと柔らかいので肩こりに応じて替えてるからだ」

ダンテに抑揚少なく言われた。

仕方がないではないか、あんな大きなベッドは生まれて初めて見たのだ。

「あらダンテ、少し早くきた四十肩？」

「ヘスティア、そのからかいはやめろ。あと、うっかりこの話をジーロに振ると、それはそれは詳しく解説されるぞ」

「わかったわ、まだ遠いからやめておく」

その返事に、ダンテは笑いながら部屋を出ていった。

ヘスティアは当然のように内鍵をかけ、二人そろって着替えることとなった。

最初に、ルチアは紺、ヘスティアは灰色の三つ揃《ぞろ》えを手にする。

紺色の三つ揃えはダンテの服飾学校時代のものだというが、ルチアにはそれでも大きい。その上、男物を着慣れていないので、ちょっと時間がかかってしまった。

服に完全に着られている感じだが、この明るめの紺色はいい感じかもしれない。あと、三つ揃えのベストが意外に似合っている。

さすがダンテと言うべきか、袖や襟回りの縫いは非常に丁寧だった。肩や腕はとても動きやすく、ズボンも足に絡むことはなく心地よい。

隣のヘスティアはズボンやベストはゆるいものの、裾や袖の折り返しはルチアより少なめで、きっちり着こなせていた。

かといってそのスタイルが損なわれることはなく、男装の麗人の見本のようである。

彼女にさっきの部屋にあった三つ揃えとスーツを片っ端から着せたい、とても。

二人で服飾部屋に戻ると、ダンテに目を丸くされた。

「ボス、なかなかいいじゃないか、かっこよさにかわいさがにじむ感じで」

「ありがと！　ちょっと首回りが慣れないけど」

シャツの襟にタイにジャケットの襟――今日着てきた服に比べると、首回りに硬めの素材が集中している。けれど窮屈ではなく、守られている感じだ。

「ヘスティアはこう、フォルト様に通じるきれいな着こなしだよな」

「もう、ダンテったら！　それを私に言っても金貨も銀貨も降らせないわよ」

服飾師は口がうまい、よく言われることだが、ダンテもそれに当てはまりそうだ。

三人でわいわい言いつつ、三つ揃え、お洒落なスーツを試していく。

最初に男物を試してみたかったのは、実際に着る機会が少ないことと、今後の制作を考えたためである。

その後は、ダンテがデザインしたというシャツやワンピースを次々に着ていく。

袖無しのすとんとしたラインの白いワンピース、隠しヒダが入っていて、走れるほどに動きの自由な黒のワンピース――飾りは少なめだがラインがきれいで、着やすいものが多かった。

ただし、ルチアには丈のバランスがどれも長めである。ダンテの想定する女性は、背が高かったようだ。

先日会ったフォーゲル副会長を思い出し、なんとなく納得する。ダンテは、背が高くスタイルのいい女性が好みなのだろう。

なお、いつも彼が着ている服は、似たようなデザインのわずかな素材違いで五種類あった。

せっかくなので借り、腕まくりに裾まくりをして着てみたが、さすがにぶかぶかである。

ダンテに見せたところ、額を押さえながら着替えを勧められた。さすがに服がかわいそうだと思ったらしい。

代わりに渡されたのは、水仙色のワンピースだ。裾は邪魔にならない程度の長さで、前から見るとシンプルである。が、鏡に背を映してみるとイメージが変わる。

「このワンピース、正面がスタンダードなのに、後ろがフリルいっぱいでかわいい！　歩きやすいし、印象的よね！」

「ボス、褒めてくれてありがとう。ちなみにそれは茶会用だったんだが、皺《しわ》になるからって没《ボツ》くらったヤツだ」

「こんなにかわいいのになんでよ？　皺になりづらい生地を探せばいいじゃない。なんなら立食パーティにこれで出て、座らなければいいのよ」

「ルチア、服に自分を合わせてどうするの？」

ヘスティアに少し呆《あき》れられてしまったが、これは絶対にかわいい。ダンテには座らなくていいパーティ用として服飾ギルドへの売り込みを強く勧めた。

そこからも服やそれを着る場、顧客の話を取り混ぜて、着せ替えは続く。

夜に近づいた頃、ルチアはトルソーの一体に目を向けた。

「このドレス、お店にあったらすぐ売れそう」

薄紫のシフォンを重ねたそれは、キャミソールタイプの上部に、ウエスト下からウェーブフリルを長く伸ばしている形だ。とても上品で美しいデザインである。

「服飾学校のお披露目会のやつだ。この薄地のシフォンには、とことん泣かされた……印付けをするにも、ちょっと動かすとずれまくりで」

「わかるわ。シフォンは裁断するときもずれやすいから。風の流れでも動くことがあるから、服飾ギルドの作業室で、夏でも窓もドアも閉めて切っていたもの……」

「縫ってるときにも伸びるのよね、これ。薄紙と一緒に縫うと指にくるし……」

三人そろって遠い目になる。

美しい薔薇《ばら》にはトゲがあるというが、きれいなシフォンを使いこなすには技術がいる。

「ダンテ、お披露目会って、販売もするわよね。こんなにきれいなんだもの、商談はなかったの？」

「あー、これ、トルソーぴったりにウエストを作っちまって……カット済みだから、幅出しできない。あとけっこう裾が長い」

サイズの合う販売相手がいなかったという。ルチアはそのまま視線を横にずらした。

「ヘスティアは着られるんじゃないかしら？　ダンテ、トルソーから外してもらってもいい？」

ダンテは快く了承してくれ、トルソーから外した後、着替えたら呼ぶようにと部屋を出てくれた。

このドレスを持って隣室に行くのは大変だと判断したのだろう。

「やっぱりこういうドレスって、一人では着づらいのね」

着替え途中のヘスティアが、納得したように言う。

背中に隠しフックがあるのだが、小さい上にわかりづらい。そちらはすべてルチアが留めた。

ウエストがきっちり絞られたドレスだったが、ヘスティアにはぴったりだった。

彼女は少し腰回りがきつい、サポートランジェリーを穿《は》いてくるべきだったと残念がっていたが、はたから見る限りはまるでわからない。というか、ヘスティアのために仕立てましたと言っても、皆、信じるだろう。

着替えを終えると、ルチアはダンテを呼びに行く。

彼は部屋に戻ってきてヘスティアを見ると、その緑の目を丸くした。

「さすが俺のドレス、ばっちりだ！　あー、でも髪はアップにした方がいいな」

「ねえ、私はマネキンじゃないのよ？」

「ダンテって器用よね……」

ダンテは笑いながらも、彼女を椅子に座らせ、ブラシを持ち、ヘアピンケースの蓋《ふた》を開ける。

感心するヘスティアに対し、彼は誰かの真似のように鼻をこする。

「これに関してはジーロに鍛えられた。朝、女の髪も整えられずして何が服飾師かと」

「それ、絶対方向性おかしいから」

「それ以前に、その機会にまったく恵まれてないが」

アイスグリーンの目が、鏡に反射する形でルチアに向く。

わかっている、ダンテも自分も独り身だ。そんなシチュエーションは、憧れても夢物語だ。

彼は話しながら、ヘスティアの長い髪に三つ編みを施し、しっかり巻いてアップスタイルにする。

いつもの彼女とはちょっと違う、美しい貴族令嬢がそこにいた。

「ドレスが白だったら、デビュタントって感じになってたな。男どもがダンスの順番待ちに列を作るぐらいにはきれいだ」

満足げに言ったダンテに笑いつつも、ヘスティアは立ち上がる。そして、大きな鏡の前に立った。

ルチアはその隣、横からの姿を堪能しようとし、まるで動かない友に気づいた。

「ヘスティア？」

鏡をじっと見る彼女は無言のままだ。その顔には笑みも驚きもなく、人形のように硬直している。

「ヘスティア、ついでだ。これもつけろ」

ぶっきらぼうに言ったダンテが、白い長手袋をつけさせ、断りもなくその耳を真珠のイヤリングで飾る。

より一層きれいに、まるでデビュタントのご令嬢のようだ――そう思って気づいた。

ヘスティアは子爵家に生まれたが、魔力ゼロで幼少の頃から家を出ることが決まっていたと聞いている。おそらく貴族のお披露目としてのデビュタントはしていない。

そして、こんなふうに着飾ったこともないかもしれない。

「ヘスティア、とってもきれい！　ねえ、ダンテ、あたし、燕尾服が着てみたい！」

「ああ、奇遇だな。俺もだ」

「え、あの、二人とも、いきなりどうしたの？」

ヘスティアが我に返ったように言う。

今が彼女のデビュタントである、初の夜会である——自分もダンテもそう思うが口にはしない。

困惑している彼女をその場に、ルチア、ダンテの順で、隣で着替えてきた。

なお、燕尾服はサイズの大きいものしかなかった。このため、ルチアは袖もズボンも思いきりまくり上げ、弟が年の離れた兄の服をお試しで着ている状態になってしまった。

それに引き換えダンテは燕尾服姿が板についている上、髪を後ろに撫《な》でつけてキメてきた。いかにも貴族男性である。いや、実際にそうなのだが。

「はい、持つ。ボスも。あ、こぼすなよ」

ダンテがトレイの上、グラスに赤ワインを入れて持ってきた。

「——ルチア、ダンテ、あの、そんなに気を使わないで……」

ようやく意味を理解した長手袋の指に、ダンテはグラスをそっと握らせた。

「俺のドレスでそこまできれいになったんだ。祝わせてもらってもいいだろ？　ボス、乾杯の言葉を頼む」

ルチアはその声にうなずくと、燕尾服の袖が手の甲を隠そうとするのを、ぐいと引っ張ってグラスを掲げた。赤いグラスに、魔導ランタンの灯《あか》りが七色に躍る。

「ヘスティアの今日からのたくさんのたくさんの幸せを祈って、乾杯！　あ、あとダンテとあたしも！」

「部下差別がひどすぎるのと、自分を忘れてどうするってのはおいといて、ここからの全員の幸運と願わくばちょっといいご縁を、乾杯！」

「……二人に会えたことに感謝を、皆、幸せになれますように、乾杯……」

にじんだ声は、グラスをぶつける音にかき消された。

ヘスティアは泣きそうな顔で笑っていた。


そこからは立ってワインを飲みながら、また服飾関連の話に花を咲かせた。

約束通り、ヘスティアはダンテから水魔馬《ケルピー》のホースヘアクロスを受け取った。

「きっちり練習して、自由自在に刻めるようにするわ！」

宣言したヘスティアは、すでに腕のいい裁断師の顔に戻っていた。

服飾魔導工房の、裁断用保護マットの追加を考えておくべきかもしれない、彼女のミスリルナイフの輝きを思い出し、ルチアは工房長としてそう思った。

ワインを飲み終えると、完全に夜となった。

帰り支度のために着替えようとしたとき、ダンテが隣に声をかける。

「なあ、ヘスティア、それ要らないか？」

「いいの？　いくらお支払いすればいいかしら？」

「おや、買ってくれるおつもりで？」

「もちろん。こんなにきれいなんだもの。分割になるかもしれないけれど……」

「いや冗談だ。生地が古くなってるから売り物にはならない。裾巻いてドレスケースに入れるから、持って帰ってくれ。トルソーが空かなくて困ってたんだ」

「本当に、本当にいいのね？　後で返せと言われても返さないわよ？」

「今すぐ脱げ！　そっちの気が変わる前にドレスケースに入れてやる！　水魔馬《ケルピー》のホースヘアクロスも一緒に！」

「ありがとう、ダンテ！　大事にするわ！」

勢いに乗って交わされる会話を聞きながら、ルチアはそっと半歩下がった。

ダンテの元彼女だというフォーゲル副会長、彼女を思い出せば、大人っぽく、スタイル良く、仕事ができそうなところまで、ヘスティアと共通している。

ということは、もしやこれは恋の花が開きはじめているのではあるまいか？

それに、ダンテは以前、服飾ギルド員同士で恋愛することも多いと言っていたではないか。

わくわくと見ていると、話し終えた二人が同時にこちらを見た。

「ボス、その妙な笑顔は何だ？」

「ルチア、何か斜め上のこと考えてない？」

「ううん、そのドレス、ヘスティアにとっても似合ってるなーって感心してただけ！」

にまにました笑顔になっていると、ダンテが棚をあさりだした。

「ほら、ヘスティアだけじゃなんだから、ボスにも土産」

蓋を開けて差し出された白い小箱。中の小さな飾りピンは、銀の台にきれいな緑の四つ葉。

作りは丁寧で、きらめきがとても美しい。かなりお高いものではないだろうか？　そうであれば受け取れない。

しかし、ここで高そうだからと断っては、ヘスティアがドレスを受け取ることを気にするかもしれず——ぐるぐるしている自分の耳元、ダンテがそっとささやく。

「安心してくれ、ガラスだ」

「ありがとう、ダンテ！　これに合わせたお洋服をデザインしてみるわ！」

「ああ、できたらぜひ見せてくれ」

服飾師のお部屋見学ツアーは、素敵なお土産付きで終わった。

役持ちの三つ揃え

「スカルファロット伯爵家で、魔導具開発部門が設立されるそうです。担当の方がこれからご挨拶にいらっしゃるとのことですので、ルチアも服飾魔導工房長として同席してください」

「わかりました！」

フォルトから呼び出しを受けたルチアは、服飾ギルドの応接室に来ていた。

服飾魔導工房から副長であるダンテも一緒に来たのだが、毛皮選定のため、前にいた部署に行っている。

貴族向け温熱卓用の魔物の毛皮で、特級品と一級品の判別が難しいそうだ。ちょうど一人が産休に入り、人が足りないのも制作の遅れに輪をかけたらしい。

ダンテは触ればわかるだろうとぶちぶち言っていたが、担当者に人員が足りないのだと泣きつかれ、フォルトにも願われて、そちらへ向かった。

冬物の服飾関係では毛皮は欠かせない。そこに今年は温熱座卓・温熱卓用にも大人気だ。

貴族向けに人気のある魔物の毛皮は、高額なものが多い。特級品の選定ができるダンテは貴重な人材なのだろう。とはいえ、服飾魔導工房の大事な副長なので、引き抜かれると困るが。

「スカルファロット家武具開発の長《おさ》はヨナス・グッドウィン殿となったそうです。次期当主のグイード様の片腕で、護衛騎士・従者でもあります」

「ヨナス・グッドウィン様……」

フォルトの説明に、先日会った錆色《さびいろ》の目の青年を思い出した。

夕焼けのお兄ちゃんと似ている気がして、初対面なのに兄がいるかなど、とても失礼なことを聞いてしまった。あの場は笑んで流してくれたが、気を悪くされていないことを祈りたい。

そして気がついた。服飾ギルドに来る直前、強めに雨が降った。その後に気温が上がったので、少し蒸れる。そのため、上着を服飾魔導工房に置いてきてしまった。

幸い、今日のブラウスはしっかりした生地で、襟にリボンの付いているドレッシーなものだ。本日のスカートもいつもより長めなので、失礼にはあたらない。

それでも、できれば上着を着て、よりきちんとした装いで、挨拶をするべきだったかもしれない。

「申し訳ありません、フォルト様、上着を服飾魔導工房に忘れました。この格好では失礼にあたらないでしょうか？」

「問題ありません。本日はご挨拶といっても、略式の顔見せですし、今の時期の淑女の服装としては及第点です。ただし、スカルファロット家へ伺うことがあれば気をつけなさい。あとは貴族的な話になりますが――貴族にグッドウィン家は多い、それは知っていますね？」

「はい、ヘスティアに教えてもらいました」

「今、十一家あると言われていますが、来期、男爵に上がる方もいらっしゃるので、ここからさらに多くなるでしょう。また、爵位がなくともグッドウィンの姓を持つ家もそれなりにあります」

ランドルフといい、ヨナスといい、名門の一族なのかもしれない、そう思って聞いていると、さらに説明が続いた。

「貴族には大きく二つの派閥、北派閥、南派閥がありますが、グッドウィン一族は、どちらにも属さず、中立です。何らかの理由で派閥に加わる場合、グッドウィン以外の姓を名乗ることになっています」

グッドウィン一族は派閥争いに参加せず、徹底して中立を貫いているようだ。

しかし、それもちょっと不思議だ。それだけ数があり、一族で中立を貫けるほどの力があるなら、もっと高位の家があってもおかしくないだろう。

だが、公爵・侯爵の家では、グッドウィンの姓はない。フォルトは、続く説明でそれについても教えてくれる。

「グッドウィン伯爵家の始まりは三人、初代オルディネ王を守っていた三兄弟の騎士だったそうです。そこから王家に忠誠を誓い、政治には最低限しか関わらず、主に国を守る仕事に就いています。歴代の王が爵位を上げようとしても、『奢《おご》ることなきオルディネの剣《つるぎ》たれ』として、すべて断っているそうです」

とことん騎士道を貫いた結果らしい。それが一族でというのだからさらにすごい。

「物語みたいでかっこいいですね！　あ、すみません……これは失礼にあたりますね。ええと、誇り高く高潔であられると思います」

必死に貴族言葉に言い換えをしていると、上司は浅くうなずいた。

「ええ、褒め言葉としてはそのあたりが合格です。グッドウィン一族は騎士らしい性格の方が多く——ヨナス殿も従者より護衛騎士と言った方が正しいです。あと、これは内緒にしていてほしいのですが、グッドウィン一族を敵に回すと、高位貴族でも大変だそうですよ。頑固者が多いとも言われていますから」

「頑固者ですか……」

つい笑ってしまったが、真面目に考えると笑い事ではない。

力ある貴族でも喧嘩《けんか》をしたくない一族ということなのだろう。数と歴史はやはり重いのだ。

「ヨナス殿から、本日はご挨拶の他、黒の三つ揃《ぞろ》えのご依頼を受けています。デザインはスタンダードですが、裏のポケットが十四ほど、前回の従者服と同程度の付与を予定しています」

「鎧《よろい》のような三つ揃えですね」

もはや、これは護衛の騎士服と言っていいのではないだろうか。やはり騎士らしい。

「ええ。ただ、三つ揃えの始まりも、貴族の『防御』のためだったと言われているのですよ」

「スーツなのに、『防御』、ですか？」

「オルディネ王国の初期は、魔物との激しい戦いが多くの領地でありました。その時代、スーツのベストの裏にチェーンメイルのように鎖を仕込んだり、上着の胸元や背に金属板を張ったりした資料が残っています。それが三つ揃えの始まりだったようです。他にも靴の底や帽子の裏にも金属を張って、防御に重点を置いた装いも多かったとか」

防御力も高いだろうが重そうだ。しかし、それをスーツでやる意味があるのだろうか。

「その頃の貴族の方は、なぜ鎧を着なかったのですか？」

「全員がそうではありませんが、一定数の貴族、特に当主は、自分の領地は安全だと示すため、鎧をつけなかったようです。魔物になど負けないという意思表示だったのでしょう」

「覚悟がいる装いですね」

「ええ。でも、それこそが貴族かもしれませんね」

フォルトが優雅に笑んだ。

貴族が領民や名誉を守るために着る三つ揃えは、鎧と考えてもおかしくはないのだろう。

「だから王城では、今も三つ揃えの方が多いのでしょうか？」

「影響はあると思いますが、今は爵位持ちの証明の意味合いが大きいかもしれません。王城で黒の三つ揃えを着ていいのは貴族だけですから。特別な来賓や、他国の使者などは別になりますが」

言いながら、彼は自分のスーツの襟に指を当てた。

「貴族の当主は夏でも三つ揃えを着るのが当たり前——そう言われていた時代があったそうです。今はスーツであればよしとされていますが」

「でも、フォルト様は夏でも三つ揃えにしていることが多いですよね？」

「私がお付き合いや売り込みに行く先は、高位貴族や年齢が上の方も多くあります。やはり当主であれば三つ揃えと思う方もいらっしゃいますし、相手に敬意を表していると受け取ってもらえますから」

「そういった理由があるのですね……」

装いが相手に合わせた配慮・敬意の表れになる——貴族の装いはやはり庶民とは違う一面がある。

これまでも作らせてもらってはきたが、まだまだ勉強不足だと痛感した。やはり、服飾史をすべて通しで学ぶ方がいいだろう。

「ところで——ロッタのパジャマを作ったと聞きましたが、ルチアは魔付きの方に思うところはありますか？　ああ、ここだけの話にしておきますので、遠慮なく本音でお願いします。今後の兼ね合いもありますので」

「お洋服で不便があるのは大変だと思いました。魔付きの方でも着やすく、動きやすい服の方がいいと思いますから」

「魔付きの方が苦手、あるいは、気持ちが悪い、怖いといったことはありませんか？」

「身近でお会いしたことがあまりないので、絶対に平気と断言はできませんが、ロッタは怖くないですし、ロビーにいらっしゃる冒険者の皆様も、気持ちが悪い、怖いと思ったことはないです」

犬歯がちょっと長い方や、揺れるベールの下、肌が黄緑色を帯びている方などとすれ違ったことはある。目立つので自然と目はいくものだ。

だが、ダンテから冒険者の魔付きについて説明を受けてからは、むしろ顧客にしか見えない。

機会があれば、ぜひ、魔付きの特徴に合わせた着やすい服を見つけるお手伝いがしたい、あるいは各自に向いたデザインで作りたいと思っている。

「それに、ロッタのパジャマを考えるのは楽しかったです！」

そう答えると、フォルトの斜め後ろ、ロッタが目で笑んだ。

なお、かなりお気に召して頂けたらしく、毎日あのパジャマで寝ているそうだ。

早めに洗い替えを作りたい。いや、できればもう一式、追加があった方がいいかもしれない。

「それはよかった。では、あなたも今回の三つ揃え制作に名を連ねなさい。魔付きの方の服には、デザインの幅があり、忌避《きひ》感のない者に携わらせたいですから」

願った機会は即座に降ってきた。

だが、先ほどまで話していた三つ揃えを着る相手は、あの錆色の髪の青年だ。ということは——

「ヨナス・グッドウィン殿は、炎龍《ファイヤードラゴン》の魔付きです」

「炎龍《ファイヤードラゴン》……」

驚きはあるが、納得もした。

この前の彼の従者服の袖が左右で大きく違ったこと、袖口に施された防火素材——炎龍《ファイヤードラゴン》はダリヤの家の図鑑でしか見たことはないが、きっと強い力と火魔法を持っているのだろう。

「がんばります！」

「ヨナス殿の魔付きは公《おおやけ》にされていることですが、その服に関する造り、魔法の付与は守秘を確実にしてください」

「わかりました！」

ルチアは深くうなずいた。

「この度、スカルファロット家で新規に魔導具開発を行うことになり、武具部門の長役《おさやく》を預かりました」

応接室に入ってきた錆色の目の青年が、整った顔立ちに貴族の笑みをのせている。

錆色の髪と少し褐色の入った肌は、王都でもちょっとだけ珍しい。

その装いはいつもの従者服ではなく、黒の三つ揃え、こちらもなかなかよい品だ。右腕側が太いのはそれなりにわかるが、騎士にも利き腕が太い方は多いので、不自然さはない。

「大役に就かれましたこと、心よりお祝い申し上げます」

「お祝いのお言葉に感謝申し上げます。今後は魔導具関連でもお世話になります。お手数をおかけしますが、どうぞよろしくお願い致します」

目の前ですらすらと挨拶を交わすフォルトとヨナスを、ルチアはちょっとだけまぶしく感じる。

洗練された見た目・言葉・仕草、どこまでも貴族である。

ルチアもダンテとヘスティアに願い、礼儀作法と立ち居振る舞いを懸命に学んではいるが、まるで違う。

もっとも、自分はその違いがようやくわかるようになっただけ。前と比べれば全然違うとヘスティアは褒めてくれたが――まだまだできていないこともわかるようになってしまった。

「服の方ですが、王城向けの、黒の三つ揃えをお願い致します」

「わかりました。今回からは、ファーノ工房長も制作に加わります」

「精いっぱい務めてまいりますので、よろしくお願いします」

緊張しつつ挨拶をすると、見事な貴族の笑みが返ってきた。

「今回の三つ揃えは、従者服とできるだけ近い位置に、裏ポケットと武器留めを付ける形でよろしいでしょうか？　ただ、裾の長さの関係上、腰回り四本分ほど減りますが」

護衛用の隠し武器の話になったとき、錆色の目がちらりとこちらを見た。

今回新しく三つ揃え制作に関わるルチアに、提案がないかと振ってくれたのかもしれない。

以前に従者服を見せてもらってから、護衛服に関しての勉強も多少はしていた。服飾ギルドを守る警備員から、雑談と共に聞き取りをしたこともある。

ルチアはヨナスの従者服と仕様書を懸命に思い出しつつ、一つの提案をする。

「太股《ふともも》のガーターリングを上下二段にすれば、サイズによりますが、追加で入れられるのではないでしょうか？」

護衛服はズボンのポケットの内袋を縫わないことが多い。そこから手を入れ、太股のガーターリング——この場合は、ずれないベルトだが、そこにつけた予備武器を取り出すからだ。

そもそも、貴族の三つ揃えのズボンの前ポケットは、形が崩れるのを避け、何も入れないのが基本である。だから、予備武器の通り道にしやすい。

「上下ダブル、ですか……」

錆色の目が、ちょっとだけ疑わしげに自分を見た。

心配しないで頂きたい。貴族女性でも扇しか持っていないふりで、ドレスの下に予備武器ならぬ予備メイク用品をガーターリングに下げている方もあるのだ。

その中には、薄く、蒸れず、ずれにくい上下ダブルのものもある。耐久性もなかなかだ。

「革もいいですが、伸縮性のある魔布《まふ》でしたら丈夫ですし、蒸れずに動きやすいかと思います。予備武器の形状と材質にもよりますが」

鞘《さや》のある短剣ならガーターリングに固定できる。だが、ヘスティアの持つミスリルナイフのような切れ味のものを抜き身でとなると、魔布《まふ》ではなく、丈夫な魔物の革にしなければいけない。

「私としては、ガーターリングの魔布《まふ》に薄鞘を固定し、そこに予備武器を通されるのがお勧めです」

フォルトがうまくまとめてくれた。

「では、そちらでお願い致します。本数を減らしたくはありませんので」

ヨナスが了承してくれたことにほっとする。

魔蚕《まかいこ》の布地でスーツを仕立て、裏ポケットと武器留めを付ける、そして、今の従者服に匹敵する各種の魔法付与、予備武器用のガーターリング――これで鎧としての三つ揃えができそうだ。

ぜひ、今の黒の三つ揃え以上に、ヨナスに似合う一着を制作したい。

「ところで、今回の黒の三つ揃えに合わせたカフスボタンなどはいかがですか？　私から就任お祝いの品とさせて頂きましょう」

フォルトがそう提案したが、ヨナスは首を横に振る。

「お言葉はありがたく。ですが、主《あるじ》に自分が贈ると押し切られまして。こちらに袖の方を合わせて頂ければと」

懐から取り出した白い小箱に入っていたのは、丸い白銀のカフスボタン。スカルファロット家の紋章が深く彫られ、そのライン部分はきらめく青――おそらくはカット宝石で飾られていた。

そして、以前フォルトから教えてもらったことを思い出す。

家の使用人が身分を示すためにカフスボタンを預けられることもあるが、通常は染色のもの。

彫り込みの紋章付きを与えるのは、一族に準じる扱いの者だけ――つまりは、ヨナスはスカルファロット家で、とても重用されているのだろう。

「私にはすぎたものですと、申し上げたのですが」

そう言いながらも、おそらくヨナス自身もうれしいことなのだろう。その目の光が少し柔らかになった。

そうして、顔合わせはつつがなく終わった。


ヨナスが応接室を出るのを見送り、フォルトは次の会議に向かう。

ルチアが廊下に出ると、魔物素材の部屋に行ったはずのダンテが走ってきた。

ちょうど終わったところかと思ったが、どうやら違ったらしい。

「ボス、すまないが今日はこっちに残る。この際だから、魔物素材の担当者達に、見分け方をきっちり教えてくる」

そのアイスグリーンの目が、文字通りに冷えているように見えるのは気のせいか。

「一級を特級の毛皮に混ぜられたらかなわない。あと、俺の話を何度も聞くより、魔力を流させて、その反射で覚える方が絶対早い。今日中に反復練習で覚えてもらう」

本日、魔物素材の担当者達は、身体で覚えるまでの実習が決まったようだ。

「が、がんばってね、ダンテ」

ちょっとだけ声が上ずってしまった。

「ああ、ボスを馬場まで送ったらあっちに戻る」

「ダンテ、私は大丈夫だから。馬車には護衛の方がいるし」

ダンテと一緒だからと、個別の護衛をつけてこなかった。もっとも、服飾魔導工房の馬車で来ているので、特に心配はない。

「馬場までは送る。行く途中でナンパされたら困るだろ？　一人での移動はするなって」

「わかったわ。じゃあ、お願いします」

服飾ギルドの建物から馬場まではすぐである。だが、ルチアは素直に受けることにした。

まさか人通りのある通路で連れ去りということはないだろうが、安全管理も仕事のうちである。

そこからは、ダンテに時間をとらせぬようすぐに移動した。

「じゃ、寄り道しないようにな、ボス」

「子供じゃないんだから、大丈夫！」

ダンテは馬場の入り口までルチアを送ると、服飾ギルドへ足早に戻っていった。

魔物素材、特に毛皮の判別は、なかなか難しいと聞いている。本物か偽物かはもちろん、一級品かそうでないかの判定は、服飾ギルドの信用問題にもなる。彼の横顔が厳しいのも当然だろう。

ルチアはダンテを内で応援しつつ、馬場を進んでいく。

そしてふと、奇妙なことに気づいた。服飾ギルドや他の馬車が並んでいるが、どれも動いていない。周囲に人はまばらな上、皆、どこか困ったような表情をしている。

何かあったのだろうか、馬場の担当者に声をかけてみようか、そう思ったとき、近くの馬車の間から現れた者がいた。

「ファーノ工房長」

その声と姿にどきりとする。先ほどまで話していたヨナスだった。

大通りで馬車の車輪が壊れる事故があったらしい。幸い怪我人《けがにん》はいないそうだが、運送ギルドの大型馬車なので、荷物の移動の間、通行止めになっているそうだ。

周囲の馬車が動いていないことに納得した。

「急ぐ方は近くの送り馬車を利用なさっています。ご入り用であればそこまでお送り致します」

錆色の目が静かに自分を見る。

貴族紳士らしい気遣いを頂いたが、顧客にそこまでしてもらうわけにはいかない。

ルチアは礼を言いつつも断る。その後、挨拶を交わして別れた。


正直、もうちょっとだけ、ヨナスと話してみたかった。

できれば好きなお洋服、普段の私服について、また魔付きとして、毎日の服に希望や困っていることはないかを詳しく伺いたかったが——失礼になりそうなので自粛する。

まずは、しっかりとした黒の三つ揃えのお届けを目指すのが先である。


それにしても、ヨナスはやはり『夕焼けのお兄ちゃん』と似ている気がする。

だが、彼は赤い髪でも赤い目でもない。

もしや、成長途中で色が変わったなどということはないだろうか？　ついそんな馬鹿なことまで考えてしまった。

なにせ幼少の記憶だ。自分が理想的に改竄《かいざん》している可能性もある。

けれど、間違いなく覚えているのは、夕焼けのお兄ちゃんの、あのかっこいい背中だ。
いつか自分も、あんな後ろ姿になれれば――ルチアは背筋を正して歩きだした。

番外編　護衛騎士と誰かの背中

自分はきっと運がいい。人の縁と機会を得て、ここにいるのだから。

ヨナス・グッドウィン——その署名を書面に何度もくり返し、自分はスカルファロット伯爵家魔導具開発、武具部門の長《おさ》となった。

ヨナスは本来、従者で護衛騎士だ。魔導具が作れるわけでもなければ、その知識が深いわけでもない。

最近、スカルファロット家の魔導具師に魔導具の本を紹介してもらい、毎晩片っ端から読んではいるが、高等学院魔導具科一年目の生徒より理解度は低いだろう。

それでもその役となったのは、急遽《きゅうきょ》、『盾』が必要になったためだ。

自分が仕える主《あるじ》であるグイード・スカルファロット。

その弟、ヴォルフレードのために、ダリヤという名の魔導具師が新型の武具を開発した。

風魔法を付与したそれは、最初は短剣であったらしい。何がどうなってのことかはわからないが、ミスリル線でつながれ、攻撃力高い矢となった。

その矢は魔物討伐には最適だが、人間同士の戦いにも使える。一歩間違えば、開発者のダリヤは王城か高位貴族に囲い込まれ、そのまま武器開発専門の魔導具師にされるかもしれない。

そうさせぬため、ヨナスの名前を表にし、スカルファロット家の名を重ねて、ダリヤとヴォルフを守る——そんな流れとなった。

『盾』となった自分は何もせず、ありがたい役職と、王城の魔物討伐部隊の御用達業者という地位を手に入れることになった。

空を飛ぶワイバーンが宝箱を落としていったかのような幸運である。

しかし、グイードの執務室、役の打診をされた後で詫《わ》びられた。

「すまないね、ヨナス。手間をかける」

「何をおっしゃいますか。このスカルファロット家で役付けとなれるのは光栄なことです」

「その役で、面倒事もくるかもしれないだろう？」

確かに、スカルファロット家武具部門の長として名を出せば、やっかみも受けるし、風当たりも多少は強くなるだろう。けれど、一端でも権力が得られ、王城出入りの立場が手に入る。何より、スカルファロット家のためになるのだ。

子爵家生まれとはいえ、実家の後ろ盾が期待できない自分には、ありがたいだけの話だ。

「役分の給与は足すが、他に欲しいものはないかい？」

主《あるじ》であり友でもあるグイードに、神妙に尋ねられた。この表情《かお》をされ続けると居心地が悪い。

ここは適当に酒でも願うか――そう思ってやめた。前にもらった高級酒をまだ飲みきっていない。

衣食住はスカルファロット家から不自由なく与えられている。それなりによい給与ももらっている。他に思い浮かぶものなどなかった。

「特にございません」

「うーん……」

自分に対する質問ではなかったのか？　欲しいものなどないと言っているのに、なぜそこで悩みはじめるのだ。

「ああ、あった！　黒の三つ揃《ぞろ》えを作ろう！」

唐突に、主《あるじ》に勢い込んで言われた。

「すでに手持ちがございます」

一応、これでも子爵家子息であり、伯爵家勤めである。各種式典向けの三つ揃えぐらいは持っている。というか、そもそも、それもスカルファロット家から与えられたものだ。

「あれは私より、かなり下げた布を使っているだろう？」

「従者が主《あるじ》より良いものを身につけるわけには参りません。それに今の三つ揃えもそれなりによい品です」

何らかの式典に同席するにしても、主《あるじ》と従者・護衛騎士の序列はある。それに沿わねばならない。

手持ちのものとて、服飾ギルド長であるフォルト経由で購入したもので、品物は確かだ。追加で作る必要性は感じない。

「だが、防御の付与も一段しかないだろう？」

「一段あれば十分です」

魔付きの自分はそれなりに丈夫だ。咄嗟《とっさ》のとき、グイードの盾になるのであれば、一段で足りる、そう主張したが、主《あるじ》には首を横に振られた。

「駄目だ。王城にスカルファロット家の役を持つ者として出向く以上、一級の三つ揃えに一級の付与がいる。どこに出しても恥ずかしくない装いにしなければいけない」

『どこまでも安全な装い』の間違いだろう、そうは思うが口にしない。

言ったところで、こう言い出した友は絶対にやる。

「――わかりました。お祝いの品としてありがたくお受けします」

「だと、カフスボタンも新しいものがあった方がいいね。うちの役なんだから、同じ紋章を刻んで。そちらにも付与をしたいところだが、納期的には厳しいか……ゾーラ商会に急ぎでと言えば間に合うかな……」

ぶつぶつとつぶやかれる内容に、鈍く頭痛がする。

シンプルなカフスボタンは、すでに持っている。

あと、スカルファロット家の紋章――雪の結晶のようで美しいとは思うが、それを刻んだものをもらうのは絶対に駄目だ。自分はスカルファロット一族ではないのだ。

「お気持ちはありがたいですが、カフスボタンは手持ちがございます。そう使わないものを準備する必要はないかと」

「それなら、今後は王城でも各ギルドでも使えばいい。表立ってうるさいのがいれば、うちが出られる」

とてもいい笑顔で言われた。護衛騎士を守る気満々の主《あるじ》に、頭痛が増した。

今ほど、恋人から贈られたカフスボタンが欲しいと思ったことはなかった。今、手元にあったなら、別れていても想《おも》いが残っているなどと理由をつけ、そちらを使うと主張できたのだが――とりあえず紋章は絶対に刻むな、付与もなくていいと主張しておいた。

「ヨナスの言い分はわかったよ」

いい笑顔に、おそらく無駄な気がした。

その予想が当たったらしい。しばらく後、ヨナスは小さな白い箱を手にしていた。

「左に結界石と、右に盗聴防止機能が付与してございます。結界の使用は一度だけですので、ご留意のほど」

銀髪銀目の魔導具師が、にこやかに説明してくれる。

彼はスカルファロット家の専属魔導具師ではなく、商会持ちの魔導具師だ。

魔導具としてのカフス制作に関しては、王都で五指に入るという。特急料金も加味されて、一体いくらかかっているのか謎である。

結界石は王都の神殿で制作しているものだ。それなりに貴重な防御の魔法が入っており、行使することで、物理攻撃・魔法攻撃をある程度弾《はじ》くか、減じることができる。

上級品は数が限られるので入手は難しい上、それなりに高い。その結界石を気づかれぬように小型魔導具——このカフスボタンに付与した場合、価格はどのぐらいになるのか、見当がつかない。

とはいえ、これであれば、グイードやスカルファロット家の者を守る際に利用できるだろう。

「どうぞ、ご覧になってご確認ください」

「拝見致します」

おそらくは白水晶あたりに青水晶でスカルファロット家の紋章が描かれているか、銀の細工に薄く刻まれているか。それでも目立ちそうだが——ヨナスはそう思いつつ、箱の蓋《ふた》を開けた。

「……っ！」

声を音にしなかった自分を褒めてやりたい。箱に入っていたそれに、目が釘《くぎ》付けになった。

白銀の丸いカフスボタン。それに深くきっちり刻まれたのは、スカルファロット家の紋章。

刻んだ線にはめ込まれた青銀――ブルーサファイヤあたりを塗料代わりに入れ込んだのだろう。

そっと触れた指先に、ゆるりと二種の魔力を感じる。付与は一つだけではなさそうだ。

動けずにいる自分の前、魔導具師が銀の目を細めて説明を続ける。

「強めの硬質化もかけておりますので、それなりに丈夫かと思います。ご遠慮なくお使いください」

ご丁寧に付与を重ねがけしてくれたらしい。この魔導具師が丈夫だと言い切るのだ、かなりの硬度にちがいない。

これならば、ヨナスのウロコがぶつかっても壊れることはないだろう。もしかすると、戦闘になっても傷一つなく済むかもしれない。

「再度付与が必要になりましたら、いつでも声をおかけください」

カフスに付けられた結界魔法を使用したら、また付与してくれるらしい。

これはよい防具になりそうだ。万が一となれば、遠慮なく使わせてもらうことにしよう。

「良い品をありがとうございます」

ヨナスは心からの笑顔を魔導具師へ向けた。


そうして今日、手持ちの黒の三つ揃えを着て、服飾ギルドへ向かった。

グイードからもらったカフスボタンはまだ使わない。新しい三つ揃えができあがってから、共に使うつもりだ。一応、カフスのデザインと合わせてもらえるようにと、服飾ギルドへ持ち込んだ。

カフスボタンを見た服飾師二人は、目を丸くした後、納得の表情をし――そろって似たような笑みを浮かべた。

ヨナスはスカルファロット家の付属という認識なのかもしれない。この際、それもいいだろう。

自分は、服の良し悪《あ》しについて、付与と耐久性しかわからない。

だが、服飾ギルドに任せれば安心だ、そう思いつつ、部屋を後にした。


学院の制服、騎士服、従者の服、そして役持ちの三つ揃え。

自分が身にまとうものは、いつの間にか変わりつつある。

学院時代、力足らずで不似合いだと思えた騎士服。グイードの元で馴染《なじ》んだ従者の服。

そして今日、考えもしなかった役のための三つ揃えを頼むこととなった。

何が不運と幸運に紐《ひも》づくかなど、本当にわからない。

ヨナスは貴族としては魔力が低めに生まれた上、外部魔力もなかった。それが今や、高位貴族に匹敵する魔力と火魔法を持っている。

十年ほど前から、呪い持ち——炎龍《ファイヤードラゴン》の魔付きとなったためである。

珍しい炎龍《ファイヤードラゴン》を遠目で見学するはずが、巻き込まれて戦わざるを得なくなり——手負いの炎龍《ファイヤードラゴン》の前、グイードと二人だけになったときは、互いの運を笑ったものだ。

だが、その不運は幸運にもつながっていた。

二人共に生き残れた上、ヨナスは魔付きとなることで、高い魔力と火魔法を手に入れた。

まさか、命のやりとりをした炎龍《ファイヤードラゴン》に感謝することになるとは思わなかった。

そしてもう一つ。運と機会は幼い頃に会った幼女にもつながっていた。

先ほど服飾ギルドにいた、ルチア・ファーノ——服にあふれんばかりの情熱を持つ服飾師。

新緑を思わせる緑髪に、澄んだ湖のような青い目。背は高くなく、見た目は華奢《きゃしゃ》で、大人しい貴族令嬢と紹介されても納得するだろう。

だが、その口を開けば声は明るく張りがあり、その目は服のことになると一段、いや、二、三段は明るさを増す。姿よりもその様に、間違いなくあの幼女だと思えた。

彼女と共に夕暮れの路地裏、人生は不条理だと嘆き、涙をこぼした日がある。

あの日、幼女に好きな服を着ろと言い、ヨナスもまた、望む騎士の道を進もうと決めた。

思い出すほどに青く、幼く、少し痛い記憶である。

今日のルチアも、服飾師らしい、洒落《しゃれ》た服を着ていた。

凝ったデザインのアイボリー色のブラウスに、目と同じ深い青のスカート。リボンとレース付きのそれらは、あの日の装いよりもはるかに似合っている。

背が低めでも小さく見えないのは、踵《かかと》の高い靴のせいばかりではないだろう。

それにしても、自分の三つ揃えに彼女が携わるというのも、不思議な縁だ。

レースとリボンに憧れていた幼女が、今や貴族の三つ揃え、隠しポケットに魔法の付与までがあるその制作に携わり、暗器を付けるガーターリングの素材提案までする――まったく、よくぞここまで腕を伸ばしたものである。

先ほど、フォルトと服のデザインを語る様は、とても仲が良さそうに見えた。

だが、ルチアはルイーニ家からの婚姻話を断った、情報筋からはそう報告を受けている。

仕事でもっと足元を固めたいと思っているのではないか、庶民の彼女が子爵家当主の妻となることに恐れをなしたのではないか、他から別の条件で話があるのではないか、報告書にはそんな声もあると書かれていた。

あるいは、ルチアに他に想い合う者がいるのか、独身主義で恋愛や結婚に興味がない向きか――

そこまでで、ヨナスは考えを打ち切る。

彼女と自分のつながりは、服飾師と顧客、それだけだ。

個人的なことを詮索《せんさく》するよりも、服の仕上がりを楽しみにするべきだろう。

と、耳が不意の喧噪《けんそう》を拾った。

「しばらくお待ちください！」

衛兵が声をあげながら走ってきた。近くで事故があったらしい。大通りの道がふさがって、馬車を移動させるまで少し時間がかかると説明された。

もっとも、大きな事故ではなく、雨で滑った馬車の車輪同士が当たり、割れて進めなくなってしまったらしい。運送ギルドの大きな荷馬車なので、荷物を積み替える時間がかかるのだという。

運送ギルドの者達のほとんどは身体強化を持っている。積み替えにそれほどの時間はかからぬだろう。それまでは馬場で待てばいい。

御者にその旨《むね》を話し終えたとき、ルチアが一人、馬場を歩いてくるのが見えた。

周囲の者達の一部も、荷物の積み替えの手伝いに向かったらしく、人影はまばらだ。近くに説明をする者もいない。

ヨナスは馬車の前から通路へと歩んだ。

「ファーノ工房長」

呼びかけると、深い青の目が見事に丸くなった。

その色合いは昔とまったく同じで、続ける声は少し遅れる。

「――大通りの方で馬車の車輪が絡んで割れたため、移動まで少々かかるそうです。急ぐ方は近くの送り馬車を利用なさっています。ご入り用であればそこまでお送り致します」

「お教え頂いてありがとうございます。服飾魔導工房に戻るだけなので、こちらで待ちたいと思います」

自分に送られるのはさすがに断るか、ヨナスは内で納得した。

顧客とはいえ直接の親交はない。警戒されて当然だ。いいや、むしろ若い淑女は、安全のため、このくらいの警戒心があった方がいいだろう。

「わかりました。では、大通りが早く再開するように祈りましょう」

「はい、私もそう祈りたいと思います」

互いに営業向けの笑みで挨拶をし、彼女が横を通り過ぎる。

ヨナスはそれに振り返ることはなく、乗ってきた馬車に戻ろうとした。あとは馬車の中で休みながら待てば――

「きゃっ！」

たった今別れた場所の少し先、小さな悲鳴が聞こえた。

雨が残る道に滑ったか、そう思って振り返る。彼女は頭からびしょ濡《ぬ》れだった。

「申し訳ありません！　雨を落とすのに幌《ほろ》を引いてしまいました！」

その隣、御者がくり返し頭を下げて謝っている。

横の馬車の幌《ほろ》にへこみがあり、雨だまりがあったのだろう。ルチアがいるのに気づかず、幌を引っ張ってしまったらしい。

「大丈夫です！　お気になさらないでください」

御者を責める一言もなく、彼女は濡れた顔をハンカチで拭く。そして、明るく笑ってみせた。

言葉通り大丈夫だと思いきや、そのアイボリーのブラウスが雨に透けきっていた。

今の時間は人が少ないとはいえ、女性をそのような姿でいさせるわけにはいかない。

ヨナスは走り寄って彼女をかばうように立ち、上着のボタンを外した。

「今、上着を――服飾ギルドまでお送り致します」

自分の上着をかけて服飾ギルドまで行けば、着替えはなんとかなるだろう、そう思いつつ、右腕を袖から引き抜こうとする。

が、目の前の女性は鞄《かばん》を投げるように手離すと、自分の腕を袖ごとぎゅっとつかんだ。

「グッドウィン様、そのままで！」

「ですが、そのお姿では――」

魔付きの服は気持ち悪いだろう。その表情《かお》は断ろうと必死である。

今、両手でつかんでいる袖の下、ざらざらとした硬いウロコがある。それも怖く嫌な感触に違いない。

けれど、女性がそのような危うい姿で移動する方が問題だ。なんとか服飾ギルドまで我慢してもらえないか、そう言いかけたとき、深い青の目が自分を見上げた。

「その上着は付与があると伺っております。担当者以外が見るべきではありません。人に見られてもいけません！」

強い声で、きっぱりと言い切られた。

その顔はあの幼女の面影を残しつつも、一人前の服飾師の顔で——

思わず見惚《みと》れていると、彼女は自分の腕からぱっと手を離し、足元の鞄を拾った。

「こうして鞄を持てば見えませんし、服飾ギルドには貸し服もありますので、大丈夫です！」

透けた服をすべて隠せるわけでない、そんな鞄を胸に抱き、ルチアは一礼する。

「お気遣い頂きありがとうございました、グッドウィン様！」

下げた頭、緑の髪の先からぽたぽたと水が落ちる。それは雨上がり、若葉からしたたる滴《しずく》のよう。

「では、失礼します」

ルチアはくるりと自分に背を向けると、迷いなく歩みを進め——

「ファーノ工房長！」

ヨナスは思わず呼び止めてしまった。自分でもなぜかわからない。

彼女は不思議そうに振り返り、その澄んだ青で自分を見る。

「——グッドウィンの姓の家は多くございます。よろしければ、私のことは『ヨナス』とお呼びください」

一拍《いっぱく》考えて、呼び止めた理由付けに名呼びを願った。

他の者と混同されぬためで、他意はない。

「ありがとうございます、『ヨナス様』！　では、私のことも『ルチア』とお呼びください」

「そうさせて頂きます、『ルチア様』。どうぞお風邪を召されませんよう——」

「はい！」

彼女は花が咲くように笑った。

そうして鞄を胸の前に抱え直し、服飾ギルドへ向かっていく。

踵の高い靴だが、その足取りはとてもしっかりとしていた。


ヨナスは脱ぎかけた上着を戻し、ボタンを留め直す。

いつもの従者服ではない、軽い付与の上着だ。人に見られても問題ない、そう告げてルチアに無理に羽織らせることもできた。

そうできなかったのは、その服飾師の姿が喜ばしかったからだ。

路地裏でレースもリボンも似合わないと泣いていた、あのときの幼女——いや、もう幼女などと呼ぶのは失礼だろう。

服飾魔導工房長、ルチア・ファーノ。

その工房長の椅子は、美しさやかわいらしさで得たものでは決してない。

自分を見返すあの青は、守られる女性のそれではなく、顧客を守る服飾師の色だった。


世の中は不条理だ。

彼女と自分は、路地裏で泣きながら、それを噛《か》みしめた日がある。

がんばってなんとかなるなら、世の中は楽しいだろう。

だが、残念ながらそんなに甘いものではない。

不条理は山で、生まれで左右され、必死に努力をしても一定以上はなんともならず、砂を噛むような思いを重ね、この手からこぼれ落ちたものも多くあった。

おそらく彼女も、曲がりくねった道をその足で歩んできただろう。

けれど、あきらめなかった、あきらめられなかった。

そうして、あがくだけあがいたから、今日につながったのだ。

あの日、不条理に泣いていた自分達の出会いは、きっと無駄ではなかった。


最初に会ったときは、夕焼けの中、自分が幼い彼女に見送られた。

その視線にどうしても振り返ることができなかったのは、ただの格好つけだった。

先日は、服飾ギルドの廊下、淑女となった彼女との再会を内で祝った。

けれど、縁をつなぐことはないだろうと、ヨナスは振り返ることをしなかった。


そして今日、雨上がりの道、自分が早足で進むルチアの後ろ姿を見つめている。

鞄を胸に足早に進むその後ろ、ウエストでなびくリボンと、レースのついたスカートの裾が揺れた。

青い花が風に揺れるようなその様は、本当に似合いである。

ヨナスは遠ざかる背中に、そっとつぶやきを落とす。

「今度は俺が、見送る番か――」

MFブックス

服《ふく》飾《しょく》師《し》ルチアはあきらめない
～今日《きょう》から始《はじ》める幸《こう》服《ふく》計《けい》画《かく》～ 3

2023年12月25日　初版第一刷発行
2024年６月５日　第二刷発行

著者　甘岸久弥
発行者　山下直久
発行　株式会社KADOKAWA
〒102-8177　東京都千代田区富士見2-13-3
0570-002-301（ナビダイヤル）
印刷・製本　株式会社広済堂ネクスト
ISBN 978-4-04-683146-0 C0093

企画　株式会社フロンティアワークス
担当編集　河口紘美（株式会社フロンティアワークス）
ブックデザイン　鈴木 勉（BELL'S GRAPHICS）
デザインフォーマット　AFTERGLOW
イラスト　雨壱絵穹
キャラクター原案　景

ファンレター、作品のご感想をお待ちしています

宛先
〒102-0071　東京都千代田区富士見 2-13-12
株式会社 KADOKAWA　MFブックス編集部気付
「甘岸久弥先生」係「雨壱絵穹先生」係「景先生」係

二次元コードまたはURLをご利用の上
右記のパスワードを入力してアンケートにご協力ください。

https://kdq.jp/mfb
パスワード
3rkvw

● PC・スマートフォンにも対応しております（一部対応していない機種もございます）。
●アンケートにご協力頂きますと、作者書き下ろしの「こぼれ話」が WEB で読めます。
●サイトにアクセスする際や、登録・メール送信時にかかる通信費はご負担ください。
● 2024 年 6 月時点の情報です。やむを得ない事情により公開を中断・終了する場合があります。